2023
中国年选系列

秦俑　选编

2023年中国
小小说
精　选

长江出版传媒　长江文艺出版社

图书在版编目（CIP）数据

2023 年中国小小说精选 / 秦俑选编. -- 武汉 ： 长
江文艺出版社，2024.1
（2023 中国年选系列）
ISBN 978-7-5702-3384-7

Ⅰ. ①2… Ⅱ. ①秦… Ⅲ. ①小小说－小说集－中国
－当代 Ⅳ. ①I247.82

中国国家版本馆 CIP 数据核字(2023)第 218616 号

2023 年中国小小说精选
2023 NIAN ZHONGGUO XIAOXIAOSHUO JINGXUAN

责任编辑：田敦国　刘秋婷　　　　　责任校对：毛季慧
封面设计：胡冰倩　　　　　　　　　责任印制：邱　莉　　胡丽平

出版：长江出版传媒　长江文艺出版社
地址：武汉市雄楚大街 268 号　　　邮编：430070
发行：长江文艺出版社
http://www.cjlap.com
印刷：武汉中科兴业印务有限公司

开本：680 毫米×980 毫米　　1/16　　印张：16.5
版次：2024 年 1 月第 1 版　　　2024 年 1 月第 1 次印刷
字数：277 千字

定价：36.00 元

目 录

泡泡糖

冯骥才

二十世纪二三十年代,大上海和大天津,一南一北,一金一银,但说不好谁金谁银。反正两大城市的金店,大大小小全都数不过来。

天津卫最大的金店在法租界,店名黄金屋。东西要多好有多好,价钱要多贵有多贵。天天早晌,门板一卸,店里边的金子比店外边的太阳还亮。故而,铺子门口有人站岗,还花钱请来警察在这边的街上来回溜达。黄金屋老板治店有方,开张十五年,蚂蚁大小的事也没出过。一天,老板在登瀛楼饭庄请客吃饭,酒喝得太多上了头,乘兴说道:"我的店要出了事,除非太阳打西边出来,不——"跟着他又改了这一句,"打北边出来!"大家哄堂大笑,对他的话却深信不疑。可没想到事过三天,事就来了。夸口的话真不能乱说。

那天下晌时候,来了一对老爷太太,阔气十足,全穿皮大衣。老爷的皮大衣是又黑又亮的光板,太太的皮大衣是翻毛的,全是雪白柔软的大长毛,远看像只站着的大绵羊。天气凉,她两只手插在一个兔毛的手笼里。两人进门就挑镶钻的戒指,东西愈挑愈好。柜上的东西看不上眼,老板就到里屋开保险柜去取,这就把两三个伙计折腾得脑袋直冒汗,可她还是不如意。她嘴里嚼着泡泡糖,一不如意就从红红的嘴唇中间吹出一个大泡泡。

黄金屋向例不怕客人富。金煌煌钻戒放在铺着黑丝绒托盘里,一盘不行再换一盘,就在小伙计正要端走一盘看不中的钻戒时,老板眼尖,发现这一盘八个钻戒中少了一枚。这可了不得,这一枚镶猫眼的钻戒至少值一辆老美的福特车!

老板是位练达老到的人，遇事不惊，沉得住气。他突然说声："停！"然后招呼门卫把大门关上，人守在外边，不准人再进来。这时店里刚好没别的客人，只有老板伙计和这一男一女。

太太一听说钻戒丢了，破口大叫起来："浑蛋，你们以为我会偷戒指？我身上哪件首饰不比你们这破戒指值钱！到现在我还没瞧上一样儿呢！"

老板不动声色，心里有数，屋里没别人，钻戒一准在这女人身上。劝她逼她都没用，只能搜她身。他叫伙计去把街上的警察叫来。警察也是明白人，又去找来一位女警察。女人才好搜女人。这太太可是厉害得很，她叫上板："你们是不是非搜不可？好，搜就搜，我不怕搜，可咱得把话先说清楚，要是搜完了没有怎么办？"她这话是说给老板的。

老板心一横，拿出两个沉甸甸的金元宝放在柜台上，说："搜不着东西，我们认赔——您把这两个元宝拿走！"黄金屋的东西没假，元宝更不会有假，每个元宝至少五两，两个十两。

于是，两位警察一男一女上来，男的搜男的，女的搜女的，分在里外屋，搜得十分仔细；大衣、帽子、手笼、鞋子全都搜个底儿掉；全身里里外外上上下下，连舌头下边、胳肢窝、耳朵眼儿全都查过。说白了，连屁眼儿都翻过来瞧一遍，任嘛没有。老板伙计全傻了，难道那钻戒长翅膀飞了？但东西没搜到，无话可讲，只能任由人家撒火泄愤，连损带骂，自己还得客客气气，端茶斟水，赔礼赔笑。

那太太临走时，冷笑两声，对老板说道："好好找找吧，东西说不定还在你店里。真要拿走还不知谁拿走的呢！"说完把柜上俩金元宝顺手一抄，挎着那男人出门便走。黄金屋老板还在后边一个劲儿地鞠躬致歉。

可是老板不信一个大钻戒会在光天化日之下说没就没，他把店里前前后后翻个底儿朝天，依然不见钻戒的影儿。老板的目光渐渐移到那几个伙计身上，可这一来就像把石子扔进大海，更是渺茫，只能去胡猜瞎想了。

两个月后一天早上，按黄金屋的规矩，没开门之前，店内先要打扫一遍。一个伙计扫地时，发现挨着柜台的地面上有个灰不溜秋的东西，像个大衣扣子。拾起来一看，这块东西又丁又硬，一面是平的，一面凹进去一个圆形的痕迹，看上去似乎像个什么，便拿给老板看。老板来回一摆弄，忽用鼻子闻了闻，有点儿泡泡糖的气味儿，他眼珠子顿时冒出光来，忙问伙计在哪儿拾的，小伙计指指柜台前的地面。老板先猫下腰看,再把眼睛往上略略一抬,发现这两截柜子上宽下窄,上截柜子向外探出了两寸。他用手一摸这探出来的柜子的下沿,心里立刻明白——

原来那天,钻戒就是那个女人偷的,但她绝就绝在没把钻戒放在身上,而是用嘴里嚼过的泡泡糖粘在了柜台下边,搜身当然搜不到。过后不定哪天,来个同伙,伏在柜台上假装看首饰,伸手从柜台下把钻戒神不知鬼不觉地取走。再过去一些日子,泡泡糖干了,脱落在地。事就这么简单!现在明白过来,早已晚了。可谁会想到那钻戒会给一块破糖变戏法似的"变"走,自古至今也没听说有这么一个偷法!

这时,他又想到那天那女人临走时说的话:"好好找找吧,说不定东西还在你店里。"

人家明明已经告诉自己了。当时钻戒确实就在店里,找不到只能怪自己。

记得那女人还说了一句:"要拿还不知谁拿走的呢!"

这话也不错。拿走钻戒的肯定是另外一个人。但那人是谁,店里一天到晚进进出出那么多人,更无从去找。这事要怪,只能怪自己没想到。

再想想——那一男一女不单偷走了钻戒,还拿去两个大金元宝,这不是自己另外搭给人家的吗,多冤哪!他抬起手"啪啪"给自己两个耳光。这一来,天津卫的太阳真的打西边——不,打北边出来了呢。

听　蝉

聂鑫森

　　年过花甲的高小蝉，还是那么喜欢听蝉的鸣叫声。

　　酷夏的中午，太阳火辣辣的，社区安静极了，蝉就叫得格外急格外响亮。

　　她家住五楼，楼前楼后栽的是垂柳，蝉声听得很真切。何况，她还要坐在客厅的窗前，窗户还要拉开一条五六寸宽的缝。她可以近听，也可以远看。不远处是一处健身坪，放置着单杠、双杠之类的健身器材，住在一楼的人家，往往把洗了的被单、衬衣、裙子晾晒在上面。

　　她是一位国画家，专攻工笔花鸟草虫，出版过多种画册，举办过很有影响的个人美展，声名赫赫。她画的蝉最为人称道，不但工细，而且还带着一种女性的柔情和清高自诩。唐代骆宾王《狱中咏蝉》，她是百读不厌，"无人信高洁，谁为表予心"，俨然是她的心语。

　　父亲赐她的姓名是高小禅，她爱画蝉，又爱听蝉，改为高小蝉。她曾恋爱过，但最终没有喜结连理，至今仍是无牵无挂一个人。"质本洁来还洁去"，天下肯定有好男子，只是她没有碰到过！一晃她就退休了，退休和在职对她来说，都一样，每日要做的事依然是画画和读书。夏秋时节，多一件事：不午睡，听蝉。听蝉时，她的眼睛看着健身坪晾晒的衣物，特别是女性的裙子，美丽的款式和色彩，给她很多联想，脸上便泛起淡淡的红晕。

　　这天午饭后，高小蝉又坐在窗前听蝉。社区的路上没有车轮声，健身坪上除了晾晒衣物的各种色块外，静寂无人。

　　"知——知——知——知——"

忽然，高小蝉看见一个男子走进了健身坪，蓄着平头，粗胳膊粗腿；上穿黑汗衫，下穿蓝布工作裤。他在衣物之间慢慢地巡走，顺便翻动一个一个的色块，这情景很动人。当那汉子拿起一条粉红色的连衣裙，与自身的黑、蓝二色形成强烈的视觉冲击，高小蝉飞快地用手机拍了下来。她想：他是冒着烈日来为妻子收晒干了的裙子。汉子把裙子折好，夹在腋下，飞快地走了。

下午，高小蝉在一张画好的《柳蝉图》下方的草地上，添了很小的一个粉红色块，依稀可看出是一条裙子，这样构图很柔美。

暮色四合，高小蝉出门散步，走到健身坪时，听到三五成群的人在议论：有人偷走了女人的一条粉红色连衣裙，女人偷裙子是贪小便宜，男子偷裙子恐怕是"变态"。

高小蝉突然觉得热血冲向头顶，她最恨这种男人！急匆匆回到家里，她将手机拍的照片，发给了社区物业管理办公室的负责人！

两天后，派出所依照高小蝉的照片，把案子破了。作案人叫刘禾，住在社区外的出租屋，靠在码头当装卸工养活一家三口。妻子带着个才一岁的孩子，没法子去干活儿赚钱。民警去查抄赃物时，出租屋内家徒四壁，妻子病歪歪的，孩子也是蔫蔫的。汉子主动拿出裙子，哭着说："妻子跟着我受苦，过几天是她的生日，我想送条裙子给她作礼物。可我买不起，就动了偷裙子的念头。我认错，我认罚，只是莫让我去坐牢，我一天不赚钱，他们母子可就惨了。"

汉子没被抓去拘留。

高小蝉听说此事后，痛彻心骨。她不知道她错在哪里，拍照前的钦佩和发送照片时的愤怒，是出于什么莫名其妙的心境？但有一点可以确定，她让这个家庭小小的美好愿望破灭了。现在她再听蝉声，是另一种心情，正如古诗词所言，是"风急蝉声哀"，是"不堪玄鬓影，来对白头吟"。她不想再画蝉了，也不想再听蝉了。

隔三岔五，高小蝉去刘禾家送奶粉送肉食送水果，和刘禾的妻子聊家常，逗一逗那个可爱的孩子。

有一次去刘禾家，高小蝉当着刘禾小两口的面，问："我想请你们帮个忙，不知行不行？"

刘禾说："高老师，我们非亲非故，你对我们太好了，你只管吩咐。"

高小蝉说："我是一个孤老婆子，我想请刘夫人隔三天，到我家来搞一次卫生,算一个工作日,九点钟来,下午四点归,在我这里吃中饭,日工资两百元。"

刘禾说:"她带着孩子,怎么能做事?再说搞卫生没多少事可做,你定的工钱太高了。"

"她做事时,孩子由我来带。工钱就这个数吧,不能再少。明天就开始吧。"

高小蝉觉得日子过得有意思了,刘禾夫妇叫她"高妈妈",孩子结结巴巴叫她"奶奶",她突然就有了"家"的感觉。

转眼就立秋了,"秋老虎"厉害,到处火流奔涌。高家的客厅里开着空调,窗户紧闭,很凉爽。刘禾的妻子在揩抹地板,高小蝉抱着孩子退让着站到窗户边。孩子突然用手指着窗外,哇哇地叫。

高小蝉惊奇地问:"他说什么?"

"高妈妈,他听见蝉叫了,高兴哩!我们住的出租屋旁,也有柳树,也有蝉叫。"

"这孩子,听力不错——"

女军医的梦

杨晓敏

这是我在二十世纪八十年代写的采访手记。

当部队医院宣布驻扎在这个地方的时候,她刚 20 岁。

她是当年扛着背包一路翻山越岭来到西藏的。现在的人们把这些人称为十八军老战士。"十八军"的概念实际上已超越了它所代表的部队番号的含义,上升为一种令人肃然起敬的符号与荣誉。那年我去采访的时候,仍在西藏部队服役的十八军老战士已经屈指可数。然而就在那所高海拔的野战医院,我竟意外地遇见这位即将离藏的十八军老战士。

女军医两鬓染白。她告诉我,她已经办好了离休手续,明天就"下山"了。我暗自庆幸。

或许是一种很微妙复杂的原因吧,女军医对我要采访的那些问题,总是有意岔开话头,只是轻描淡写地解释说,军人是以服从命令为天职的,几十年待在这里是因为工作需要;医生本来就是为病人治病的,算不上什么奉献,所干的都是分内的事,仅此而已,完全没有必要在报上给予宣传。正当我琢磨怎样让她打开话匣子时,她想了想说:"你陪我在营区转转吧。"

医院的建筑整齐划一,铁皮房子大都是二十世纪六七十年代的产物。病房的左侧有一大片林卡(林卡是藏语,意为园林)。白杨树拔地而起,笔直高大,白亮的躯干在冬日灼射下,丝毫没有呈现出被寒风肃杀的景象,依旧挺精神的。它们酷似一大群身着白大褂的俊俏轩昂的女护士。我们在林中漫步,脚下是发出嚓嚓脆响的叶子。野鸽子静卧在光秃秃的枝条上,气氛极是和谐。女军医沉吟片刻,说:"给你讲这林卡的来历吧。"

"医院刚搬来那年,这里蒿草遍地,乱石成堆。对于这个只有野狗出没的不毛之地,我心里实在产生不出愉快的感觉。我们匆忙地架起帐篷,边防上的病号便陆续来住院了。记得第一次上夜班时,我惴惴不安地举着马灯走出帐篷,就撞见一只狐狸从我脚下蹿过,吓得我连马灯都扔了。

"后来工作基本转入正常,医院考虑修建房子。我们几个年轻人憧憬起未来,觉得生活太单调枯燥了,应该有点儿别的什么。那时我们也在恋爱,你别笑话,当时连个说悄悄话的地方都难找。每顶帐篷里都住着七八个人,外面一片荒凉,也没个遮挡的地方。50年代谈恋爱和谈工作差不多,远没有今天的年轻人开放。我心想,这里能出现一大片林卡该多好,阳光下的叶子洒满金黄,林中铺着厚实的草坪,我们可以在里面唱歌、跳舞,甚至和恋人待在某一处密匝匝的树荫里……

"我们开始栽树了。刨开乱石,填进泥土,小心翼翼地栽下了幼苗。你瞧,这些高大粗壮的树便是当年我们最早的劳动成果。高原确实不易栽树,浇下一桶水,刺溜几下就让干涸的乱石滩吸干了。没有自来水,浇树全凭我们到前面的雅鲁藏布江去挑。肩头磨出老茧了,腰杆也由S形变成水桶状了。说句笑话,50年代找对象并不注重身材如何,要是今天可就糟了。第一年栽下的树苗死去三分之二,只有一小部分绽出新芽,长出绿叶。我们正处在富于幻想的青春年华,那年秋天兴高采烈,极小的林卡成为我们娱乐的好去处。风儿一吹,叶片像小风车一般旋转不停,我们翩翩起舞,忘记了一切烦恼疲劳。

"次年春天,我们提心吊胆,生怕高原严寒的冬季会扼杀掉已经成活的幼苗。随着气温逐渐升高,担心解除了,白杨树傲风斗雪,又显示出蓬勃的生机。其实在西藏高原上栽下的树,一旦成活,生命力是异常旺盛的。于是我们产生出这样一个心愿,一定要栽培出一大片的林卡,让它们与我们高原军人的青春同步。直至今天,营区内栽树活动仍是医院环境建设的重要内容。我们年复一年地刨坑栽树,挑水浇灌,林卡不断扩大。我们也陶醉在劳动创造的甘甜之中,一度忘却了当初关于在林中谈恋爱的憧憬。闲暇无聊时,大家只是偶尔在林中散散步。

"80年代后的情况则不同了。那些年年从内地军医学校分来的年轻人,叹息之余,终于发现了这大片林卡的价值。每当夏秋两季,夕阳倚射,林卡里弥漫着欢歌笑语。她们怀抱吉他，甩动长发，旋转起高跟鞋，在林中草坪上不停地唱呀、跳呀。节假日时，月上枝头尚不肯罢休，似乎她们本来就是林卡的主人翁。我们早已过了唱歌跳舞的年龄，这时候哪敢插足其中？但林卡是我们栽的，对此仍然有着不可抗拒的吸引力。在一个明月清风的夜晚，我怀着好奇心悄然走进林卡。

"斑驳的月辉从叶子的缝隙中透进来，踩着酥软葳蕤的草地，令人心旷神怡，沉浸在一段久违的惬意的暖流之中，我恍觉第一次领悟到林卡的魅力所在。可当我四处张望时，顿觉面红耳赤，不合时宜。树干粗大的阴影里，几对情侣依偎着，正在呢喃细语。我的出现，似乎干扰了这静谧恬淡的氛围……我茫然后立即清醒，这时刻的林卡是属于年轻人的，而我老了。

"其实我的心并不老，但我不能赌这种气，否则姑娘们会笑话我呢。当年栽树，不就是为了让年轻的自己有个栖身的休闲娱乐场所嘛。现在自己早到了当祖母的年龄，今非昔比了！以后我决不再轻易到林卡里去，只远远地望着它，默默地放飞心中的想象，唤起久远的回忆。树都长大了，也说明我们在西藏几十年是值得的嘛。

"前些天宣布我离休时，组织上问我有什么要求，我想了半天，说那就把欢送会放在林卡里开吧。姑娘们都说我的要求提得太好了。开欢送会的头天晚上，我失眠得厉害，心想要离开西藏了，明天能在自己亲手栽培的林卡里度过，一定要玩个痛快，和年轻人捉迷藏，击鼓传花，还要跳舞，重温自己青春的梦幻。总之，那天晚上想了许多……

"我至今都认为，那天是我最倒霉的一天。连日来都是晴朗无风的天气，却从那天清晨呼呼地刮起风来，搅得天地昏黄一团。姑娘们懊恼地紧锁起眉头。我临窗眺望，禁不住珠泪涟涟。院领导把欢送会的工作都准备好了，我不能要求更改日期，再说情绪已经如此，下次未必就能调动起来。最终，欢送会改在会议室进行。我沮丧极了，以致在欢送会上，同志们还以为我只是对生活了三十多年的西藏高原恋恋不舍呢。

"欢送会开完后，我在大风中信步走进这片林卡。我恍惚觉得世界静止了，天地明净，只顾贪婪地抚摸着蓬蓬勃勃的白杨树，就像抚摸着我的孩子们一样。心想，今生今世，恐怕再也忘不掉它们了。"

我把女军医的话，全部记在采访本上。

文　砸

刘建超

老街似被人随意丢弃的麻绳,弯弯曲曲又错落有致地卧在洛河岸边。

老街兴于何时已无人记得。老街不宽,三丈有余,却蜿蜒十里。街道上人群拥挤,店铺挨着店铺。远远望去,整条老街就如同扭动的蛇。

老街做营生以开铺子为主。要是想在老街开个铺子可不是容易的事情,老街地面金贵,没有资金撑腰拿不下铺面。老街人认熟欺生,爱逛老店铺,不太凑新店铺的热闹。老街新店铺开张,先前就有砸场子的习俗。

老街砸场子分两类。一是武砸,做武砸的人是欺行霸市的地痞混混,收取所谓的"安商费",保证你安心经商的打点。这类人是明火打劫,冲着钱财来的,你开店若没有个硬根子后腰作支撑,只能花钱买平安。二是文砸,同行业界既有联手扶持,也有暗中设套,尤其是新开店铺稍有不慎就会被砸出戏码,给你编排得沸沸扬扬,生意在老街做不下去。

武砸,可以用钱摆平;文砸,暗流涌动,砸晕了你都不知道浪来自何处。

老街砸店的道行如秋季的洛河,水急漩涡深。

正午时分,老街南关热闹之地,鼓乐齐鸣,又有商铺开张——"客家茶楼"。

老街做茶叶生意的商铺不算少,经营客家茶却是第一家。这家茶铺还敢开在老街最繁华最金贵的地界,可见是来头不小。

茶楼掌柜建安,五十岁开外,中等身材,脸阔眉浓,笑容可掬。

茶楼内已经是宾客满座,谈笑风生。老街名士贤达文人墨客来新开的店铺捧场,多半是来文砸的。

哟，这主家茶楼开张，待客的却是白开水啊。是主家的茶叶还没有到货，还是吝啬啊。要不要先送你一担我清香茶楼雨前毛尖啊。

在座的果然发现，每人桌前的茶杯里都是白开水。

在这老街也经营了几代茶叶生意了，还没有听说"客家茶"，客家跟老街有啥牵扯啊，不会是赚眼球搞噱头吧。

有人开始发难了。

老板建安起身，拱拱手，建安诚谢各位同行贤达亲临赏光。说到河洛老街，这可是客家人的根啊。据考证啊，从永嘉之乱到拓跋焘攻宋，北方人口南迁将近百万。其后呢，唐朝的安史之乱和北宋末年的靖康之乱，河洛地区也惨遭打击，原来的土著居民纷纷逃亡江南。南迁的客家人保持着中原人的血统和生活习惯、文化习俗。通常说"客家人根在河洛"。鄙人在老街开设客家茶楼，也算是落叶归根吧。

可你这待客之道也是君子之交淡如水啊。茶楼开张，白开水待客，这也是老街头一份啊。

是啊，店铺刚开张就这么小气，茶楼的生意也兴旺不到哪去。来也匆匆，去也匆匆吧。哈哈哈。

老板建安依然满面笑容，不搭话，来客议论纷纷。

好茶！老街颇有威望的顾老爷子，忽然大喝一声，屋里顿时安静下来。

大家面面相觑，不解地望着眼前的茶杯。

顾老爷子慢慢起身，捋着长须，眯着眼睛，喃喃说道，馥郁幽香，不张不扬，如漫步雨后柚园，清雅而天润。诸位没有闻到吗？

大家这才仔细品味，果然有清爽茶香在鼻腔间游弋。

转轴拨弦三两声，未成曲调先有情。老板，你这是欲擒故纵啊。千呼万唤始出来，快让我们见见庐山真面目吧。

建安拱拱手，怠慢各位了。眼前的白开水，只是想让各位先清清口，漱去早餐口中沉杂，品尝客家手工花单枞茶。

随即，一扇门打开，几位客家衣着打扮的侍茶师，端出香韵氤氲的青花瓷杯。

众人端杯品咂，赞不绝口。

建安说道，诸位品尝花单枞茶滋味顺滑爽口，回味甘甜。诸位如果有兴趣，不妨试试,晚饮此茶,第二天清晨口香如甘。

客家茶楼开业,"文砸"没有砸出名堂,反而砸出来客家茶楼的名声。

翌日,客家茶楼邻铺的马老板因为资金告急,与供货商争吵起来,两人越吵越急,差点儿动起粗来,推推搡搡就到了茶楼的门口。

围观的人越来越多,就有人找建安老板出面说和说和。

建安客气地将二人请进了茶楼,一壶花单枞茶散着清香。

建安也不说话,只管给气呼呼的二人沏茶。

茶过三泡,二人火气渐消,互道抱歉。

建安把钱袋子放在马老板手上,先拿去周转救急。

马老板吃惊道,这怎么可以,咱俩平日也无交情啊。

建安憨实微笑,能同饮一壶茶的人就是值得交往的好朋友。

顾老爷子说,大家经营的都是茶叶,你们经营的是茶叶的价值,建安经营的是茶叶的品质。你们呀,文砸的把戏就此收手吧。

建安这才知道,邻铺的债务纠纷也是同行文砸设的局啊。

建安惊出满脑门儿细汗。

一念之间

非鱼

二十年前的月亮很亮，和今天晚上一样。

散个步而已，怎么会突然关注起月亮了呢？

人。灯光月光树影里，走过一个人，和他太像了。可是，怎么又突然想起他呢？很多年，他都是不存在的。

人影憧憧，摇摇晃晃，手臂紧贴身体。

他们去看电影，电影名字忘记了，主演也忘记了，只有手心里的汗。他说，跟我回南方老家吧。她摇摇头。他说，要不我跟你走。她又摇摇头。他说，那我们都留在这里吧。她没有摇头，也没有说话。他说，我送你回去。她看着又圆又大的月亮，并不想回宿舍，或许还有第四种选择？

第四种选择是别人替他们选的。他去了一所本市的高校教书，她去了另一座城市的高校教书。

他们的名字一同出现在一家核心期刊上，紧挨着，就好像那天晚上在电影院里一样。那是他们离得最近的一次。她想，打个电话，问候一下，就当是同学或者朋友。又想，算了吧，这么远，能怎么样呢？

后来，他就再也没有出现过。她时常翻阅各种社科类期刊，都没有看到他的名字。

实际上，在学校当了两年助教，他又去考研、读博了，然后出国了。等从国外回来，他成了一位知名学者，研究的领域超出了她的教学范围，她自然看不到他。

对于不在一个轨道和频率不同的人,挂碍少了,烦恼自然也少了,各自只在各自的红尘里浮沉煎熬。

突然有一天,学校给老师们发票,说是市里邀请一位知名学者讲学,专门为他们学校安排了一场。拿到票后,她看见了那个熟悉的名字,恍惚了一下,同名同姓太多了。

讲座开始,他被校领导请上主席台,一眼,她就认出是他。从校领导的介绍里,她对他有了新的了解。博士、海归、知名学者、学科带头人。这些年,他都经历了什么?

整场讲座,她听得一团乱麻,只有手心里的汗。

从掌声里清醒过来时,他已经在往后台走,她盯着那个背影,目送他离开,手臂紧贴身体。

从会场回到办公室,她的脑子又开始乱了。他是知道她在这座城市、这所学校的,那么他有没有一瞬间,会记起她呢? 知名学者,不要说校领导,市领导也会当座上客,多少风云世事,一个她,算什么? 她自嘲地一笑,把他放进回收站,并清空。

他当然没那么健忘,再知名的学者,也有青葱岁月可追忆。讲座的时候,他也曾目光逡巡,试图找出那个摇头不语的姑娘,但并没有发现似曾相识的面孔,这么多年过去,也许她调走了呢? 也许回了老家所在城市了呢?

一直等到宴会间隙,他在去洗手间的路上找到了机会,问陪同他的学校工作人员,有没有这么一名女老师,教古代文学。工作人员很年轻,对学校老师的情况不是很了解,知名学者问话,紧张得不行,随口就说,没有。果然,大家都有太多的变化,他微微一笑,她这一页就翻过去了。

离开这座城市的时候,他并没有什么牵挂。但几天后,校长突然给他信息,说工作人员无意间说,他曾问过教古代文学的一位女老师,学校是有这么一位老师的,问需不需要帮他们联系。他用知名学者的态度回答,谢谢,一位多年不见的老同学而已,下次来再联系吧。

原来,她一直在。那么,听讲座的时候,她是否也在呢? 如果在,她应该是能够认出他的,她怎么也没有和他联系呢? 这些年,她都经历了什么?

一个人放下,一个人放不下,就会有遇到的机会。

学校里骨干教师外出进修,有半天的课,是他来讲。

不同于大讲座乌泱泱的人,进修的课堂只有二三十个人,一进门,他就看到了她。

彼此微微一笑,二十年的时间过去了。

课间休息,他们站在走廊里,交换电话,添加微信。都挺好的?挺好的。你呢?也挺好的。晚上一起吃个饭吧?好。地址回头发你微信。好。

接下来的课,她听得认真明白。他变化真的挺大,口若悬河,才思敏捷,完全不是当年那个木讷的他。

两个人吃饭,吃得并不轻松,甚至有点儿尴尬。基本情况介绍完了,接下来呢?他先打破沉默,这些年,你都经历了什么?

她其实也想问这句话,既然他问了,她就得先回答。可是,从何说起?

想了想,她说,千万个日子,千万个一念之间,最终,就是你看到的这个样子。他点头,可不是。

就像今夜,突然看到月亮,突然想起他,不过也是一念之间。

江南笔记二题

谢志强

客　串

郝静出生的时辰，夜深人静，大名寄托了父母的期望：好静。父亲开个五香豆铺子，前店后坊，自产自销。可是，郝静好动，渐渐地，就有了个外号：阿动。人们竟忘了他的大名。家里人也顺口叫他阿动。

阿动，动得有方向，是戏文，他喜欢看戏。戏到哪里演，他就追到哪里看。长到该娶媳妇的年龄，他还是静不住，只不过，挑上个货郎担子，担子里放着五香豆，紧随着戏班子，看戏，卖豆。

母亲去世得早，父亲替他发愁，据传，阿动看上了戏班子里的姑娘。

草台班，多为越剧。越剧里，清一色的女演员，男角，也由女人演，女扮男装。可是，不知为什么，阿动迷上了京剧，京剧都是男演员，跟越剧相反，有女角，也是男扮女装。

京剧戏班里的掌班(班主)说："京剧是花，阿动是蝶，蝶恋花，从未见过阿动这样的戏迷。"

父亲病逝，阿动应该子承父业，静下来了吧？阿动的担子里，增加了炒锅，现炒现卖。看戏，当然要吃零食，况且还带了小孩，阿动的生意特别好。他会来戏里的道白、唱腔，加上五香豆的香味儿，有声有味，会吸引很多食客。戏开场了，他会让食客自己付钱自己取豆。一包五香豆的价格固定不变。

其实，台上的戏文，他不知看了多少遍了，闲了，他还会唱上几句，甚至加上一些即兴的台词。

有一天，京剧戏班来到他家乡的古镇，仿佛郝家五香豆回归了故乡。他已经跟戏班子在外漂泊了一个春秋了。

郝姓里的族长过七十大寿，请来了戏班，族长喜欢看《三国演义》，点的戏也是"三国"。

不知怎么，扮演二花脸的演员突然患了病，上吐下泻，不能上台。

掌班一急，突然想到阿动。跟阿动商量，救个场，帮个忙，客串一下。

好像跟戏班走南闯北那么久，终于有了过把瘾的时刻，不过，他掩饰着激动，说："我还没正儿八经登过台呢。"

掌班说："这出戏，我演曹操点将，你演我手下的大将许褚。"阿动伸出三个指头，似乎屈才了，说："就两句三个字吧？你喊我过来听令，我答，在；你叫我率兵破敌，我应一声，得令。"

掌班竖起食指和中指，说："是嘛，要不我怎么想到你来客串？两句台词三个字，我出两块大洋，算是补偿你的生意，如何？"

阿动将五香豆的担子摆在台下，吆喝一声："乡亲们，拜托了，自己取豆，自行付钱，听到了，传个话。"

戏开演了。曹操上台，摆弄了一会儿威风，就喊："许将军听令。"许褚走上台前，应道："在！"一招一式，颇有大将风度。曹操说："命你带兵三千破敌。"许褚应："得令。"

台下，朦胧的月光和灯光里，一片密集的脸，随即响起一阵掌声，同时，不知谁喊："好，好，阿动演得好！"叫好声响成一片。

演曹操的掌班过后说了他当时的反应：我演了数十年的戏，享受过无数次观众的喝彩，没见过给许褚的喝彩，何况，阿动是临时的客串，竟抢了我的风头。

掌班眼见阿动"得令"走向侧幕，脱口喊："许将军转来！"

阿动看过多少次戏，根本没这个情节，他愣了一下，转身回台，一副恭敬的样子。

曹操说："许将军，你带兵前去，用何计破敌？"

阿动醒悟，是乡亲们喝彩给他惹的麻烦。他灵机一动，顺水推舟，说："丞相在上，军机大事，不可泄露，请附耳过来。"

掌班不得不伸过头来，侧着脸附耳过去。

阿动的嘴对着掌班的耳，说："我仅赚了你两块银圆，你竟然如此为难我？"

曹操大笑，点头，说："妙计！妙计！"

台下先是一愣，一惊，一叹，随后掌声一片。

幕后，掌班边卸装边说："阿动，你入戏了。"

阿动说："我不配那些掌声，这可是我的家乡呀，乡亲们没见过我演戏，是在鼓励我呢。"

掌班说："如此痴迷，你可以改行了。"

阿动突然想到五香豆。台下，竟然还有几个人等在担子旁边，看摊。他清点了一下零零碎碎的铜板，竟然额外多出一些钱来。

有人问："阿动，你改行了？"

阿动摇头，说："戏里花样太多，祖传的五香豆，到我这里不敢中断，看戏，卖豆，两不误。"

过　手

吴老泉因出了夜诊，起得迟。天刚蒙蒙亮，一阵急骤的叩门声惊醒了他。他以为有疾病的人家前来就诊。

门口站着一个乞丐模样的人，拄着拐杖，拐杖上挂着一个葫芦。

吴老泉唤妻子上街买些早点。

那个人摇头，抚抚肚子，说："我饱了。"

老泉药店临街。来者面生，吴老泉看出他是赶了夜路，问："你替家人来抓药的吧？"

那个人摇头，说："我来跟你切磋医术。"

看此人乞丐一样的装束，必定是落魄之人。隔三岔五，常有后生来拜访，要拜他为师，吴老泉都会婉言拒绝。来的都是客，要好生接待。吴老泉请那个人进来，让座，沏茶。

那个人立着，仿佛借助拐杖支撑着疲惫的身体，说："不必客气，久闻你的医术，疑难杂症都不在话下。"

吴老泉听过许多恭维话，他预料那个人是用话在套他，绕来绕去，最后会抛出来意。他说："治病救人，理所当然。"

那个人说："你医治的都是活人，若是碰上死人，你能让他起死回生吗？"

旭日升起，一个大好的天气。吴老泉不悦。一大早就来说"死"，晦气。

这当儿，哭声传来，不止一个人在哭，接着，一口棺材经过店前石板路，白的、黑的，哭哭啼啼。棺材下还滴出血，像一路撒下红色的花瓣。

那个人转身，叫抬棺的人停下来，还上前询问了一番，然后，指指"老泉药店"的牌额。

吴老泉发愣了，那个人分明是拦截死人为难他嘛。

那个人说："难产，婴儿活了，产妇死了，你看看，棺材里的死人还可医否？"

众人都看着吴老泉。吴老泉脱口承诺道："可以医治。"

那个人突然来劲儿了，仿佛要众人见证——附近的居民闻声前来。那个人背朝着吴老泉，说："各位听见了。"随即，回首，降低了嗓音，说："你和我，各医一半。谁若医不好，不再当郎中。"

起死回生，吴老泉从未遇见过。只是，他已夸下海口，毕竟心里没底，看样子，那个人有心让他当众现丑——折损他的名气。医人怎么可医半边，除非神仙才能办得到，走一步看下步吧。

揭开棺盖。店前的街道被堵得水泄不通。伙计抬了就诊时的床板，产妇被放上去，气息、脉搏均已停止。

吴老泉做出一个"不必客气"的姿态，说："你先来你先来。"

那个人从葫芦里倒出三粒药丸，放入死者口中，灌了半杯水。

一片寂静。那么多人，简直能听见喘息声。

片刻工夫，死者左眼像拉起窗帘一般，慢慢地张开了，而且左手、左脚微微颤动——那是生命的迹象。

一个男子——死去孕妇的丈夫，上前跪在那个人面前，喊着："神手，神医，神仙！"

吴老泉暗暗吃惊，难道是传说中的八仙吕纯阳出现了吗？他看得清清楚楚，葫芦里倒出的药丸，大小、色泽跟自己药柜里的相仿，而且，药丸也装在葫芦里，出诊时带，外壳刻有"老泉"的字样。他取出葫芦，也倒出了三粒药丸。

那个人说："看你的了。"

躺在床板上的产妇，身体的两半仿佛一半醒来，一半还在睡着。

吴老泉的掌心已有三粒药丸,他迟疑了一下,故意失手,让药丸滚落在地。恰好滚在那个人脚边。

　　吴老泉说:"我腰不好,请你代我将药丸捡起来吧。"

　　那个人弯腰,拾起药丸,交给吴老泉。吴老泉用水灌送……仅片刻,产妇的右半边身体活动了。

　　众人大喜,说:"活了,活了,全活了!"

　　过后,吴老泉发现,那个人不见了,不知何时离去了。

　　回家后他对妻子说:"过手,多亏过了一下仙人的手。"

　　从此,吴老泉走运了,还得了个绰号:吴半仙。

月如钩

侯德云

"梧桐落,蓼花秋。烟初冷,雨才收,萧条风物正堪愁……山如黛,月如钩……"

刘哥自言自语。我听得出来,那是南唐词人冯延巳的《芳草渡》。此人词作,满纸凄凉。

刘哥说,那年,他们全家,爷奶、父母、兄弟,被一辆大卡车,一路颠簸,卸到芦屯,以为是定居,没想到局势有变,后来又返回瓦城。

每隔一段时日,刘哥都要跟我茶聊一次,茶香里全是往事。

刘哥说,住草房没问题,难的是做饭。生米要做成熟饭,没草不行。烧煤?想都别想。家家都烧草。第一顿饭,草半干半湿,二斤火十斤烟,好歹把稀粥糊弄到嘴里。

刘哥抬手在自己眼前划拉一下,端起茶杯说,此刻他还能闻到当年的烟味儿。

草我知道。在我的童年和少年时代,每逢秋天,都要漫山遍野去捡草。草是一个笼统的称谓,包括杂草,也包括树叶、树枝、树根等一切来自山野的可以燃烧之物。

刘哥说他下乡的最初两年,年年都要捡草,从第三年起,他不捡了,改成了偷草。

刘哥交了两个朋友,一个叫虾兵,一个叫蟹将。两人都不安分。刘哥更不安分。三人行必有领袖,刘哥就是领袖。

芦屯西边,是一大片草甸。草有一人高,但不准割。谁都不行。草是生产队的,是集体财产。草甸一角,支一茅屋,晚上有人打更。

秋花惨淡秋草黄,耿耿夜灯秋夜长,山如黛,月如钩,正是偷草好时光。刘哥上了自家房顶,向西眺望,看草甸那边的茅屋有无烛光。房后,地面上站着两个小弟,都手持镰刀,腰扎草绳,抬头往房顶上瞅着。他们在等待,等待刘哥下达作战命令。

刘哥竖起耳朵,听。夜空里,隐隐有音乐声。他对音乐敏感,乐声刚起,就被他抓住。不是歌声,是乐曲,65325352161……很熟悉。

刘哥跳下房顶,一挥手,率虾兵蟹将往音乐响起的方向走,边走边唱:"我们坐在高高的谷堆旁边,听妈妈讲那过去的事情……"

那天晚上,三位好汉没顾得上去偷草。他们倚在一户人家的院墙,听乐声。是板胡。

刘哥说,用板胡拉此曲,有别样的滋味。顿了一瞬,又说,那天晚上,他听得泪流满面。

第四年初冬,刘哥还是跟虾兵蟹将一起,偷花生。此时,花生已经入仓。在场院上,一仓挨一仓,不敢看,看一眼,嘴角是湿的。

事先准备作案工具,麻袋一条,树杈一枝。

我问刘哥,麻袋用来装花生,树杈做什么?

刘哥说,那时候家家都用明锁,看场的小屋也一样。锁扣在门外,用树杈拴住,看场人就出不来。

山如黛,月如钩,行动开始。

三人有分工:虾兵负责望风,蟹将负责闩门,刘哥负责扒仓。

扒仓是技术活儿。不能把口子扒得太大,还不能弄断秫秸。口子太大,花生流速快,响声也大,那不行。弄断秫秸,会留下偷窃痕迹,更不行。刘哥不相信虾兵也不相信蟹将,非要亲自操作。他操作得很好,花生哗啦啦从不大不小的缺口流出,流了二十分钟,行了,麻袋鼓起三分之二,有六七十斤。刘哥掩住缺口,拎着麻袋一角,背起就走。

过程很完美。唯一的遗憾,作案二十分钟,看场人竟没发现,树杈的功能,没显现出来。

花生分成三份,三位好汉各一份。都抿着嘴乐。

刘哥他爸黑着脸,把刘哥摁到炕沿上,拿扫把啪啪打他屁股,边打边说,看你还敢再偷!

刘哥还敢。

第五年秋天,刘哥做成了一个大案,偷了上百斤苹果。这回没跟虾兵蟹将一起去偷,是跟小芳。"村里有个姑娘叫小芳,长得好看又善良",对,就是她。

刘哥喜欢人家小芳,不是一天两天了。从山桃刚刚开花时就喜欢。想表白,却胆怯。每天上工下工,都拿眼睛睃小芳。有时小芳有警觉,脸腾一下红起来。

刘哥说,一直熬到端午节,他才找到一个突破口。

端午节,吃粽子,吃鸡蛋。刘哥他妈养了几只鸡,鸡屁股里抠蛋,好歹攒出半筐篓,煮了,不分老少,每人四个。刘哥不舍得吃,揣兜儿里。兜儿里有鸡蛋胆子壮,刘哥把小芳约到村东小树林,四个鸡蛋,都掏出来。小芳鼓鼓囊囊的胸脯有了起伏,拉风箱一样喘着粗气,手上却有了执拗,硬是退给刘哥两个。两人脸对脸吃鸡蛋,关系算是定了下来。

摘苹果的季节,一天下午在果园里,刘哥跟小芳咬耳朵,说,你敢不敢跟我一起做坏事?小芳小声问,啥坏事?刘哥说,偷。小芳一时不解,愣住。刘哥急了,不是偷你,是偷苹果。小芳抬手甩了刘哥一巴掌,你坏!

农民上下工,从来没个准点。看天。天要亮没亮,是上工时间;天要黑没黑,是下工时间。

吃罢晚饭,刘哥与小芳会合,手拉手进了果园。刘哥脱了裤子,系上裤腿,把裤子当口袋。两人摸摸索索,将苹果从树枝上一个一个扭下来,装进裤子。一裤接一裤,倒腾到附近的山沟。沟里的山坡地上,有刘哥事先挖好的一个坑。苹果倒进坑,上面铺一层野草,再盖上一尺多厚的沙土。

是夜,繁星如眼,一眨一眨,似有笑意。

腊月底,月依然如钩,刘哥和小芳,到沟里取苹果,一人一筐。

刘哥他爸,照例黑着脸,把刘哥摁到炕沿上,拿扫把啪啪打他屁股,边打边说,看你还敢再偷?

大年三十,晚饭后,一家人围坐一桌,咔咔地啃苹果。爷奶、父母、兄弟、脸色都很祥和,跟上一年,全家人围坐一桌吃炒花生,情形近似。刘哥突然胸口一热,觉得自己很了不起。

说到这里,刘哥陡然叹息一声,随即用手背擦拭眼角。

戏　台

刘国芳

村里人很少，我们在村里走了好一会儿，才看到一位老人和一个孩子。走近老人，我问道："听说村里有座古戏台，请问在哪里呢？"

老人还没说话，边上的孩子开口了，孩子说："我带你去。"说着，孩子蹦蹦跳跳跑了起来。

我们跟着孩子走着。不一会儿，孩子伸手一指，说："就这里。"

顺着孩子手指的方向，我们真的看见了一座戏台。戏台已破败不堪，两边的角塌了一边，戏台上长满了草，一幅荒凉的景象。

同行的杨友祥和杨华林是抚州有名的学者，今天特意来寻这座古戏台。站在戏台前，杨华林说："想当年，这里几多繁华，今天却荒草萋萋。"

杨友祥说："原来姹紫嫣红开遍，似这般都付与断井颓垣。"

这时，孩子在边上说："这戏台都倒了，有什么好看的？"

两位学者几乎同时说道："这是汤显祖设计的戏台，当年他还在你们村亲自排演过《牡丹亭》呢。"

孩子问："汤显祖是谁？"

这时，那位老人走来了，老人也说："这样一个倒了的戏台有什么好看的？"

我跟老人说："这是汤显祖设计的戏台，当年他还在你们村亲自排演过《牡丹亭》呢。"

老人问："汤显祖是谁？"

我们说："汤显祖是明代大戏曲家。"说着，我们拿起手机把古戏台拍了下来。

过后,我们在各自的朋友圈里发了古戏台的照片,还附上了这样一段文字:这是何坊乡水溪村的古戏台,已经有400多年的历史。戏台是汤显祖亲自设计的,他也曾在这里亲自指导戏班排戏。只是,时过境迁,戏台破败不堪,甚至,村里人都不知道汤显祖是谁,真如汤显祖在戏台里所唱:"原来姹紫嫣红开遍,似这般都付与断井颓垣……"

这条信息朋友圈反响很大,有人评论,有人转发,也有人专程去看戏台,之后给我留言:"我们去看了那座戏台,在一片荒草中,真的十分可惜。"

后来,我和两位学者又去了一次,才进村,就看到一个孩子蹦着跳着向我们跑来,孩子说:"你们一定是来看戏台的吧。"

我们说:"你怎么知道的?"

孩子说:"天天都有人来看戏台,我带你们去吧。"

路上,孩子跟我们说:"这是汤显祖设计的戏台,当年他还在我们村亲自排演过《牡丹亭》。"

我们问那孩子:"你知道汤显祖是谁?"

孩子说:"知道,明代大戏曲家。"

这样的话一位老人也曾说过,我们看戏台时,老人走了过来,对我们说:"这是汤显祖设计的戏台,当年他还在我们村亲自排演了《牡丹亭》。"

我们问老人:"你知道汤显祖是谁?"

老人说:"知道,明代大戏曲家。"

我们听了,都笑了。

我们的朋友圈还在持续发酵。

有一天,水溪村一位做生意的老板找到了杨友祥和杨华林两位学者,他说:"我虽然是水溪人,却不知道这里还有这么一座古戏台。"

两位学者说:"这个戏台大有来历,是汤显祖设计的,当年他还在你们村亲自排演过《牡丹亭》。"

老板说:"这戏台真和汤显祖有关?"

两位学者说:"当然有关。"

老板问:"有何证据?"

两位学者说:"清代戏剧家李渔就在他的戏曲论著《闲情偶寄》中提到过你

们水溪,他说:'汤义仍的《牡丹亭梦》一出,家传户诵,几令《西厢》减价,及至乡村遍布,水溪一带,便夜夜还魂。'这里说的水溪,就是指你们水溪村。意思是说,当年水溪村夜夜都会演出《牡丹亭》。"

这位老板离开水溪村多年,他一直都想为家乡做点儿事,为此,他出资一百多万元,重修了古戏台。戏台重修后,这位老板还请来了城里的剧团在村里演戏,除了演《牡丹亭》里的"游园"外,还演了一出《劝农》。

当晚,我和杨友祥、杨华林都去了,看戏的人很多,附近十里八乡的人都赶来了,热热闹闹的。戏开演了,台上几名演山民的演员唱道:

> 山也清,水也清,
> 人在山阴道上行,
> 春云处处生;
> 官也清,吏也清,
> 村民无事到公庭,
> 农歌三两声。

唱到此处,戏台下一片欢腾声。

剃　头

安石榴

好吧,这是老早以前的事儿啦。

二柱子最亲的人就是大柱子。二柱子在心里琢磨这个事儿的时候,本打算算上侄子大喜子和二喜子,还有整天哭唧唧的大丫和二丫,琢磨一阵儿还是没算他们,嫂子也没算上。

二柱子自记事儿起就只记得有哥哥大柱子,后来又有了一个大个子嫂子。嫂子好骂他石头缝里蹦出来的。起初他没在意,骂的次数多了,琢磨一番,认可了,要不然别的小孩都有爹娘,他怎么没有呢? 嫂子甩着男人似的粗胳膊指使他去山里砍烧柴。他蹲在林子里看东一块西一块、黑黢黢满身小窟窿眼儿的火山石,不眨眼地看上半晌,心想,怎么蹦的呢? 这是个问题。

十四岁了,二柱子的腰细纤纤的,有个头儿,没多大劲儿,架不住四个孩崽子群殴,这才知道啥叫好虎抵不住群狼。大个子嫂子赏的耳刮子他能扛住,但每次打在他的脸上,总见大柱子满脸苍白地蹲下去,还抱着头。二柱子没有多想,他当下的问题是头发太长了,隔壁邻居王婶说他“长毛婆婆的,怪吓人”。二柱子就借了婶子的剪子铰了几下,狗啃似的,不像样。王婶又不帮他,“唉”了一声长出一口气,说:“我可惹不起那老娘儿们,”又急急地追了一句,“疯狗,你就造孽吧! ”

跑山货的老客要下山,他那辆三匹马的大车把一年攒的山货装得满满的,但再捎个人也未尝不可。嫂子塞给二柱子一个铜板,叫他去县城剃头,她盯着二柱子爬上高高的货顶。老客说:“你可拉倒吧,剃个头还要跑出去八十里地吗？"他只是说了这么一句话，也并没有阻止，看二柱子坐稳后，又把捆货物的绳子抓得紧紧的了，就挥挥鞭子高门大嗓叫了一声："驾！你个死老娘儿们，不要脸！"三匹大马飞奔而去，二柱子望见嫂子已经变成小不点儿了，还在祖宗八代地大骂老客。

进了海林县城，老客将车停在一个铺子门前，让二柱子下来，从怀中拿出一张纸钱递给二柱子，说："你嫂子给你那一个大钱，啥也干不了。这么地，你拿上这张钱，先去剃头。"他指指铺子，接着说，"剃完头呢，他还会找给你钱，你去旁边小吃铺吃饱喝足，完事儿后去那儿，马棚，看见没？那是个大车店。"老客指着对面一个大院子，"我一会儿过去给你说好，你去找一个一脸大麻子的人，他整天在那儿，你提提我，他妥妥会给你找个车捎你回夹皮沟，听明白没有？"二柱子点点头，老客非让他重复一遍，拍拍二柱子肩膀，说了一句快长大吧，长大了就好了。这才驾着马车走了。

二柱子按照老客的安排，先去剃了头，从镜子里看到漆黑的头发纷纷散落而下，突然像是天上的一块乌云散了，莫名其妙的，看啥都看得清清楚楚亮亮堂堂的。他出了剃头铺子，进了小吃铺，吃完之后，坐在那儿没动地方，琢磨了一阵，起身出门，却没有去对面的大车店，而是顺着路朝前走，一直走到火车站。火车站广场上的人多，车也多，他呆呵呵地站了一会儿，不知道干吗，忽然有一个人过来问他想不想当伙计，他点了头，这个人就带他去了广场边上的一个杂货铺。

转眼过去三年，二柱子快十八虚岁了。这几年吃得饱睡得香，个子没再长，骨架倒是长了，长得又精又壮，显得人更高了，简直换了一个人。脸倒是没有脱胎换骨，还能看到十四岁的影子。有一天傍黑，杂货铺都要关张了，进来一个人买锯锉。这个人拿上锯锉走到门口，突然转了身，扬声道："二柱子?！"

此时二柱子正背对着门，把顾客挑过的锯锉理到货架上，听见叫自己的名字也立马转身，问："什么事？"

那个人没说话，走了。二柱子琢磨了一会儿，忽然想起，那人是夹皮沟楞场的老邓。

过了几天，二柱子觉得不太对劲儿，到底怎么回事呢？他还一时说不清，就是不对劲儿、不自在，好像有人盯着自己。铺子当初盖在一片王八盖子(湿地)上，草率了，基础没有打好，慢慢沉降，窗台降至人的膝盖那儿。外面的人进铺子"咕咚"一下掉进黑地儿,倒是里面的人往外看越发容易了。二柱子发现街角有个人团成一团蹲在那儿,时不时往铺子里张望。二柱子看了一阵儿,心猛地急跳了起来,他推门出去,就见那一团黑立马溜走了,消失在胡同深处,过一阵子又回来。一连三番,都是如此。

第二天,太阳很足,有点儿刺眼。二柱子看到那一团黑还在,他把这几年攒的钱都包在一张草纸里,叫了蹲在门口的小叫花子,打发他把这个纸包送给那个蹲墙根的人。二柱子隔窗看着,那个人没有接,起身慢慢地离开了,却也没有回头。小叫花子站在那儿张牙舞爪地乱骂了一气朝回走。

此时恰巧是阴历八月十四,中秋节前一天。当天关张的时候,东家给二柱子放假,说:"你回家团聚去吧,放你三天假。"

二柱子说:"不必吧,我没事儿。"

东家摆手道:"别介呀,这是规矩,当年我的东家也是这样对我的,我是有样儿学样儿。"

二柱子琢磨了一会儿,趴地下实实在在给东家磕了仨头,他不干了。当晚,他搭上一辆火车往哈尔滨去了。一定要去哈尔滨吗?也不是,他只知道他必须离开这里。他听人说过,哈尔滨是个大码头。

老那的旗

何君华

　　一抬头，老那发现旗杆子上的旗让昨夜的西北风扯了一道口子。

　　老那将旗降下来，才发现那口子有将近二十厘米长，就跟学生们使用的直尺长度差不多。怪可惜的，这么好的一面旗就这样叫风毁了。老那在心里叨咕着，去库房寻另一面新旗。

　　老那在库房里翻箱倒柜，却没有找到新旗。老那明明记得，库房里还有一面备用的新旗，但他把所有的柜子、箱子翻了个底朝天，愣是没找着。兴许是记错了？不应该啊，绝对还有一面！老那又是一通找，仍是没找着。老那这才确信是自己记错了。"老啦，不中用啦，这记性是越来越差了！"这么一感慨，老那忽然伤感起来。

　　老那是个不服老的人，也是个从来不服输的人，浑身的力气总也使不完，但终究是老了。这么想着，老那就一屁股坐在了地上。

　　岁月匆匆催人老，不服老不行啊。老那也不知道在冰凉的地面上坐了多久，忽然腾地站了起来。老那觉得，不能这么坐下去了。今天是星期日，明天就是星期一，他还得给孩子们升旗呢。他得抓紧时间去苏木（乡级行政区）上买一面新旗回来。

　　我在《巴音诺尔的旗》那篇小说里写过，只要看到学校的旗升起来，我们就知道该上学了。升旗的除了老那外，不会有别人，因为老那是我们嘎查（村）小学的校长。老那名叫那日苏，但没人叫他"那日苏"，也没人叫他"那校长"，包括我们学生在内，背地里都喊他"老那"。他除了是校长外，还是我们的蒙古语老师、汉语老师、数学老师和体育老师，是我们各门正课副课的老师。整个嘎查小学只有他一位老师。老那有个雷打不动的习惯，那就是每天早上六点准时起床升旗。一旦哪天没升旗，那意思就是学校放假。起初我们连什么是星期都不知道，时间久了才知道，一个星期是七天，只有星期天一天不上学。在我们嘎查，谁都不习惯按照星期过日子，因此仍然每天还是看老那升旗没有，如果升旗了就赶紧起床上学。

我也说过，老那的"旗语"在我们巴音诺尔嘎查还挺实用的。我们嘎查虽然地势极平坦，却是出了名的"幅员辽阔"（这个词当然也是老那用半生不熟的汉语教给我们的）。毫不夸张地说，我们嘎查可能是整个内蒙古自治区乃至全中国最大的嘎查，各家各户住得远，升旗确实是最简单有效的沟通方式。老那每回去苏木或是旗里乃至盟里，除了买回一些教具文具外，一定还会买一面崭新的国旗回来。我们嘎查地处科尔沁草原腹地，夜间风大，每天傍晚老那都要把国旗降下来收好。尽管这般爱护，可国旗还是经不住每天的风吹日晒，因此只要有机会出门，老那就一定会买一面新的国旗回来。

老那跳上一辆突突冒烟的农用三轮车就往苏木上赶去。苏木上有一家（也是唯一一家）文化用品商店，那里能买到国旗。文化用品商店在苏木中学南门西侧，苏木中学在苏木街道最南边，可老那搭的这辆农用三轮车到苏木街道北头就往东拐了。老那不敢耽搁，跳下车就往南走，因为还有两里多地呢。

老那好不容易走到苏木中学，才发现文化用品商店关门了，一把大铁锁牢牢地把着店门。老那打听一圈才闹明白，今天是星期天，商店老板回花吐古拉嘎查家里去了。这可怎么办？花吐古拉嘎查离苏木有五里多地呢！

老那咬了咬嘴里的老牙，决计去一趟花吐古拉嘎查，他要去找商店老板回来给他开门。

等老那气喘吁吁地找到商店老板时，商店老板却不乐意再跑一趟："这大周末的，不去！"商店老板打着酒嗝儿连连摆手。

老那苦口婆心地告诉商店老板，孩子们等他升旗上学呢。老板不吱声了，从炕上爬起身，默默地跟着老那回了店里。

商店老板郑重其事地将国旗交到老那手里。老那接过旗，想了想，又掏出一沓零钱来，慢悠悠地说："再买一面，买两面吧！这么大老远折腾你一趟，挺不容易！"

从商店出来，老那才发现天已经完全黑了。他还没吃饭呢！可他已经顾不上咕咕叫的肚子了，他得抓紧时间去苏木街道上找辆车赶回去。可眼下哪有车啊？这大冷天的！

老那只好迈开双腿往回走，边走边看有没有顺路车可以搭。这天可真是太冷了，西北风那个吹呀！刮在脸上跟刀割似的。也是，昨夜那风都能把旗子扯出一道老长的口子，能不冷吗？

光刮风还不算，雪忽然就下起来了，不一会儿就下大了，越下越大，大雪片子像鹅毛一样。老那心知眼下是不可能碰到什么顺风车了，他只能靠自己的双腿一步一步往回走了——或者说，往回"挪"可能更准确。

老那抬了抬头，似乎远远地看见了嘎查小学里矗立的旗杆。看着光不出溜的旗杆，老那顶着科尔沁腊月里的西北风和鹅毛大雪，坚定地向嘎查小学迈着步子。

事实上，老那哪能看见旗杆呢？还有好几里地呢！他只不过是在心里想着，孩子们明天就要上学，上学就要升旗。这么想着，他就迈开了步子。

旅伴老柳

袁炳发

在黄山市开完全国性的笔会之后,我特意留了下来,准备去登黄山。仁者爱山嘛,讲真话,我对黄山心仪已久。

会议结束后的第二天早八点,我打了辆出租车,直奔黄山。

一个小时后,在景区南门,我乘缆车至云谷寺,然后步行,攀登一级级石阶,不一会儿就让我气喘吁吁。此时是五月初,一路远观近看,黄山秀丽多姿,风光无限;更有满山的杜鹃花开放,与翠绿的山色呼应,真是令人神清气爽。偶尔短暂歇息,放眼两边辽阔深邃的山谷,内心便升腾起一种别样的力量,就又有了向上攀登的勇气。

终于到达了玉屏景区。就是在这里,我认识了老柳。

当时,我正在一个石凳上坐着喘息,两个穿黄坎肩、抬滑竿的师傅,迈着沉稳有力的步子,把一位八十多岁的老爷子抬了上来,后面跟着一个五十多岁的矮胖汉子。我目测应该是老爷子的儿子。

两个师傅放下滑竿,矮胖汉子急忙近前,扶住老爷子。老爷子手摆了几下,示意不用扶,自己轻松走出滑竿。

矮胖汉子对老爷子说:爹,你看,那就是迎客松!

老爷子眯起眼睛笑着说:三儿,总算看到它了!这迎客松和画上的一模一样,精神!

儿子从双肩背包里拿出一个望远镜,给老爷子挂在胸前,指着一座山峰说:"爹,那座山峰叫莲花峰,是黄山的第一高峰,滑竿上不去,你就用望远镜看吧。"

老爷子拿起望远镜，边看边喊："好山好山啊！"

儿子在一旁呵呵笑着。

我听爷儿俩的口音是东北人。异地他乡遇到老乡，自然是多了份亲切，我便上前与矮胖汉子搭话："兄弟是东北哪的人呐？"

矮胖汉子说："五常的。"

他也听出了我的东北口音，反问道："你是东北哪里人？"

我回答："哈尔滨。"

"老乡。"

"可不，咱们是老乡。"我们笑着，两双手紧紧地握在一起。

他乡遇老乡，尤其东北人乡情重，之后就在一起游玩了。我们聊了一会儿。矮胖汉子比我大，他说他姓柳，就叫他老柳吧。

在玉屏风景区玩过之后，我们又奔光明顶，光明顶有个云海宾馆，我和老柳准备在那儿住宿。

几天前会议方帮忙给我预订了一个单间。老柳说他没预订，到宾馆以后再开房间。

两个滑竿师傅始终抬着老爷子。

到了光明顶，游人多，老柳瞅好空当，给老爷子拍了几张照片，又让我给他们爷儿俩拍了一张合影。

到了云海宾馆，因为我是预订，在宾馆前台交了住宿费用后，顺利拿到房卡。老柳却卡了壳。当时正是五一假期，游客多，云海宾馆的标间全被订了出去。这是老柳没有想到的，他急得手足无措。

这时服务员告诉老柳，二楼有十个人合住的大房间，是上下铺的那种。如果老柳想住，服务员可以帮助协调给爷儿俩安排下铺。

老柳面露难色满心不悦。我说："老柳咱这样吧！我一个人好将就，去住十人间房，你们住我那个大床房。"

老柳搓着手，说："这如何是好，你也是五十岁的人了，哪能让你受那个委屈。"

我说，还有比这更好的办法吗？咱们是老乡，别犹豫了，再犹豫连上下铺的大房都没有了。说完，我把房卡递给老柳，转身去开十人间房。

一切办理妥当后,老柳拿出两千元给我说:"这是给你的住宿钱,多的算是转让费。"

我只收了我单间房的原价,其余的给老柳塞了回去。

我们各自住下后,去餐厅吃饭。除了我们自选的几个菜外,老柳还变戏法似的从双肩包里拿出一瓶茅台酒和几根哈尔滨红肠。

老柳说:"这都是从咱家那边带来的。"

喝了点儿酒,老柳话多了起来。他告诉我,他是五常乡下的农户,这些年一直包田种水稻,因为米好,销路一直不错。挣了些钱后,他每年都要自驾游,拉着老父亲去看祖国的大好河山。

老柳说:"我爹就喜欢看山。他常对我说,你只要站在山顶,你平时经历的任何难事都不算个事儿了。这几年我拉着爹,把泰山、武夷山、华山、庐山都转了,车也换了几台。"说着老柳拿过手机,从相册里让我看他开过的桑塔纳、路虎、奥迪等车……

翌日早,我因有事提前下山,在光明顶和老柳分手,我们加了微信。

转年春天,插秧季时,老柳给我打电话说:"炳弟,过来玩吧,现在正是稻田插秧时候,城里不少人来,这里成网红打卡地了。"

我架不住诱惑,就驾车去了老柳那里。

到了板子村,我打听柳河清的家,一个上点儿岁数的人说,你问的是柳老三吧?

我点头。

他带我到了老柳的稻田,远远地我就看见了老柳,他穿着皮裤,和一些人忙着插秧。老柳的稻田一望无际,一直延伸到遥远的蓝色地平线。老柳淡定地立在自己的田地里,构成一幅壮美又自足的画面。我心中一动,这或许就是千百年来中国农民心中的梦想吧!终于,老柳实现了。

这天的晚饭,老柳安排在县城的一家大馆子,喝的依旧是茅台。

正喝着,一女服务员过来说:"柳经理,咱家店里的小河鱼中午就卖没了,您换个菜吧!"

老柳说:"那就来一块大豆腐,放点儿辣椒酱。告诉王大厨,酱里放我喜欢的那种红皮辣椒。"

服务员点头走了。

我不解，问老柳："刚才那服务员称你柳经理？"

老柳笑了，说："忘了告诉你，这家饭店是我开的。"

听后，我举目这家两层的大饭店，竖着大拇指说："老柳，你威武呀！"

老柳说："没啥威武的，只是运气好，赶上了好时代。"

这天晚上，一瓶茅台酒被我俩喝光了。

卷毛喔喔

范子平

小韩从山沟里弄来一只半大的狗,灰不溜秋的卷毛狗,毛尾脏乱不堪,肚皮上斑斑驳驳可能长有癣。遗弃的狗呀猫呀,城里很常见,山里头委实不多。大家都围上来看。小韩说:"也是鸡肋,唉——"

我知道小韩的心思。要了它吧,既不如我那只误吃老鼠药死去的叭儿"薇薇"模样可爱,又不如小韩那只误入陷阱死去的德国牧羊犬"虎子"威武;不要它吧,我们勘探队长年累月在野外作业,一时半会儿也回不了城,这荒山野岭里找只狗比找条狼还难。我又打量它一眼,心里也觉得没劲儿,无可奈何地叹口气:"唉,好赖是个伴儿,留下吧。"

小韩将它抱到泉水里用香皂洗净,长癣的地方抹了药,在太阳底下晾干,再抱过来时就不一样了。棕红色卷毛覆盖着全身,毛茸茸的,大嘴巴一张,里边的牙齿白白的尖尖的,伸出长长的红舌头去舔几下门框,模样也有几分可爱。这个摸摸,那个逗逗,也算添几分生活乐趣。但大家正抚弄间,它突然箭一般蹿出去,跑到远远的野地里,钻这儿钻那儿。追出去的小韩抓住它恼怒地说:"再不讲卫生就不要你这狗东西了!"我看着小狗浑身上下的尘土草末儿,说:"这东西,要饭花子出身,适应不了卫生环境,给它起名叫个'窝囊'好了!"小韩说:"就叫'喔喔'吧,这东西!"

早上,我们都洗过脸刷过牙了,喔喔才懒洋洋地从帐篷里钻出来,撅起屁股摆摆前腿伸个长长的懒腰,将下巴蹭两下地皮,例行公事般地摇两下尾巴,伏到小韩给它摆的盘子上,狼吞虎咽地吃起香肠和面包来。我说:"吃相凶猛啊！"小韩说："看它吃东西,倒是还有点儿基础,至少训练时它会有劲儿！"

小韩驯狗有一套。以前他训练的"虎子",就是我们的好帮手,能按照小韩的指令埋伏、出击、扑咬,动作干脆利落,不止一次给我们抓野兔改善生活。再一个,那东西灵性得很,除了我们几个,谁投的东西都不吃,哪怕是块香喷喷的牛肉扔到它嘴边,它也是狂吠着向主人报警。现在的喔喔呢?不管怎样,小韩又信心十足地训练它了。

"喔喔,冲！"小韩带头往前飞跑。喔喔似乎是不情愿地跟着跑起来,前边有一块儿斗大的赭色石,小韩做着示范一跃而过,喔喔已经跳过去了,却猛地打个旋儿,回过头来细细地嗅起来。小韩喊："喔喔！"喔喔在大石头跟前寻觅到一块儿小石头,双爪抱起来好像马戏团表演。小韩说："喔喔！"喔喔放到地上,张开后腿撒上一泡尿再嗅。小韩喊："喔喔！"喔喔就汪汪地连叫了几下,声音不高不低,好像带着满腔委屈。我说："小韩,算了吧,喔喔又不是虎子！"

两周过去了。喔喔照旧是能吃,饭量快顶得上当年的虎子;喔喔照旧是跑不快,翘着尾巴晃着屁股一摇一摇的;喔喔照旧是满满的好奇心,跟在我们后边抖着卷毛正在跑,动不动就停下来对哪一块儿石头发呆,有时还像猫掏鼠洞似的伸出前爪去探探石罅。我说："小韩呀,喔喔可能就是个宠物狗,咱逗逗就得了,你要叫它干别的,恐怕连个鹌鹑也抓不住。"小韩有点儿迷惑地说："喔喔的个头可不像宠物狗呀。"他又对喔喔说："喔喔呀,要是遇到狼,你敢不敢往前冲？"老王不屑地扫喔喔一眼说："哼,不被狼吃掉就是好的！"喔喔根本不听我们的议论和感叹,只是嗅东嗅西的。

狼倒是没遇到,但在往牛头山转移的途中遇到了金钱豹！

牛头山峰高林密,我们走到坎头岩下时,喔喔哼哼唧唧的,还在小韩的裤腿上蹭了两下,事后才想到这也许是喔喔对我们的警告。我们和豹子紧张地对峙时,冷汗浸透了布衫,完全忘记了喔喔的存在。豹子和我们相距只有十多米远,当时就是拿枪也来不及了。所幸那只豹子盯了我们一会儿,突然转身跳过沟跑了。我们这才松一口气。小韩也一屁股坐在了地上,但马上又强撑着站起来喊："喔喔！喔喔呢？"是呀,喔喔呢?喔喔身子骨弱,不能指望它上前撕咬,至少也该汪汪叫几声示示威吧。但谁也没听见一声犬吠。我们全体人员一起出动寻找好半晌,原来喔喔躲在我们身后十多步处的一簇密草中,拨开草丛,看不见它的头脸,真叫"钻过头不管屁股",只看见一团卷毛在瑟瑟地发抖呢。

走到黑虎岭时,天已擦黑,队长决定就地宿营。喔喔又是哼哼唧唧并在小韩的裤上蹭来蹭去。这是不是猛兽将要在这里出没的预兆?经过了金钱豹事件后,我们不得不格外警惕。于是在帐篷外点起了篝火,我们拿起枪分成两拨值班站岗。喔喔的哼哼唧唧声一直持续到深夜,不要说站岗的紧张惊恐,就是轮到睡觉的也睡不安生。但是一夜平安无事,直到红日笑微微地站立在黑虎岭的黑槐树枝头上。

　　被恐怖折磨了一夜的勘探队员都揉着红红的眼睛出来了,吮吸一口清新的山谷空气,活动活动腿脚,放松放松自己。就在这时,不知什么时间跑出来的喔喔突然在不远处狂吠起来。大家来不及细想,慌慌张张跑回帐篷拿枪,没枪的拉出标杆做武器自卫。但是搜索半晌,看不见虎豹豺狼的踪影,又拿出红外探测仪扫描,也没有发现任何可疑的情况。但喔喔还在那里吠叫。我们赶到跟前,它又咬小韩的裤腿。但那里既无蛇影又无蛇洞,裸露的红色岩石处有几丛葛条而已。老王说:"小韩呀,喔喔头脑里是不是弦绷得太紧了?"队长也皱着眉说:"该叫不叫,不该叫乱叫,净扰乱军心!"小韩脸上早挂不住了,飞起一脚将喔喔踢得在地上翻了个跟斗才爬起来。

　　从坡头回到基地后,小韩就托人又弄一条中华田园犬来,起名叫"鹏鹏"。喔喔还要不要?老王说:"干脆杀了吃肉吧!"我首先表示反对。小韩也说:"那怎么行?送人得了。"老王就瞪大眼睛:"这种成色,谁会要?"但后来,老王还是趁到市里置办后勤时,把喔喔带往狗市,结果半路就遇到买主卖掉了。卖狗的钱我们上街吃了一顿羊肉烩面。

　　故事到这里本来就结束了,但那天杜工来我们第七勘探队检查工作。杜工是我们基地总工李大海带出来的博士。李总深山探矿遇洪水牺牲后,杜工就是基地的头号权威了。我们和杜工在一起喝酒,他看着小韩的"鹏鹏"不住地称赞。老王就绘声绘色地讲起了喔喔的笑话。谁知杜工越听越紧张,突然问:"它在哪儿?"老王说:"早卖掉了!"杜工连连顿足:"你们咋恁混呀!那可是李导的心肝宝贝!找矿犬!李导下很大功夫培育了五六条,只有这条卷毛犬成功,探矿可灵!你千条万条狼犬也抵不上一条这种狗呀!我还以为它被洪水冲走牺牲了呢!啥也别说,赶快找它去!"我们顿时慌了,赶忙去各个狗市查询,但茫茫人海,哪里还能找到一条狗呢?好在小韩头脑机灵,他把我们领到之前喔喔吠叫的地方,深挖下去,探到了一处难得的富矿。

惦念一片绿

高满航

列兵随战友回到营地时,已经过了晚上九点。

这时,脚下的沙砾不再那么灼热。折磨他们一整天的酷暑被晚风吹散,纠缠着列兵和战友们的"敌人"就只剩下了疲惫。

列兵回到宿舍后,先用晒温了的河水美美地擦了个澡。

将要熄灯时,班长回到宿舍,变戏法一样,不知从哪里弄来十多根绿油油的黄瓜,兴奋地招呼大家:"快来,鲜嫩的黄瓜,祛暑解乏,一人一根。"

列兵开始以为,班长是从隔壁厨房取的。他咬一口,鲜嫩脆甜,觉得这和厨房放久的老黄瓜不是一个味,明显是刚从蔓上摘下来的。

列兵问:"这是从哪里摘来的黄瓜?"

"保密。"上等兵冲他神秘一笑。

"这可是最金贵的荒漠水果。"中士说,"哪能轻易暴露目标?"

"到底哪里来的?"列兵望向班长,迫不及待想知道答案。

"明天就带你去,一看便知。"班长笑着对他说。

第二天一大早,列兵刚醒来就追问班长:"咱们什么时候去看荒漠黄瓜?"

班长笑着说:"不要急,去的时候我喊你。"

吃过早饭,列兵忍不住又问班长:"现在是不是该去了?"

班长乐了:"急什么,还怕我去的时候把你忘了?"

列兵挠挠头:"不是那意思,我就是……"

他的话说到一半就止住了。班长当然知道他后一半想说啥,不等他说完,就打断他说："先训练。"

列兵泄了气,快快地等着值班员吹哨集合。

这天的训练和往常无异,列兵的表现却格外出色。他虽接触新课目时间短,但悟性高,动作练得也快,完全看不出是老连队的新兵。

两个多月前,他刚报到时,大家都看出了他心有不甘的样子。

老兵们心直口快地说,看他细皮嫩肉,怎吃得了这苦?

班长从不戴有色眼镜看人,他以前是怎么带的其他兵,现在就怎么带列兵。

一晃,列兵到连里已经两个多月了。

这天,结束训练回到营地时,夕阳尚未完全落山。

列兵换装、洗漱完毕,趁着晚饭前准备看会儿书。他把书刚打开,就觉得一个影子移到了他身边。列兵抬头,看到站在他跟前的竟是班长。

"去不去?"班长笑问。

"去。"列兵喜滋滋地回应,他一直在等着班长呢。

"走。"班长出了宿舍后直奔厨房,挑了两桶厨房攒下的废水往外走。

列兵赶忙去接扁担,对班长说:"我来我来。"

班长努努嘴对列兵说:"你的在那边。"

列兵扭头,看见洗漱池边装满水的两只铁桶。铁桶里的水是战友们洗漱完的废水经过滤后存下来的。铁桶上已经横着一根扁担。

列兵挑起水,跟在班长身后,朝荒漠深处走去。

挑着两桶水走在沙地上真艰难,落地时脚后跟陷在沙里,起脚又换成脚尖戳进沙里,才走出几十米,列兵已经累得气喘吁吁。

班长似乎不是跟列兵走在同一条路上,他随着肩上的担子有节奏地一起一落,走起来让人感觉既轻松又麻利,很快就把列兵甩在了身后。

列兵不敢耽搁,紧咬牙关,双手握实扁担两头,紧追了上去。

班长停下时,天已黑尽。

他们身后营地里的微弱灯光成了荒漠里唯一的亮色。

"就在这里。"班长打开了手电筒。

列兵看到,灯光下是四面残缺不全的土墙,铁丝对拉在土墙顶部,算是做了个屋顶,上面罩了一层塑料膜,像是一座简易的蔬菜大棚。

列兵惊讶地问班长:"这里怎么会有墙,以前住过人吗?"

班长说:"牧民以前都散居在荒漠里,为防风沙,建起这干打垒的土房子,后来陆续都搬迁到了附近的镇里,房子大多荒废倒塌,这是仅存的残墙。"

"黄瓜在这里能成活?"列兵迫不及待走进大棚。

"咱们能在这里扎下根,咱们种下的菜肯定也能活。"

班长跟在后面给列兵打着手电。

列兵看到,空间狭小的大棚里只有四行菜,每行五六米,黄瓜也就十来株。除了黄瓜外,还有一行西红柿,一行豇豆,一行茄子。

在手电筒的光照下,四行菜和它们的四行影子根挨着根,就像八队整装待命的士兵。

"慢点儿,可千万别踩着了。"列兵弯腰往里走的时候,班长急忙叮嘱。

列兵顿时紧张起来,不时看着脚下,就像他踩着的不是菜地,而是地雷阵。他也不禁惊喜,在这干旱的荒漠里,竟长出了嫩绿的蔬菜。

列兵在大棚外面舀水递给班长,班长猫着身子在里面浇。

班长每浇一株菜的时候,都轻轻地捋起底部的叶子,让水恰到好处地滴在蔬菜根部,每株菜不多不少,正好一瓢水。浇完菜之后,班长又小心翼翼地理好根部的叶子,走出大棚时,已经全身汗透。

"今天让它们喝个够。"班长欣喜地说。

一阵风吹来,吹走了悬在头顶的乌云,星星和月亮相继露出笑脸。

顿时,荒漠里铺上了一层银色的光芒。

"走吧,回。"班长担着空桶大踏步走在前面,列兵紧跟着他投在月光下晃动的影子。

那一小片盖着白色塑料膜的蔬菜大棚早已不见了踪影,列兵却忍不住一次又一次回头去望,仿佛那里藏着他心心念念的宝贝。

列兵的家在南方,十九年的人生经历,他从未如此惦念一片绿色。

过年回家

冷清秋

打电话是需要安静的。

他推开门进入房间,就把大家的欢笑关在了客厅。没想到结结巴巴说个开头还没说完呢,领导立即就批准了。

这让志国欢欣不已,他顺手把窗户推条缝,外面的冷风立即冲了进来。零下十六度,风也会怕冷吧。陡然想起这句话,志国一下子就笑了。就连原本一跳一跳隐隐作痛的心口此时也缓解了不少。事情得到圆满解决,是需要抽支烟庆贺庆贺的。却被进来取东西的大姐抱怨说:"哎呀,都看春晚呢,你咋躲这儿抽烟,啧,净是烟味儿。"

志国吸吸鼻子扬手就笑:"暖气太热了,这样,大姐,我去外面转转,一会儿就回来!"

从家里出来没几步就是社区的广场。灯光下,雪花被风吹得乱舞,篮球场那边很多人在放烟花,一幕一幕绽放的烟花照亮夜空,惹得不远处一对带着孩子看烟花的夫妇一再惊呼。小女孩儿三四岁的样子,扎着两个小丸子在头顶,蹦蹦跳跳的,没几下就扑倒在地上,旋即又笨拙地爬起来。灯光下,小家伙的脸蛋红扑扑亮晶晶的,眼睛里流着光溢着彩,快活得像只小兔子。

过年真好啊,回家真好啊。志国想起自己小时候,过年,爸爸也曾带着自己放爆竹,对,是爆竹。那时候还是爆竹多一些,烟花很少见。大年三十的晚上,一家人围坐在火炉前嗑瓜子喝茶谈闲篇,总是要熬到很晚才睡;大年初一,又很早就会被老爸从床上薅起来。那时候的老爸年轻力壮胳膊粗力气大,一伸手就能把志国从被窝里提溜起来。看看父亲正严厉地盯着他，志国就知道没理由再赖床了，只好跟着哥哥麻溜地穿衣起床。只要父亲在家，是绝不允许谁睡懒觉的。父亲说："一年之计在于春，一日之计在于晨，每天最好的时辰就是早上，早上记性好，精神劲儿足，背个书能记牢，做个事特麻利，睡懒觉就把一天的时间给荒废了。"

就是在父亲的严格督导下，志国天天学啊学，才把自己考进了京城的学校。人往高处走，水往低处流，毕业后理所当然留在京城某科研所。但谁料到一上班就给绑住了啊，天天朝九晚五，加班加点是家常便饭。每次回家都是匆匆回匆匆走。开始几年父亲总是挥挥手说："该走走嘛，工作要紧，我和你妈不用你操心，不是还有你哥你姐嘛。"这样一年一年的，就过去了很多年。

就好像一愣神，老爸已七十出头了，老妈头发说白就白了。岁月不饶人，说老就老吧，咋还就痴呆到不认识自己儿女的地步？那个年轻帅气爱发脾气的老爸哪里去了？换成这样一个脾气古怪的老头儿？下午到家那会儿，就是这个怪脾气的老头儿拿肩背使劲抵住家门，死活不让他进屋，还声嘶力竭不依不饶："你是哪个哦？你到底是哪个？"即便是自己赔着笑脸赶紧解释："爸，爸，是我啊！"那也不行。原本以为要僵持着一直不让进门呢，谁料老爷子忽然又诧异着一脸热情地发问："都堵在门口做啥呢？有啥事不能进屋说吗？"

把志国听得想笑又想哭，眼泪转了几转差点儿没掉下来。

老母亲却轻轻拍着儿子的背不以为意，说："不认就不认吧，人上了年纪不都是这病那病的，摊上了又能咋办？你当你爸是不认你一个？他把一家人都撇过去了，有时候连我这个老婆子都不认得喽，天天伺候他吃伺候他喝，还时不时被他骂是哪里来个老妖婆在眼皮底下晃。可你说他不认人吧，到晚上还非要挤着我拽着手才肯睡，撵都撵不走甩都甩不开！"

好在老爷子也有清醒的时候，譬如刚才一家人正开开心心包饺子呢，老爷子忽然清清亮亮地问："四小，你这次回来几天？"外甥女就哧哧笑，悄声说："喏，小舅你看到没，俺姥爷这会儿不是明白得很嘛！连你的小名都记着呢！"一家老小附和说可不是吗，全都笑了。

志国规规矩矩站起来，像以前那样老老实实回答说："爸，我们年三十到初六一共是七天假期，初七上班，但我初六有事要忙，初五我就要回去。"老爷子"哦"了一声再无下文。

年夜饭后拜过年,发过红包,几个晚辈意犹未尽在家族群里继续玩红包,看老爸数次打盹儿就差把脑袋掉在沙发扶手上,志国便搀着想伺候他去睡。睁开眼的老父亲端详一下志国的脸,一下子欢喜不已:"四小,你可回来了? 刚到家不是? 饿不饿? 累不累? "就像是刚才第一眼看到儿子回来时那样高兴。

听志国说吃过饭了,老爸便乖乖由儿子搀扶着去房间睡。盖好被子关灭床头灯,志国正迈脚出门,衣襟却被老父亲拽住了。暗夜里影影绰绰看到老父亲微微抖动的肩膀和闪闪发亮的眼睛,递出的声音是嘶哑的、小声的,好像是在掩饰什么:"四小,你今晚不走吗? "细听那语气里竟然有了些许撒娇的成分。志国愣愣,心里一下子就潮湿了。他轻轻蹲在床前握住老父亲的手说:"爸,我们是七天假期,初七上班,我初六有事,初五就该回去的。"

"一、二、三、四……五天啊? "掰着手指头数完,老父亲略带失望地问。

"这不是单位有事情……"说到这里,志国停顿了一下,忽然换了种欢快的语气说,"嗨,差点儿忘了,其实放假前和领导请示过了,可以晚几天再回去。"

"晚几天? "老父亲步步紧逼。

"过了十五如何? "志国试探着问。

"正月十五? "老父亲一下子松开手笑了,"元宵节看花灯啊? "

"对,一起看花灯! "

主　角

红酒

武生孙成有身段有扮相就是没嗓子,这个行当过于讲究,有功没嗓,自然演不了赵子龙。

演不了赵子龙不等于孙成没有名气,在相思古镇,只要提起马童孙成,老戏迷们哪个不知? 或许,也有不晓得的,那他还算是古镇的戏迷吗?

要是朝细处说,孙成应该叫作翻扑武生。一般的翻扑武生只在武场中翻跟头或跑龙套,顶多饰演个牵马拉蹬的小马童,听人招呼后一连串儿空心筋斗翻上场,站定后一抱拳说"在",接着左手挽花,右手按下道个"遵命"就下场了,实在是没多大意思。梨园行有句话,说"只有小演员,没有小角色",可戏份儿有轻有重,摆明了还是有区别的。

自古以来,关羽被奉为神圣,孙成早就听师傅说过关公戏不同于其他,搁以往,那叫神戏。

孙成特别喜欢《古城会》,这出戏中的马童,可是个举足轻重的角色。关公是圣人,上场哪能说翻就翻说打就打? 全凭马童腾跃跌扑推波助澜渲染气氛烘托关二爷的豪气神武。孙成扮演的马童身手矫健敏捷,干净利落,从不拖泥带水。所以老戏迷们都夸孙成演得好,为关公增色不少。

孙成心里也有个小九九,唱戏演不了主角,他怎么会甘心?《古城会》这出戏,虽然他在里面没有一句唱词,但有不少念白,情绪身段都可以借此发挥。譬如剧中的马童奉了二爷命,报信到古城,莽汉张飞不见,差人将其轰下山去。马童不惧张飞,说:"三爷容禀,是我奉了二爷之命,仰望三爷打开城门,迎接二位主母进城。"孙成把里面的念白演绎得不卑不亢,大义凛然。

不上装的孙成剑眉高扬,举手投足,英气勃发。他和扮演关公的红生孟强同科。两人在舞台上是搭档,生活中是好友。孙成性情稳健办事颇有章法,这点孟强不如他,大小有点儿事,孟强都会迫不及待地找孙成讨教,就连红生的婚事,要是没孙成出主意,师妹含春绝不会顺顺当当嫁给他。

可你孙成再能,在戏中也只是个马童;孟强再没主意,在《古城会》里也是二爷,一声招呼——马童,孙成就忙不迭地上场听关二爷使唤来了。这是戏,却也不是戏,马童孙成在背对观众时,半真半假地冲孟强小声骂道:"你这家伙。"可一转过身,马上恭敬地说:"遵命!"人照样在戏情中。

戏毕,关二爷怀抱鲜花谢幕,冲观众频频点头致谢,这时,马童孙成早已卸装完毕,静静地坐在后台喝水,听着那一浪高过一浪的掌声,似乎无动于衷。

说孙成无动于衷是假的,他心里波涛汹涌,难以平静。孙成跟鲜花掌声无冤无仇,这辈子他期待的就是这个。

一出《古城会》,让孙成孟强合作多年,台上马童伺候的是关公,台下关公却离不开马童。说话间,主角配角的鬓角都生出了斑斑银丝。孟强在一次演出时,刚刚"斩完那蔡阳老儿",就觉得体力不支,勉强回到后台就倒下了。这一病,再也没能上台。

马童孙成突然觉得没了兴趣,《古城会》中的关羽也不是谁都能演的,"戏比天大"这理儿自孙成十二岁开始学戏时就明白,如今缺了关二爷孟强,你让他给谁牵马去? 从此,这一对儿搭档从古镇的老戏迷眼中消失了。

那些老戏迷怎么也不会忘记孙成和孟强,平日里品茶聊天时常常念叨,满腹惆怅地眯眼哼上几句:"勒马停蹄站当道,青龙刀斜担在马鞍桥。罢罢罢,忍耐了,弟兄们分手在今朝……"这么一来,倒觉得是孙成孟强不仁义。

桃园三结义至死都不曾割袍断义,关二爷和他的马童又怎么能就此分开呢? 孙成先是陪着孟强住院治疗,后又四处寻医问药帮他做康复。台上关二爷招呼马童时还会捻髯说声"马来",戏外,马童孙成根本不用招呼,端水送药殷勤周到。

看着跑前跑后的孙成,孟强心里很不是滋味儿。让孟强欣慰的是儿子孟小强从戏剧学院毕业后又回到了剧团,踌躇满志地要演《古城会》里的关二爷,孟小强特意点名要孙成为他牵马。孟小强担心孙成拒绝,亲自上门求孙叔叔助阵。

孙成看着眼前青春勃发一脸诚意的孟小强,推辞不过,应了下来。孙成不是不想演,戏是老戏,一招一式,早已烂熟于胸,他担心的是久未登台,功夫生疏,对不起戏迷。

《古城会》排练了小半年后正式公演,开场锣鼓震耳欲聋,扎黑巾穿快靴扮作马童的孙成,眉宇间英气逼人,风采不减当年,从侧幕口一溜儿空心跟头,接着身子一拧,十几个旋子轻盈飘逸,"胯下赤兔胭脂马,手中青龙偃月刀",义薄云天的关羽关二爷的马童,绝非等闲之辈。"好——"老戏迷们忍不住拍手叫好,眼睛瞪得滴溜溜圆,生怕错过了孙成的哪个动作。

关公提刀出场,红脸,黑须,绿蟒,眼微闭,头半低,不怒自威,既有泰山当头压下的气势,又有令人不寒而栗的力量。一场戏下来,关公和马童,绿叶托红花,红花衬绿叶,自始至终,配合默契,戏迷们欣喜若狂,眼界大开。

谢幕时,新一代红生孟小强突然转身下场,就在大家诧异不已时,他紧紧地挽着孙成再次来到台子中央,把一大束鲜花恭恭敬敬地献给了马童孙成。这时掌声如雷,观众席中的孟强涨红着脸,猛然起身,使劲儿拍着巴掌,潸然泪下。

秦玉兰

欧阳明

　　老戚刚到镇上，就碰上了派出所所长老阳。

　　"晚上给你接风。"老阳说。

　　"得问问她。"老戚说。

　　"我给她说，放心，她会同意的。"

　　二人口中的她，是秦玉兰，老戚的老婆，分管老阳的副镇长。

　　秦玉兰是个美人，个子高挑，近一米七，身材肥而不腻，瘦而不干，皮肤白净，四十多岁了，看上去只有三十多。

　　秦玉兰最初是招聘干部。招聘干部非正式干部，无编制，也不转户口，原是农村户口的，一旦解聘，只能回去种地。这也是后来秦玉兰嫁给老戚的一个重要因素。

　　老戚和秦玉兰是一个村的，1981年，老戚高中没毕业，就顶替父亲进了省地勘队，端上了铁饭碗。父亲的工作，是部队转业安置的。

　　老戚个子不高，比秦玉兰矮了大半个头，眼睛很小，走近才看得见眼珠子。最难看的是那三颗门牙，嘴皮怎么也包不住，一直耀武扬威地露在外面。在秦玉兰面前，老戚很自卑，即便是后来他有了稳定的工作，也不敢对她有丝毫奢望。

　　地勘队干部才能坐办公室。老戚是工人，一年四季，都在野外作业。地点经常变换，一会儿平原，一会儿丘陵，一会儿深山老林。老戚那张天生就黑的脸，因此晒得更黑。这张脸，让他看上去比实际年龄大了许多，以至于认识他和秦玉兰的人，都说是一朵鲜花插在了牛粪上。

老戚每年只有春节假期才能回来。所以婚后，秦玉兰一年除了那几天外，其余时间都是独守空房。用她自己的话说，是守活寡。

秦玉兰真正想嫁的人，并非老戚，而是付勇，她高中同学，又高又帅。

秦玉兰和付勇读书时就好上了。二人高考落榜后，一起去考的招聘干部。上班一年后，他们打算结婚，却遭到秦玉兰父亲老秦的坚决反对。老秦不允许她嫁给一个农村户口的男人。

恰巧那时，老戚的父亲托人向老秦来提亲。在老秦看来，老戚丑是丑，但有城镇户口，凭这一点，就比付勇强多了。嫁汉嫁汉，穿衣吃饭，老戚收入稳定，退休了都能领钱，即便是秦玉兰哪天被解聘了回家种地，也一辈子不会愁吃愁穿。

秦玉兰看不上老戚，和父亲犟。老秦见劝她不听，就威胁说，不同意就滚出去，今后也别再叫我爸！母亲也劝她，结婚就是过日子，没钱，再好的感情也好不过几年。秦玉兰不忍心和父母闹僵，伤心地哭了几次，忍痛割爱和付勇分了手。

老戚知道秦玉兰不喜欢自己，但能得到她的人，他已心满意足了。他怕煮熟的鸭子哪天飞了，便处处讨好着秦玉兰，除了工资全交外，家里的大事小事，都由她说了算。

事实上，婚后很长一段时间，秦玉兰都没把老戚当自己的男人。直到后来有了女儿，又听说付勇也结婚了，她才死了心，把心思转到了工作上。

女儿上小学那年，全县所有招聘干部转为正式干部。有了城镇户口的秦玉兰高兴之余，又想起了付勇。她埋怨父亲毁了她的幸福。父亲叹道："当时谁知道你们也能转正啊！"

秦玉兰答应了老阳的饭局。饭桌上，老阳和几个哥儿们轮番向老戚敬酒。老戚出于礼貌，来者不拒。秦玉兰怕他又喝醉了，劝老阳手下留情。老阳一本正经地说："领导，我们这是为你好啊！"秦玉兰知道他们是想让老戚晚上啥事也干不了，笑着说："老戚可是我们家的财神，喝出问题了你们可得负责。"

老戚有野外补助，工资是秦玉兰的两倍。他们能在城里买房子，全靠老戚。

"放心，喝不出问题的，真把老戚喝死了，我就把自己赔给你。"老阳说。

老戚知道是玩笑，不开腔，只两眼望着老婆。

秦玉兰呵呵一笑，说："算了吧，你可没老戚老实。"大家一阵哄笑。

日子年复一年，秦玉兰继续白天工作，晚上守活寡。女儿高三毕业那年，她终于调进了县城，在一个可有可无的单位当副职。

为了祝贺她进城，老阳组织了一个饭局，秦玉兰问他能不能把付勇叫过来？老阳说你直接打电话呀。秦玉兰说："他现在是局长，这么多年没联系，怕他不理睬。你和他是老乡，叫他来他肯定来。"老阳笑着说："想重温旧梦？"秦玉兰说："都这把年纪了，重温个鬼！只是想当面问问，这辈子，他过得是否真的开心。"

结果，付勇有事，来不了。

那顿饭，秦玉兰喝得最多。散场时，走路都有点儿晃了。老阳说送她。她说不用，叫女儿来接。

秦玉兰这辈子，最操心最伤心的，就是女儿。小学读完，她就把女儿送到县城读书，让爷爷奶奶陪着。可女儿太不争气，初三时就和一个男生好上了，不管怎么打骂，都不分手，甚至扬言，如果父母继续阻挠，她就自杀。秦玉兰怕真的出事，只能由着她。结果可想而知，女儿没考上大学，高中毕业后就和那个男生结了婚。但婚后不到两年，就离了。

一说起女儿，秦玉兰满是后悔，后悔当年不该让她进城读书，更不该让她和那个男生结婚。

几年后，秦玉兰退休了。每天的生活，就是在家伺候外孙和老戚。老戚前两年中风，留下后遗症，无法再上班，只能在家等退休。

慢慢地，记得秦玉兰的人已不多了，只有老阳念旧，依然一到过年，便请她和老戚吃饭。但自从老戚中风后，她都只一个人来。问老戚为啥不来，说外孙需要人照看。

今年春节，老阳照例请吃饭，想到老戚不来，便叫上了付勇。没想到秦玉兰知道后说："不好意思，老戚病了，我得陪他，去不了。"

船　灯

相裕亭

　　县党部那个打着裹腿来送"请柬"的兵，真是渴了。贾先生让他坐下来，喝一杯茶水再走，他也没有客气，端起一杯茶水，感觉不冷不热，便一仰脖子，喉结那儿上下滑动两下，一口气儿便喝下肚，扬了扬手中的信札，跟贾先生示意，他还要赶路，就不坐了。随手抹了一下嘴巴，留给贾先生一个晃动的背影，走了。

　　贾先生看那"信使"前脚刚走，他随手就将那张镶着金丝边的大红"请柬"扔进纸篓里了。

　　贾先生已经很少参与县党部那边的事情了。尤其是王佐良到县上任知事（后改称县长）以后，贾先生懒得与那人打交道。贾先生从来就瞧不上他。

　　贾先生与王佐良是光绪末年的同榜秀才。可贾先生是真秀才，王佐良是假秀才，他那个秀才是他父亲花钱给他买来的。

　　但不久，王佐良就任本县知事。贾先生却因为大清的倒台，返回故乡做起了孩子王。

　　好在王佐良没有忘记贾先生这个真秀才。上任之初，他便亲自登门拜访，并一再邀请贾先生出山，让他担任县党部的"参议员"。

　　乍一听，王佐良赏给贾先生的那个"参议员"，可以参与县上各类事件的讨论与决策？其实并不是那样的，贾先生那个"参议员"没有多大权力。说得直白一点儿，他就是县党部的一个摆设。

　　这就是说，王佐良赏给贾先生的那个"官"是虚职。县上大事小事，他说了都不算。或者说,他说了也是白说。贾先生意识到这个问题以后,县上再请他去"议事",他便以身体不适或是家中有难以脱身的事情,予以拒绝了。

可县党部那边,偏偏看重贾先生的声望。每当遇到筹粮集草等民众敏感的议题,总要把贾先生请到县上去。

在王佐良看来,但凡请到贾先生,表明他尊重知识,尊重文化人呢。当然,这里面也不排除他王佐良利用贾先生的社会声望,抬升他自己的身价儿。在外人看来,他王佐良与贾先生可是同一年的秀才。至于他那个秀才是怎么得来的,除了贾先生他们少数的几个人知道外,其他人只怕是很难知道内幕。正因为如此,王佐良到本县任职以后,他对贾先生格外敬重。

但贾先生并不领情。

在这个问题上,应该说贾先生过于迂腐了。人家王佐良王大人(本县人称他王二大人,王佐良行二),读书虽然没有你贾先生读得好,可论起做官或者说带兵打仗,你两个贾先生三个贾先生加到一块儿,只怕都不是人家王佐良的对手。王佐良的父亲曾任江西总兵。这就是说,王佐良是将门之后,他骨子里自有一套用人带兵打仗的套路呢。

所以,王佐良上任之初,就把贾先生的地位给抬得高高的,让贾先生出任本县的"参议员",隔三岔五地请贾先生到县上吃酒席、议事情,给足了贾先生脸面。反过来,本县办错了的事情,也无须你贾先生担当。在王佐良看来,关键时刻,你贾先生只需点个头、带头鼓个掌就可以了。譬如上面派下来的官粮官草以及兵丁数额,要逐一摊派到各乡各村,甚至要落实到千家万户。这就需要贾先生他们这些"参议员"们出面来认可。

可王左良所干的那类有伤于民的事情,贾先生跟着稀里糊涂地鼓过几次掌,便觉得那不是心中的真实意愿。贾先生意识到,自己的这个"参议员"已经成了县党部或者说成了王佐良的一堵挡风墙。

之后,县上再有"请柬"送到门上,贾先生便以各种理由,予以推辞。他不想跟着王佐良去搅浑水。

客观一些讲,贾先生居住在乡下,往县上跑一趟,来回三四十里的路程,中间还隔着一条宽阔的盐河,确实也不太方便。所以,县上那边的事情,他能不去尽量就不去了。

可这一天,贾先生接到那封"请柬"以后,虽说没等那个送信的兵走远,就把那"请柬"扔进纸篓里了。可过了一会儿,也就是贾先生把刚才沏好的那壶茶喝透以后,又从纸篓里将那"请柬"捡起来,反面正面仔细看了看本次"议事"的内容。贾先生似乎想去县党部看看,或者说他要到县党部亮明自己的观点。因为,这一回县上要议的话题,是往西山修一条官道,理由是便于山林失火以后,县上好组织人员去及时扑救。

贾先生一眼看穿了王佐良的谎言。因为,西山那边出了一位京官,当时正在大总统黎元洪手下当差。前些时候,也就是王佐良到任不久,他曾备足了盐区的对虾、海参、黄鱼干,专程进京去拜访过人家。此番,他又要把官道修到那人的家乡去。这分明是谄媚上司,想从中捞取他个人的政治资本。

贾先生弄明白这个道理以后,便觉得这件事他不应该再回避了,要站出来为民众说话。

他问夫人:"咱家的那盏船灯呢?"

船灯,也就是马灯。

那种灯,是清军入关以后,带进盐区来的。蛤蟆嘴似的小灯口,四周有个香瓜大小的透明罩儿,雨打不进,风刮不灭,可以在驰骋的马背上照明,也适合挂在船头引航,官称马灯。可盐区人不叫它马灯,叫船灯。

夫人问他:"找船灯干什么?"

夫人没好说,你又不出海打鱼,你找船灯有什么用场?

贾先生说:"你去给我找出来。"

"干嘛?"夫人仍然感到很疑惑。

夫人知道,先前家里是有一盏船灯。那还是公爹出海打鱼时用过的。当轮到贾先生时,他只知道啃书本,那盏船灯就堆放到墙角去了,与用过的箩筐和破旧的扫帚堆在一起,肯定早已经破旧得不成样子了。

夫人不想去给他翻腾那个。

贾先生却执意让夫人去找。

贾先生说:"去找,去找来我另有用途。"

夫人一听,先生"另有用途",也就没再说啥。

改天,贾先生到县上参加会议时,便拎上了那盏船灯。

刚开始,大伙儿见贾先生拎来只船灯,不知道他要干啥。

贾先生呢,他看到人们对他手中的那盏船灯感到好奇,便说:"会议若是开到傍晚，他赶夜路回家，可以用来路上照明呢。"

岂不知，会议正式开始以后，贾先生却把他那盏船灯，端端正正地摆到了会议桌上。现场的气氛瞬间紧张起来。

大家都明白，此时贾先生把那盏船灯摆到桌面上，无非是在告诫一县之长的王佐良，别再执迷不悟，一味地谄媚上司，一条"官道"走到黑啦！

当天的会议，王佐良原本是要征得大家的认可，动员全县民众出资、出劳动力，去修建那条通向西山的官道。可没料到，被贾先生的那盏船灯给搅和了。会场上的气氛很快发生了逆转，好多"参议员"都站到了贾先生这边。

这让那个"假秀才"王佐良，感到十分尴尬十分难堪。以至于当晚，王佐良连晚饭都没留，就打发大家回去了。

入夜，贾先生一个人往家赶时，路过盐河口乘船，船突然翻了。贾先生差一点淹死在盐河里。

事后，县党部知道贾先生在返回的途中出了险情，王佐良便派人送来"四色礼"看望。

贾先生看到王佐良送来的礼物，没让家人拆封。而是选在当日深夜，挖了个深坑，埋了。

贾先生深知自己的言行，已经挡了王佐良的官道，担心王佐良图谋不轨，在食物里给他下毒。

因为，前一日在盐河里翻船时，贾先生就已经感觉到事态不同寻常了。

踢石子的男人

岑燮钧

　　我家对门的堂伯有三个儿子,我与大哥最要好,打小就是他的跟屁虫。他去掘黄鳝,我替他提竹篓;他从地头摘瓜回来,总要顺手递给我一个;他上街去剃头,我要跟去,他就让我在剃头店旁边的小人书摊翻看连环画……跟二哥三哥就没这么好了。

　　后来,大哥去参军了。回来,给他安排了个工作,做养路工。那时,乡下的公路都是石子路,一下雨,到处坑坑洼洼。他们就开着拖拉机,一路倒石子,一路把石子扫匀。石子路时间一久,石子都崩到两边去了,他总是拿着大扫把,把边上的石子扫到马路中间去。卡车一开过,一路的灰尘,他总是灰头土脸。每次看见我,他总要提醒我骑到边上去。自行车轮太细,石子多的地方会陷进去,我亲眼看见好几个同学都摔倒了。

　　大哥就一直干着这个活儿,一直单身。我听爹妈说,大哥也相过几次亲,都没成。有个粗糙的姑娘,差点儿成了,却不巧大哥被车撞了,婚事也就不了了之了。之后,大哥变得有点儿直愣愣,虽然得了一笔钱,但被辞退了。他没活儿可干,就只能打零工。直到二哥三哥都成了家,他依旧跟着堂伯二老过日子。那时,我经常看见他一个人搬着一张小桌,一边看书,一边慢悠悠地喝着酒。堂伯他们也习惯了,已经懒得念叨。

　　"什么书? "

　　"金庸的,你要看吗? "他就把已看完的《射雕英雄传》的第一本给我,我赶紧塞到书包中。

有一回,我放学回来,看见他蹲在小河边,就走过去。

"大哥,你在钓黄鳝?"

"没呢。"他转过头来,"你知道吗,这里共有多少个水珠?"他指着一株芋艿。刚下过一阵雨,芋艿叶上滚满了一个个的小水珠,挺可爱的。我摇摇头。他说,他蹲在这里好一会儿了,数了五遍,才数清楚,总共是八十八颗小水珠。我不由得瞪大了眼睛——他这是从金庸的书上走出来的吗?

我把这好笑的事回家一说,我母亲叹了口气:"你大哥身边没个女人,都变成傻子了。"父亲说:"什么傻子,就是个懒汉!"最后他们达成了共识,因为懒,所以找不到老婆。话不投机,我就不跟他们说了。

后来,我到县城读高中了。每次回来,都是乘三卡,车后扬起的灰尘,足足有半里路,路两边的人,都得吃三卡的"屁"。我总是到进村的机耕路口下车。机耕路也是石子路,小的时候,我们就踢着石子,一路追逐着回家。这时,我看见前面有个人,磨磨蹭蹭地走着,时不时地踢踢石子,走近一看,原来是大哥,我就追了上去。他看见我,很高兴,一脚把石子踢到小河边。

"大哥,你踢得好远!"

"我在练石子功啊。"他回过头来,"哦,对了,你说,《射雕英雄传》里,丐帮帮主洪七公武功好呢还是老顽童周伯通武功好?"

"你想当哪个?"

"我如果踢石子能百步穿杨,那就好了。"

我们胡乱地说着。他一路走一路踢石子,有时还吆喝一声,一群麻雀就刷地飞起来。

大哥虽是跟堂伯二老一起生活,但他经常一个人先吃。每次干了活儿,他总要喝点儿酒。二哥三哥的女人有时会在我母亲面前说他的闲话:"这么一把年纪了,还要吃爹娘用爹娘,真是的……"

等到我要结婚的时候,大哥已经是一个疲沓的中年大叔了。我打算在城里的一家酒店办喜宴,与父母一起计议要请的客人。合计来合计去,位子有点儿紧。父母的意思是,不请大哥也罢。我说不好,要么他们三兄弟都不请,要么谁也别落下。父母想想也有道理,让我自己先去请一遍。

那天,大哥在他家后檐的一棵水杉树下喝酒,看见我过来,向我招手:"要不,也来一杯,大哥的酒不好,你别嫌弃。"我说:"我邀请你喝酒,喝喜酒。"他立马高兴起来,让我坐。我说我不会喝酒,他就把一袋花生米倒了半袋在我手心里。我把花生米放到桌上,捡了几颗吃着。"你要结婚了,那太好了!"这样的话,他连说了三遍。但是,随即,他又有点儿局促起来,"那我还没送礼呢。""送啥礼啊,人来就好了。""那不行,我从小看着你长大的,现在你出息了,大哥不能丢你的脸!"他斩钉截铁地说。我当时想,如果大哥一定要送礼,那暂时先收一下,到时再还给他。

结婚那天,我陪着新娘,一桌桌敬酒到二哥三哥面前时,却不见大哥,我说:"大哥呢,他怎么没来?"二哥说:"他说要来的,不知怎的,今天没见到他。"我心里一愣:"该不是他没钱送礼,不好意思来喝喜酒,那真是太见外了。"于是,我转身跟母亲说了一下。母亲说去问问堂伯他们,说不定他是找不到酒店呢。

第二天,就传来消息,不见了大哥。伯母有点儿急,堂伯说:"这么大一个活人,还用得着我们管吗?"伯母到二哥那里去打听,二哥女人说:"他前几天来过一次,向阿二借钱,阿二想拿出钱去,被我拦下了——他有手有脚的,不去干活儿,谁借他钱?!"又隔了一两天,还是没见到大哥,大家渐渐有点儿急了。到午后的时候,传来一个不好的消息,大哥没了,有人在国道边的小河里,发现了大哥的遗体,浮在水草里,已经涨得不成样子。但是谁也不能确定他是怎么死的。

我也去看了,河边种着芋艿。那么,他是数水珠时失足掉下去的还是大货车经过时不幸被石头弹中了?大家议论纷纷。有个人说,他早几天还看见大哥踢着石子走在机耕路上呢。只有二哥一声不响,一个劲儿地抽烟。他回家才一会儿,就跟自己女人吵了起来。

我总怀疑,这事跟我有关,但我一句话都没说。

锯木头

袁省梅

老周在果园正给苹果套袋时,突然想起今天是星期五,他把袋子扔下就往家里走。

星期五下午,周小舟要回来。

平日里,老周总会在果园忙到太阳滚到果园的高墙下,黄昏在枝枝杈杈间胡乱涂抹了一把红黄橙紫时,他才拍拍手准备回家。等他从果园出来,黑就落下来了。老周觉得黑在他的头顶肩头像纱幔般嗖嗖地落,走一步落一片。等他走到家门口,黑就如阔大的袍子般,呼噜一下把他搂到了怀里。

回到家,把锯子准备好,把木工凳子准备好,看了一眼墙角的一截柿子木,他就在菜园子边踅摸着,等周小舟。

说是菜园子,却只种了几棵丝瓜,还有几棵豌豆和葫芦。它们歪歪扭扭地扯着藤蔓,晃着紫的黄的花,帷帐一般把菜园子围了起来。巷里人家的院子大多都用水泥铺了,图的是晾晒粮食方便。有的也留下一小块土地,种了茄子辣椒。老周的菜园子里除了那几棵爬蔓作物外,还种了指甲草。老周喜欢指甲草。周小舟也喜欢指甲草。老周的菜园子里,豌豆葫芦长得好,指甲草也长得好。到了黄昏,指甲草的香味儿,加上豌豆花丝瓜花葫芦花的香味儿,丝丝缕缕地融会在一起,潮水般一波一波的,在风中涌。

这是老周最开心的时候。他那风干的丝瓜般的脸上这时就漾了满满的笑,掰着手指头算着周小舟还有几天回来。

老周在给指甲草拔草时,突然听见墙外有说话声,低低的,既隐秘又轻柔,指甲草的香味儿般,很甜腻了。

老周倏地钻出菜园子,轻手轻脚地紧走几步,贴着墙,竖起耳朵,想细听,又听不见了。一点儿声音也听不到。老周就有些心焦,踮着脚顺着墙根儿往门口走了几步。

老周没有猜错,是周小舟跟一个男孩子在说话。

老周听了一句,就脸红心跳了。听见周小舟跟那人说再见,他嗖地钻进了菜园子。看周小舟没回来,他又钻了出来,站在菜园子边。指甲草的甜香丝丝缕缕地在他鼻子下绕。他绕着菜园子看葫芦,葫芦结了三个,青嫩,圆嘟嘟的,真好看。周小舟还没回来。他又看丝瓜。一只蜜蜂在丝瓜花上嘤嘤地点一下又点一下。周小舟还是没回来。他看看准备的锯子木头,咬咬牙,扯扯嘴角,扑通扑通走得如雷响,虚张声势般地走到门口,干咳了两声,才站到门外。

千真万确,周小舟跟一个男孩子在一起。他就是周小舟说的小薛?他们——老周觉得——站得太近了,几乎是靠在一起了。老周的心被谁扯了般使劲儿地跳了一下。

周小舟看见他,喊:"爸。"

男孩子喊:"叔。"

老周没有应。

老周揉揉鼻子,低下头踢踢脚边的土坷垃,又干咳了两声,才说:"咋不进家?"扭脸就回去了。

周小舟和男孩子跟着回来了。

老周站在菜园子边,摘着丝瓜上的黄叶,摘着葫芦上的黄叶,叫周小舟做饭去,说:"我跟小薛聊聊。——是叫小薛吧?"小薛不说话,只是嘿嘿笑着点头。女儿撇着嘴斜着眼看老周:"说啥呢,不叫我听?"

老周硬着脸催女儿做饭去,说:"能说啥?还不是叫小薛帮我拉下锯子。"看女儿回去了,他对小薛说:"多少天了,想锯个树墩做几个小凳子,就是找不到个人帮我拉锯。周小舟一个女娃娃,手上没有二两力,巷里人都四散五落地满世界打工去了。你咋样,能拉吗?"

小薛利索地说:"我试试。"

老周指着桶口粗的一截柿子木叫小薛放到凳子上。小薛抱一下,木头不动;再抱,木头还是不动,他的脸都憋得通红了,就是抱不起那截木头。老周嘿嘿地笑着,说:"我来吧。"他没怎么使劲儿就把木头放到了凳子上。小薛不好意思地挠着头,说:"叔,你老当益壮。"老周把锯子放在木头上,叫小薛拉下边,他拉上边。老周说:"我往上拉,你往下拉。以前没拉过,会手生。没关系,使巧劲,凭感觉。"小薛却不能使上巧劲,一下拉猛了,一下又憋出满脸的汗还是拉不动。

老周说:"你要感觉我的力。两人拉锯,力量均衡,节奏一致,才能锯好,也省力。"

老周说:"跟过日子一样,两人的家,你知道我我知道你,才能心齐。心齐了,日子才好过。"

老周说:"我跟小舟妈妈这'锯子'没拉好,才离了。"

小薛说:"叔你放心,我明白。"

老周说:"你明白最好。我能锯动木头,也能锯动骨头。"老周说得不动声色,却硬气、响亮,很有气势了。

小薛说:"叔,你放心,我会对小舟好。"

小舟不知什么时候过来了,埋怨老周吓唬小薛。

老周说:"爱能被吓倒吗?小薛你说。"

小薛嘿嘿笑,扭过头问小舟:"爱能被吓倒吗?"

小舟呵呵笑着掐了小薛一把。

老周看着女儿跟小薛的嬉闹,亲昵,欢喜,是恋爱的样子。他的眼里也飘过一丝欢喜,叫女儿把饭桌摆到菜园子边。小薛要去搬桌子,老周扯住他,指着菜园子里的指甲花,悄悄地说:"告诉你一个秘密,周小舟喜欢指甲草。"

蔡记纸铺

王琼华

裕后街蔡七，一字不识。他的蔡记纸铺里，墙上却挂了一幅字，上面写道："竹简韦编写六经，不知何用捣枯藤。自从杵臼深藏后，采楮春桑事已更。"

"谁写的？"

有人这般打听，蔡七皆是摇头，还说："自我从娘胎里钻出来，它就已经贴在墙上了。"

私塾先生邓四眼来买纸，在这幅字前看了好半天，惊叫："大宝贝呀！"

"擦屁股，也嫌它糙！"

邓四眼扶扶眼镜说："俗不可耐！这东西能换回两三间铺子。"

"你拿去吧。我今日就上你私塾院子做纸去。"

邓四眼噎了。

蔡七做纸坊就在纸铺隔壁，一间巴掌大的屋子。他庆幸自己屁股瘪瘪的，要不然连身子都转不过来。邓四眼的院子里则有好几间闲屋，惹得蔡七常常心痒。

很快，有人走进纸铺，说要买墙上那幅字。蔡七说："纸铺卖纸！"后来，他一听人家说是来买这幅字的，便将人家捧出去。

那日凌晨，蔡七突然被人打了。

他听到纸铺里有响动，便起床从里屋出来，看见一个裹头男子把铺门撬开钻了进来。他大叫："有贼偷纸！有贼偷纸！"当即，他被砸了两棍。

还好，蔡七的叫声被邓四眼听到了。每天一大早，邓四眼会上河堤打太极拳。于是,他跟着大喊:"捉贼! 捉贼! "裹头男子匆匆溜了。

邓四眼走进纸铺时,蔡七已经撑起身子,很恼火地说:"活见鬼,竟有偷纸的蟊贼?"

"你猪投胎吧。"邓四眼愣愣,侧头往墙壁上看去。那幅字还在。

蔡七问:"真值两三间铺子?"

"眼前,三五间铺子也换得回来。"

那年裕后街遭了大灾,又遇战乱。蔡七的妻子活活被饿死,幼女则嗷嗷待哺。蔡七哭丧般:"这纸也当不了饭吃。"邓四眼跟他出主意,让他将墙上这幅字当了。蔡七把字从墙上取下来,抱起女儿出了门。

傍晚,蔡七回到纸铺。他把那幅字又挂上了墙。

邓四眼跑来看了看,问:"女儿呢?"

"给了人家。"蔡七呜呜痛哭,"我哪敢把老祖宗给当了呢?"

过了几日,日军来了裕后街。

一少佐走进蔡记纸铺。翻译官跟蔡七嚷道:"姓蔡的,你得深感荣幸,太君第一次进老街的屋子,就是你蔡记纸铺。"蔡七像一个聋子待着。

翻译官张嘴骂人。这时,少佐开腔:"别无礼。"少佐上前摸摸纸,眼睛忽地发亮,向蔡七问道:"这纸从哪儿来的?"

蔡七冷冷地说:"不是东洋货。"

"在日本,我买过很多地方的纸张,真没发现这么好的货。没料到,在这座老街中,我梦想中的纸张,竟能与我相遇。"

蔡七无语。

少佐拍拍蔡七的肩膀,说:"我跟中国人是朋友。我的书法老师,中国人。十三年前,我求学北平。老师用纸,挑剔。所以遇到闲时,我也喜欢琢磨它。"他贴在蔡七耳朵上问,"这纸,谁做的?"

蔡七眼皮翻翻。

少佐有点儿不开心,但他的目光忽地被墙上那幅字勾去了。他将那幅字念了一遍,细细看了又看,万分兴奋地:"这幅字怎会挂在这里?"

"祖上之物。"

"天呐。蔡、蔡先生是蔡伦后代? 我的书法老师说过,北宋阮阅在贵地做知府时,曾写下一首题为《蔡伦宅》的诗,赠予蔡家。老师与我有过约定,一块南下寻访蔡家。但那年我从军时，老师上五台山剃头了。哈哈，与蔡家我真是有缘，来到裕后街第一天，就让我……"

蔡七平静地说："这幅字你喜欢，尽管拿走吧。"

"蔡先生，绝顶聪明。"

翻译官抬手便要取下那幅字。结果，少佐一个巴掌挥出，落到翻译官脸上："祖上所传的东西，怎能拿走？"

蔡七说："铺里的纸，你也可以拿走。"

"谢谢。不过，这纸怎么做成的，才是我最感兴趣的。该有秘方吧。"

"哪有秘方？只不过是祖上传了一点儿吃饭手艺。"

"这就够了。"少佐钻进做纸坊看了个究竟，然后跟蔡七说，"做纸工序很多。明早，我再来铺子，从头至尾看你做纸。皇军会重重有赏。"少佐见蔡七侧脸往门外扫了一眼，便拍拍他的肩膀，"今晚，你休想跑出裕后街。"

晚上，蔡七从门缝间看见门口站着日本兵。他闭闭眼。

第二日，少佐带兵走进蔡记纸铺的做纸坊。

蔡七早早待在做纸坊。

少佐见蔡七穿着一件干净的青布大褂，头发也梳得光溜溜的，便说道："这模样才像一个风光的老板。看来，蔡先生想明白了。"

蔡七说："我脑子没坏。"他把墙上的字取了下来。

少佐没看明白蔡七的用意，只得打趣："蔡老板，除了愿意动手做纸外，还想将这幅字赠送给太君。"

"做梦！"蔡七撇撇嘴。

少佐一瞪眼："只要在你身上剔下三五块皮，那份做纸秘方，你就会乖乖交给太君。"

日本兵攥刀上前。

但迟了，蔡七抓起那幅字，扭身跳进盛满纸浆的池中。

"快捞上来！"

蔡七被捞出来，但七窍流血了。显然，蔡七已经服毒。

街坊后来说，蔡七那天铁心要在少佐跟前死去，无非是想让鬼子死了那份贪婪之心。少佐看到那幅字也烂在纸浆中，一气之下，将整幢铺坊连同蔡七一块烧了。

日本兵败那天,邓四眼在私塾门口挂出一块招牌——"蔡记纸铺"。他将院子里的闲屋也改成了做纸坊。他冲天上大叫:"蔡七兄弟,看见了吧,这私塾院子真能做纸!"

　　街坊发现,邓四眼做的纸跟蔡七的手法没半点儿差异。这时,他们才打听到一个秘密。蔡七死的前一个晚上,将墙上戳出一个洞,让隔壁邻居将邓四眼叫过来,把做纸门道一一传给他。

　　邓四眼说:"我得把蔡七兄弟的女儿赎回来,他也托付过。"

遂昌街

戴涛

遂昌街全长五百七十米,隐藏在一片高楼的背后。

它虽离外滩的大钟还不到三千米,且随着上海行政区域的调整,它原来隶属的南市区整体并入了拥有外滩南京路的黄浦区,可在上海市民的认知里,遂昌街还是那个遂昌街,依旧是一百年前从十六铺码头上来的外省打工者的聚集地。

李松林出生在安徽六安,一九七〇年生人。一九九六年,他二十六岁,结婚刚两年,他对妻子说:"我想跟赖宝他们去上海挣钱。"妻子问:"儿子才一岁呢,你就不管了?"李松林应道:"可不是不管,是想让他过上好日子。"

赖宝带着李松林还有村里一个年轻人来到了上海,他拿出一张字迹模糊的纸说,我有一个远房舅公住在遂昌街,我们先去找他。

李松林跟着赖宝他们坐了好几趟公交车,问了好些人,终于找到了遂昌街,找到了纸上写的门牌号码,开门的是一个中年的湖北女人,赖宝说出了舅公的名字。

湖北女人摇头说:"不认识,我的房子是向一个浙江人借的。"赖宝顿时傻了眼。

没有了方向的赖宝带着李松林他们在上海瞎转悠了两天后说:"我想回家了。"同村的年轻人说:"我也想回去。"可李松林摇头说:"不,我不回去,我和老婆说好了到上海挣钱的,不能说话不算数。"

李松林一个人留在了上海,可如何挣钱,却是一片茫然。为了省钱,他每天逛到半夜后就睡到公共浴室里,天刚亮就走人。这天凌晨他走出浴室,脑子里未曾想好该上哪儿,可腿已经迈向了遂昌街。

尽管大马路上还车稀人少,但遂昌街上已是一片生机。人们从低矮的二层房子里出来,就在鹅卵石和块石铺成的、老上海人称之为"弹格路"的两旁,有生煤炉的,有刷牙刷痰盂的,还有外面跑来吆喝卖菜的。李松林边走边看,越看越觉得亲切,越看越觉得这就是他要的上海。

这时他看见有个四十来岁、脸上长满胡子的男人从一条小弄里推出一辆三轮,三轮上放着一只煤炉,煤炉上放着一只平底锅,围着炉子有几个铝盆和一些大口玻璃瓶。

出于好奇,李松林一路尾随着三轮车,三轮车到了遂昌街的入口处便停了下来,这里已经有十来个人排好了队在等候。

"胡子"停下三轮车与他们打招呼,随后动作麻利地在铝锅里舀了一勺面糊,在平底锅上绕上一圈,一张煎饼的模样便呈现出来了,再打上一个鸡蛋,然后问,要小葱还是香菜,辣椒酱还是甜面酱?完了再撒上一点儿碎油条,最后将煎饼一折四,像个折叠好的小被子,放进一个塑料袋里,买的人便提着袋子满意地走了。

第二天李松林一大早就到小弄口等"胡子",又跟随着三轮车到街口,默默地看着"胡子"操作。"胡子"自然也注意到了他,卖完煎饼果子后就问李松林:"小伙子哪里人?"李松林答:"安徽人。""胡子"自我介绍说:"俺是山东人。"接着又问:"你从安徽跑到上海想干啥来了?"李松林吞吞吐吐地说:"我也不知道,就想在上海干点儿事。""胡子"咧咧嘴:"你倒像十年前的俺,走,到家去唠唠。"

"胡子"的家在一排有近百年历史的二层老房子的三层,李松林跟着"胡子"踩着十分狭窄的楼梯,爬上搭出来的三层阁楼,弯着腰一进门便一屁股坐在了床上。李松林脸上显露出了吃惊的表情:"你就住这儿?""胡子"瞪了李松林一眼:"这是在上海,你想住哪儿?"

"哦。"李松林表示了理解的意思。接着"胡子"开始讲正事:"俺在上海打拼已经十个年头了,也挣了一点儿钱,现在老婆生病了,俺想回去,打算在家建个饲养场……"

听完了"胡子"的计划,李松林都有点儿不敢相信自己的耳朵:"你真打算把这里都交给我？”

"是的，全交给你了。"

"那要多少钱啊？"

"你身上有多少先给俺多少，不够的，等你挣了钱再给。"

"可我还不会做煎饼果子呢。"

"没事，跟俺学两天就会了。"

两天后，"胡子"走了，李松林就正式成了遂昌街的人。

随着上海城市的建设，市容管理愈来愈严了。这天他煎饼果子做到大半的时候城管来了，李松林赶紧朝遂昌街里跑，城管追了几步就不追了，可城管背后的食客依旧紧追不放，直追到李松林停下三轮，就地继续做煎饼果子。李松林突然觉得自己像一条鱼，遂昌街还有这些食客就是一条河。

后来有一天上午城管又来了，还没等李松林推起三轮车，就有人上来抓住了车，李松林想挣脱，一使劲，车翻了，炉子里烧红的煤球弹了出来，正好落在他的胳膊上。

一个领导模样的人对李松林说："我们送你上医院吧。"李松林死也不肯去。那人叹了口气说："以后你就早一点儿收工，我们也会晚一点儿过来。"

时间过得很快，一转眼李松林已和当年的"胡子"一样，在遂昌街已经生活了十个年头。这天晚上，住在街对面三层阁楼的"小苏北"特意跑来告诉他一个消息，旧城改造，整个遂昌街马上都要拆了。

这消息让李松林一下子像失了魂似的，因为他不知道是像"胡子"一样回家呢，还是去寻找下一条遂昌街。

关小宝

邢庆杰

关小宝在家里是独苗，自小沉默寡言、体弱多病。他爹怕他长大了吃亏，就带他拜到了北乡武师李铁头门下学武。李铁头的功夫一般，教了五十多个徒弟，没有一个出类拔萃的。后来，关小宝成为当地名师，真正的功夫并不是出自李铁头，而是一个神秘的高手传授。

关小宝二十岁的时候，父母相继去世。他白天去生产队干活儿挣工分，晚上练武，倒也自得其乐。

这年冬天的一个雪夜，关小宝正要睡觉，忽然听到有轻轻的敲门声。开始他以为自己听错了，因为他不善言谈，也无打扑克、下棋的喜好，所以私下里和村里的人极少来往。他走到院子中央，侧耳听了听，直到敲门声再度响起，他才拉开门闩，打开大门。

雪光映照下，门口站着一个陌生的男人。极瘦，衣衫单薄破旧，冻得像筛糠般抖个不停。

关小宝吓了一跳，随即将他拉进来，关紧了大门。

关小宝把那男人安排到土炉前，让他烤着火，自己动手给锅里添了水，升上灶火，馇了一大锅黏粥，并把饼子切碎，烩到黏粥里。那人连吃了三大碗，身子才不抖了。

关小宝这才问："你是从哪里来的？"

男人苦笑了一声说："落难之人，不说也罢。"

关小宝从男人穿的号服上，已经猜到他是从东边的劳改农场跑出来的，在这个农场改造的,全是一些被打倒的知识分子。但关小宝没有说破,他把锅里的热水舀出来,让男人洗了脚,擦了身子,把他安排到热炕头睡下。

大雪整整下了一夜,又下了一天,傍晚才渐渐停下来,积雪已经有一尺多厚了。晚饭后,关小宝把院子里的雪打扫干净,开始自己每晚的功课。那个男人站在门口,看着关小宝练基本功,正踢、侧踢、斜踢、里合腿、外摆莲、前扫蹚、后扫蹚、二起脚、旋风腿、前空翻、后空翻……练完基本功,又开始练套路,长拳、短拳、燕青十八翻……

等关小宝练完了,那男人轻轻拍了几下巴掌说:"好!漂亮!"

关小宝咧开嘴,笑容还没舒展开,男人又说:"这种花拳绣腿,中看不中用。"

关小宝有些不高兴了:"你懂武术?"

男人点了点头说:"略懂一点儿。"

关小宝立即来了兴致:"那你露一手,给俺开开眼。"

男人说:"咱们过两招吧!"

两人在天井里拉开架势。

男人说:"你尽管来吧,不要留手。"

关小宝开始还有些放不开,怕伤着男人。然而几招过去,发现自己根本碰不到对方,这才放开手脚,攻势迅猛起来。那男人动作幅度不大,却恰恰能躲过密集的拳脚。不到几个回合,关小宝已经气喘吁吁了。而那男人,还气定神闲,犹如闲庭信步一般。关小宝求胜心切,猛然一个侧踹,想把对方踹出去。不料,男人绕过他的腿,欺身贴近,用肩膀在他前胸一靠,他整个身子便跌了出去,直挺挺地摔在了地上。关小宝不服,欲起身再战,却被对方连连击倒。他这才明白遇上了高手,赶紧跪下拜师。

男人将他扶起来说:"拜师就不必了,咱们兄弟有缘,我长你十几岁,你就叫我大哥吧。"男人告诉他,自己在柴火垛里已经躲藏三天了,晚上听到他练武的声音,觉得有缘,才敲了他的门。

男人练的是八极拳,属地方小拳种,但极重实战。因关小宝有较好的武学基础,男人也是倾囊相授,仅用了一个月的时间,他就掌握了八极拳的精要。

男人走时,没和关小宝打招呼。有一天早晨,关小宝一觉醒来,男人就不见了。

第二年的冬天,临近年关时,抢劫、盗窃案件明显多了起来。最恶劣的一起,是城关镇信用社半夜被抢,两个值夜班的男子,一个被杀,一个重伤。由于两人宁死不肯说出保险柜的密码,劫匪并没有抢到钱,只掠走了一些财物。公安机关推测,劫匪没抢到钱,还会寻机作案,贴出公告让各单位提高警惕。一时间,各个信用社、银行储蓄所人心惶惶。

　　关小宝的邻居大壮在乡信用社工作,他本来就胆小,出了这档子事后,再也不敢一个人去值夜,轮到他时,就央求关小宝去陪他。关小宝反正是光棍一条,在哪里都是睡觉,就应了他。

　　说来也巧,就在关小宝第二次陪大壮值夜的那天,劫匪真的来了。下半夜,关小宝和大壮睡得正香,劫匪用撬棍撬开防盗窗,破窗而入。关小宝和大壮从睡梦中惊醒。大壮拉开电灯,就看到床前站着四个男子,一个胖子手持猎枪,一个瘦高个持撬棍,另两个长发男子各持一把短刀。

　　大壮当即就瘫在了床上,连话也说不出来了。

　　持猎枪的男子低声喝道:"想活命的,赶紧把钱交出来!"

　　关小宝从床上一跃而起,随手将身边的一个枕头甩向持猎枪的胖男子,趁他躲闪,一个箭步上前,左手抓住枪管,往上一抬,一声枪响,子弹打在屋顶上,他右拳迅速击出,重重击打在那人的太阳穴上,那人摇晃了一下,就软在了地上。拿撬棍的瘦高个已将撬棍带尖的那头向他狠狠刺过来,他一把抓住棍尖,一个侧踹,将他踹了个仰面朝天!随即把撬棍投了过去,棍端正击中面门,瘦高个当即晕了过去。那两个持短刀的对视了一下,发出一声喊叫,一起拿刀向他砍过来。他侧身避过,绕到一人侧面,左手抓住对方持刀的手腕,一拽将其胳膊抻直,右手在其肘下一托,随着一声惨叫,对方的胳膊咔嚓一声就折了!剩下的一个大骇,拿刀拼命乱舞,不让关小宝靠近,关小宝上前虚晃一招,同时一脚蹬在对方的膝盖上,又是咔嚓一声,对方惨叫着,抱着腿在地上翻滚起来……

　　四名劫匪落网,关小宝一战成名,周围十里八乡爱好武术的人纷纷拜到他门下学艺,一时间竟收徒上百人。

　　不久,县体委将关小宝招聘到武术队,做了散打教练。几年后,关小宝双喜临门,一是县体委为其办理了正式调入手续,他成为一名正式的体育教练;二是他和一位教体操的女教练喜结良缘,成了家。如今,年逾八十岁的关小宝仍然健在,他退休后回到以前的旧院里,早晚练功,还教着几个徒弟。

叫 饭

安晓斯

爹去世时，没人摔老盆。

娘流着泪对虎头说："求求你媳妇，看能来不？"虎头光叹气，光摇头。离婚了，不是咱家人了，咋叫人家来摔老盆？

沁水湾那一带的习俗，老人去世，儿媳妇摔老盆。娘放不下面子，就让虎头的姐姐去劝说虎头媳妇回来。姐姐去了两次，都吃了闭门羹。娘又悄悄地托了本家主事的二娘、五婶，还有西邻居的三嫂，雇了财旺的面包车进了城。傍黑时回来，三人直摇头。

出殡那天，知客（红白事理事长）长林叔决定，起灵时，让灵车的车轱辘碾碎老盆。起灵前半小时，长林叔给帮忙人员发烟、发啤酒时，虎头媳妇来了。

虎头媳妇叫小瑞，高高的瘦瘦的，一头乌黑的秀发。进得院来，小瑞跪在堂屋爹的棺木前磕了三个头，进屋穿了孝衣，没说一句话。起灵时，小瑞端着老盆，在灵车前摔碎，跪在地上磕了三个头，脱了孝衣，走了。

自始至终，虎头没和媳妇说上话。

第二天早饭时，按照当地习俗，虎头在爹的遗像前摆上碗筷，开始给爹"叫饭"："爹啊，吃饭了。您老要吃饱吃好啊。"祖传规矩，孝子得"叫饭"七七四十九天。

叫罢"头七"，虎头得进城了。虎头在农贸市场租了间小屋卖干菜，不能再耽搁了。他把爹的遗像装进一个布包，带到了租住的那间小屋。每到吃饭时，虎头都在爹的遗像前摆上碗筷，说："爹啊，吃饭了。"遇到生意忙的时候，虎头就会说:"爹啊,吃饭迟了。"

就这样,虎头天天起五更搭黄昏做生意,天天给爹"叫饭"。

虎头原先是经营着数辆大货车的老板。那些年,虎头的生意好,赚了不少钱。渐渐地,虎头就顾不上媳妇小瑞和孩子了。吸烟、喝酒、打牌,样样干。泡澡、捏脚、K歌,啥都会。玩得花了,虎头再也顾不上打理生意,还花言巧语骗着媳妇用手机贷了高利贷,驴打滚,利滚利,连本带息让媳妇也成了二十多万元的债务人。

媳妇小瑞是个要强的女人,在县城的坊街摆摊卖服装,赚个称盐舀油钱,顾个孩子的学费书本费。自从有了高利贷,小瑞的生意也做不成了,手机日夜响个不停,都是催要贷款的、恐吓威胁的。时间长了,放高利贷的不知道通过啥渠道,知道了小瑞是在坊街卖服装的,扬言要砸她的店,要毁她的容。还有的讨账人找不到虎头,直接到小瑞的店里纠缠闹事。

日子是真的过不下去了,夫妻俩天天吵架,后来就离了婚。

离了婚的虎头,生意更是一塌糊涂。无奈,他卖掉了最后一辆货车,在农贸市场租了间门面房,卖起干菜来。爹从住院看病到去世,花费不是一笔小数目。姐家也是农村的,掏光了全部积蓄,还欠下不少债务。虎头东挪西借想办法,整天灰头土脸没精神,多亏了几个关系不错的哥们儿帮衬,才算勉强过得去。

那天过了晌午好半天了,虎头才想起吃午饭。煮了包方便面,虎头端了放在爹的遗像前:"爹啊,儿子是真对不住您老了。"虎头一米八几的大个子,蹲在地上边吃边说边哭。

这时,一个陌生人提着饭盒进来了,是一盒热腾腾的水饺。

"有人让给你送的。"那人说。

"啥人?"虎头问。

那人摇摇头,说不认识。

连续十多天,虎头每天都能收到一份饭菜,有米饭、水饺、卤面、包子等。

虎头多次问是谁让送的? 那送饭的总是摇摇头,说不认识。

每次接到那盒饭,虎头都流着泪端到爹的遗像前:"爹啊,是好心人在帮我,您放心,我一定能还清债务,过上好日子。"

七七四十九天"叫饭"时,虎头把娘从农村老家接到了城里。

娘说过,"七七"的时候要陪爹一起吃饭、说说话。

那天,虎头在爹的遗像前摆了四个小菜,一碗爹喜欢吃的卤肉刀削面。娘给爹烧了三炷香,絮絮叨叨地说了半天。

　　这当儿,就见一个瘦瘦的、一头秀发的女人站在了小店门口。那女人左手提着两个饭盒,右手拿着两件毛衣,两眼泪光闪闪。

　　"天冷了,换上这两件新毛衣吧。"女人说完,就端起虎头扔在地上的脏衣服,到门前的水池里洗了起来。

　　站在爹的遗像前,虎头哇哇大哭。

自己奖励自己

曾颖

　　我有一个习惯,每当干了一件有一定难度且觉得还算不错的事情之后,就要奖励自己一下。比如,赶在交稿期限前完成了一篇棘手的稿子;比如,按计划完成了一次有难度的采访;比如,在讲座的最后时间做好了课件。总之,这些奖励,是鼓励自己发挥主观能动性,战胜自己拖拉懒散的毛病,是自己能力范围之内能够完成但一直没有集中精力去完成的事,而不是自己完全不可操控的,比如升职加薪或得个什么奖,自己说了不算的事。说白了,所谓的奖励,不过是自己给自己挂个胡萝卜,激励自己往前赶路。而奖品不过是一场电影、一杯咖啡,或一次偶尔放纵的冒菜或串串而已。这对于一个老糖尿病人来说,已足够奢侈和有诱惑力了。

　　有人说,人的快乐,分物质层面、道德层面和心灵层面三个境界。而我觉得,偶尔的小小自我奖励,具备了三个境界的魅力——哪怕是一场电影或冒菜,既包含了物质性的快乐,也包含了"完成一件正事"的道德快乐。而最重要的,是让自己有清风明月皆从我愿般的自在与舒畅感。这个时候的一杯咖啡或小酒,已经是非物质意义的了。

　　自我奖励这个习惯,是秦跛子教我的。

　　秦跛子是我老家外西街建筑公司两个老光棍儿之一,年轻时因为一次事故摔断了腿,终生未娶,几十年前被分配与另一个单身汉青瞌睡一屋,那时的规矩,只要是没结婚,纵是一百岁,也只能住单身宿舍。单身宿舍楼高,两位退休老人腿脚不便,于是在我住的小巷里,租了一间小黑屋给他们居住。我当时已十来岁，十三平方米的小屋实在挤不下四口人，居委会特别开恩，在离家几十米的小巷里为我家找了一间九平方米的飞地，我也因此有了一个小小的独立天地，每天进出，都要从二位老人的门口经过。

青瞌睡永远在打瞌睡，这似乎是一种病，他年轻时在房梁上干活儿，干着干着就睡着了，即便是在抽烟，刚划着火，或吃饭吃着吃着刚喂到嘴就睡着的事，也是屡见不鲜。而秦跛子虽然腿脚不便，却异常鲜活好动，如果一间屋子有行动配额的话，那间小屋子的九成动态，都来自他。也许因为这个原因，他们同住了好几十年，也没有建立起同在一间屋里生活的人应该有的基本友谊和好感。总是相看两厌，两人仿佛反义词一般。

秦跛子个头不高，每天穿着一件干净体面的干部服，斜挎着一个洗得泛白的帆布挎包，左手长年挎着一个黑皮包裹着的收音机，右手挂着一根粗大的木棒，触地的那端已变得像常年被敲击的凿柄一般，四散翻卷着木绒。每走一步，咚地拄下去，左边健康的那只脚前移，做支撑，然后右边那只早在几十年前就失去活力的脚开始启动，脚尖点地，膝盖和大腿从左开始划一个小圈，在转到300度左右之后，突然借着惯性前行一步。然后又是一杵，这样算是完成一次循环。他的头正肩平，颇像戏里大官们接圣旨之前的步子，四平八稳，郑重而有仪式感。无论刮风下雨，日晒雨淋，都不会改变节奏。

作为备受欺凌的老弱病残，用这样的方式走路，仿佛是一个穷小子突然穿了件官袍，也算是一种僭越，闲人们自是会调笑一番，说他走的是乌龟爬沙。对此，他并不在意，只是把收音机的音量调得更大，音乐锣鼓之声伴奏，说不出的凛然和威严。

人们不知道的是，秦跛子能这样走动，已是极其不易的事。我外公与他同在建筑公司上班，早年见他从三楼脚手架摔下的场景。当时医生就说想要站起来的机会很小了，他在单身宿舍躺了三个多月，每天伙食团给他送一锅稀饭三个馒头，他知道，自己如果不站起来的话，只有臭在床上。每天众人去上班了，他就悄悄挣扎着起床，忍着剧痛，往门边挪，并且给自己许下一个宏愿——假如能走一百步，就给自己买一台两波段的收音机。这差不多相当于他半年的工资。

也不知摔了多少跤，流了多少汗水、眼泪和鲜血，他终于摸索出了一个与疼痛最和睦的相处方式，就是用现在这种膝盖绕一圈的前行方式，虽然费力而夸张，却是疼得最不刺骨的。他汗流浃背地走到书记面前，向他提了一个请求，求他把公司给他的工伤补助，加上自己几个月工资一道，为他买一台收音机。

那么洋气的玩意，当时只有省城有卖，采购员还专门托了关系才买到。当书记交给秦跛子时，为避免别的伤残人员或家属不服，专门还做了解释，说是秦跛子自己出钱，不是公司给他的。

是他自己给自己的奖励！

那是秦跛子第一次自己奖励自己，并从此开启了自我奖励模式——像他这样无亲无故的单身残疾人，如果自己不奖励自己，还真没有人会奖励他，哪怕只是一个好脸色或一句顺耳的话。

我认识秦跛子时，他手中那台收音机，已从引领潮流被人羡慕的尤物，变成了被人嘲笑落伍的古董。他依旧视若宝贝，如最初那样，用黑皮套装着，一路放着川戏或新闻，从巷子里一路招摇而过，仿佛要去迎接圣旨一般的庄重。如果手上除收音机之外，小指头上还挂了一绺鲜肉和两根青菜，必是当天遇到了什么好事情，如果外衣包里还斜插一个塞了玉米麸的玻璃瓶，则更是好事情翻了倍。而这些所谓好事，无非是单位给他缺腿的床换了腿，或者平时收集的牙膏皮卖了两毛钱，或者在威逼利诱之下，让青瞌睡终于打起精神洗干净了泡在床下已半月的臭袜子。这些无足挂齿的小事，都能对应一个个小小的福利，比如去荞面店吃一碗荞面，或跛到公园听半场评书，那都是对自己的一份小小奖赏。我之所以那么确定，是因为曾经在井台上，亲耳听他这么鼓励自己："加把油，把水提回去，我们去吃鸡汤面！"

天微微下着小雨，提水的竹竿湿滑而费力，让他失败了几次，但他依然咬着牙，坚持把桶再次放入井中，并面含笑意地咬牙对自己许上一个愿。

那是我见到过的一个孤弱者最勇敢的表情——既然老天不疼惜咱，就让咱自己疼惜自己吧！

时隔多年，我仍能听到破竹竿在他手中扎扎的响声……

父母回家

刘齐

　　父母回来时,反复说,要在家里吃饭,不去外面的餐馆,再好也不去。家里有个大圆桌面,摆在楼下,落了一毫米厚的灰,现在,擦干净,搬上来,安在四脚桌架上。桌架通常与小圆桌配合,全家聚会,祖孙三代到齐了,才换大桌面。

　　大桌面是管食堂借的,我爸问:"怎么还没还回去?"

　　"还了呀。"我说,"不知怎么搞的,又回来了。"

　　"一毫米厚的灰。"我爸也认为不妥,"一般口语说,厚厚的一层灰,也有人说,铜钱厚的灰,都挺形象。"我爸在报社工作,爱跟子女们讨论文字。

　　"现在人们装修,啥啥都要尺寸,厘米毫米的,常说。"我边解释边给父亲斟酒。

　　父亲看着酒液在杯中缓缓上涨,不说"好了好了",也不敲指头致谢,老人不懂这个,懂也不必敲给儿子。

　　很长一段时间,父亲滴酒不沾,现在又可以喝了,我和弟弟喜出望外。哥儿俩对酒的热爱,缘于父亲的熏陶。父亲当年善饮,兴致来了筷头蘸酒,挨个往小儿嘴里抿。小儿辣得咧嘴,父亲开怀大笑,用硬胡茬子亲小儿的脸蛋,也是如此快乐。等到小儿长了胡子,馋上了酒,他却患了胃溃疡。见儿子喝酒,他顶多端起杯子闻闻,以示助兴,兼及忆旧。

　　现在好了,不再担心病了,爷儿仨坐在一起碰杯,天下还有什么比这更高兴的。

　　父亲喝酒的样子很拘谨,或者说很生疏,但酒毕竟是酒,几杯下肚,他兴奋起来,跟我开玩笑说:"给令堂大人也斟上。"我一时没反应过来,"令堂大人"指的是我妈。父亲叹息,说我古文底子薄,不识此中乐趣。

我笑道:"怪也要怪你,小时候,总让我们读一些……"

"我也给你们讲过黄河之水天上来,家祭无忘告乃翁。"父亲低声分辩。

久别重逢,以为二老能谈重要事项,没有,只谈了些琐事闲事。我妈觉少,我爸午睡时她躺不住,趿拉着鞋从卧室走到客厅,忘了戴老花镜又踅回去,我爸就醒了,嘟囔道:"一个小虫子睡觉,也应该尊重。"

我妈刚有歉意生出,闻言笑道:"老虫子,该起来了。"

我妈也在报社工作,负责接待读者来访。某日一读者盘腿坐于椅上,长时间回顾自己生平,我妈耐心倾听,兼做摘要。此公大约迷恋评书,关节处忽高叫:"说时迟,那时快。"我妈憋住不笑,险些窒息。那人又称自己早年加入组织,至今未被承认。我妈同事李叔便问:"那你说几句誓词我们听听。"那人清清嗓子,正色道:"上不传父母,下不传兄弟姐妹。"

我妹幼时遭我妈批评,不服,乱找借口。我妈不悦,声转严厉,东北方言曰"狠呀"。我妹情急而口不择言,没大没小地用手指着母亲喝道:"小秋子!"此三字不一般,系外祖父为我妈起的乳名,因其降生于中秋后二日。此昵称不知何时为我妹侦知,猛然一喊,我妈一愣,怒云渐消,改笑颜了。父亲一旁亦粲然,笑骂我妹:"王八犊子。"笑声中,我妈擦泪:"我想我爹了。"

与父母分手前,在北京一家餐厅,吃得差不多了,我妈说:"儿啊,不能总让你花钱,让你爸也请一次,要不他该不平衡了。"我爸就系上衣扣,去吧台结账。我不放心,要过账单一看,果然多算了。店家好眼力,瞅准了老爷子的性情,可惜螳螂捕蝉,黄雀在后,黄雀是蝉他老人家的坚强后盾。我妈很满意,夸儿子不孬,又替老伴儿解嘲:"你爸就这样,一辈子了。"

父母都不见老,上次见面啥样,这次还是啥样,腿脚利索,头发也没怎么白。

酒没喝光,父亲就站起身,跟我握手。从前只有重要时刻,譬如我下乡、回城、出国,他才跟我握手。他的手很粗,像在单位锅炉房撮煤那几年一样,长了茧子。

"再多待一会儿,就一会儿。"我央求。

"什么时候都不能迟到。"父亲握着我的手,不松开。

我妈笑:"天堂也讲纪律?"

父亲略加思忖:"不是纪律,是信用。"

天上白云很多,白云隙间的天底子很蓝,那是二老要返回的地方,他们在那里已经生活多年。

岁月忽已暮

戴智生

外面斜风细雨,人待在房子里仍觉得有寒意,我突然想起了婆婆。在我们南方小镇,婆婆即祖母,祖父称公公,"爷爷奶奶"是很洋气的叫法,我们小时候都是用俗称。公公离世时我还不会走路,我对他没有一点儿印象,但婆婆的音容笑貌,我有清晰的记忆。

也是这样阴霾的天气,婆婆蜷缩着身子,坐在侧屋门背后的竹椅上,椅子上垫了件破棉袄,面前摆了盆锯末火。"志仉,你过来一下。"婆婆喊住我,用火钳夹出埋在火盆灰底下烤熟的荸荠,悄悄分我一个,喷香扑鼻。

婆婆与我们同住一个屋檐下,生活是自理的。爹有四兄弟,各自安家。我爹行三,瓦房最大,婆婆在我家的侧屋里住了很多年。婆婆认为久病床前无孝子,趁现在自己动得了,能做一天是一天。大爹二爹细爹间或来探望,送点儿米或柴火。二爹有时用稻草提一些肉,在婆婆的锅灶上弄熟,陪婆婆吃一餐饭。婆婆有好菜时,会叫我一起吃,我总是躲进自己的房间吃。婆婆的饭点同我家不一样,她每天只吃两餐。

应是我刚入学的那年寒假,我同玩伴儿在院子里滚铁环,又听见外面"叮当叮当"的声音,那是算命先生的摇铃声。婆婆探出头,冲我喊:"志仉,快把算命先生请进来。"刚吃了婆婆的荸荠,我不太情愿地停住铁环,跑步追了出去。

这位算命先生,我熟悉。他总穿一件打补丁的长褂,一把油纸伞插在细长的布袋里,斜挎在背后。他右手握根竹棍探路,左臂弯在胸前,手执小铜铃,走几步,摇一摇,"叮当——叮当——"

算命先生进了屋,婆婆叫我搬凳子,引导他靠近火盆坐下来,又叫我用蓝边碗倒开水,叮嘱不要倒满。做完这些小事,我站在旁边听热闹。

　　"你先喝口热水,烤烤火。"

　　"老姐姐,又是你吧?"

　　"是啊,再帮我算算。"

　　"算多了不灵的。"

　　"灵、灵,我就信你。"

　　有段日子,婆婆隔三岔五就要请算命先生算一卦。算命先生记得婆婆的生辰八字——己亥年(1899 年)三月初十申时生,六十九岁,属猪。前几次算命,先生还掐着指头算,说婆婆命中缺火,有什么相克的。婆婆这回不要听这些,要干脆的。婆婆说:"我现在特别怕冷,早上咳得要命,什么时候一口痰出不来就去了。你直说,我还能活几年?"

　　算命先生说:"小病小灾谁都有,不碍事。按命相说你到七十三岁有个坎,迈过去还能增一轮阳寿。"

　　婆婆便开心地笑,笑过就咳嗽。婆婆热衷于算命,但并不全信算命先生的话。她过后跟我说:"我心里有数,身体越来越不得劲儿。人过七十古来稀,我活不了那么久。"当时,我不太明白婆婆的话。

　　不几天后,大爹二爹细爹齐集我家。他们走后,爹把我叫到跟前:"你明天开始陪婆婆睡觉。"不是商量,是命令。

　　转天是个大晴天,姆妈帮婆婆拆洗床单,在院子里摆了两条长凳,上面平放木梯子,把垫床的稻草抱出来在木梯子上晒。晌午,我看见婆婆把稻草翻了一遍。

　　说实话,我同婆婆并不怎么亲热,很少主动去侧屋玩耍。晚饭后,姆妈让我早早地洗脸洗脚,我在姆妈的身边转来转去,就是不肯过去。爹在大门口抽旱烟,过足了烟瘾,进屋看见我,皱起眉头说:"你还不过去?"

　　侧屋有两间房,外间本是小堂屋,婆婆把它兼做了厨房,靠门左角摆了灶具和水缸;里间是卧室,一张架子床,床头一张案台、一把木椅,靠墙一个双开门衣橱,都是旧家具。

　　婆婆给我留了门。堂屋乌漆麻黑,闩上门,我摸黑推开里间的小门,案台上点了盏美孚灯,灯的玻璃罩熏黑了一圈。婆婆和衣坐在床上,见我进去,满是皱纹的脸上露出笑:"还是我志伢乖,今天我有沤(焐)脚的。"婆婆说着,指指案台上一只青花"喜"字罐:"里面有柿饼,你拿一个吃。"

我拿了个柿饼吃起来,还是不说话。姆妈白天做过我的思想工作,说婆婆年纪大了,担心晚上起夜摔倒没人应,需要人陪,就我最合适。

钻进被窝,婆婆的棉絮很厚重,土布印花被单用米汤浆洗过,舒服,床上还散发着阵阵稻草清香。婆婆把煤油灯拧到最小,脱下棉衣外套压在被窝上,躺下来脚靠在我身边,说:"我志伢身上像火炉,真好。"

迷糊中,我听到老鼠在桁条上追逐,并发出"吱吱"的叫声,这在我们家是常有的事。婆婆也没有睡熟,她抓起放在床头的竹杖,嘭嘭嘭地敲打案台,还学猫叫:"喵喵,喵喵。"

我知道了,婆婆怕冷怕夜,更怕老鼠。

婆婆总用零食贿赂我,慢慢地我也习惯了去陪夜,晚饭后去,天亮回家吃早饭。

大约过去了半年,婆婆做不动饭了,爹爹四兄弟开始轮流照顾婆婆,每家三个月。大爹先把婆婆接走的,婆婆再也没有搬回来。她是在二爹家故去的,阳寿七十一虚岁。

那是五十多年前的事了。如今我也做了爷爷,儿孙都不在身边。

晚　饭

李方

女人弯腰勾头，长发遮脸，一边拖地一边连声说："不要，不要，真不要。你发了，我也不收。"

我看着女人，没说话，随手按了微信红包的发送键。

那一声微弱到可以忽略的提示音，我们都听到了。

"还是收了吧，不然，晚上我们就不去了。"

女人直起腰，用手撩起头发，微红着脸颊，"剐"了我一眼，突然丢掉拖把，拧过身子，扑到床前，三两下扯掉了被罩、床单和枕巾，还有今早我刚换下的衬衣，团做一堆，抱在胸前，说："那我就把这些拿回去洗净晾干，你晚上来了拿，不耽误你铺盖。"

"还不是很脏，不用洗的……"

"我记得你都有半个月没回去了。你们城里人，都爱干净……"

我怕她再提红包的事，赶忙说："谢谢你。我走了，他们在等我呢。"

等我的是两男一女：包村领导赵乡长、包村干部海玉龙、村主任祁彩虹。我们要去验收村里的养殖产业。

去年有位记者通过暗访，写了篇内参，反映了我市部分乡镇养殖产业验收中弄虚作假、虚报冒领的事，导致今年的验收像是秘密的军事行动。不向养殖户发通知、不打招呼，在规定的时限内完成所有养殖户的现场核验、拍照、填表、签字等一系列程序，然后上报数据，等待县上复验。简单说，就是当年每繁殖成活一头牛犊，给母牛补贴五百元，牛棚里有几头算几头，验的时候没有，后补的不算。

山道坡多弯急，车辆行驶缓慢。全村八个小组，散落在九平方公里的山坳间。冬季白昼短，要在天黑前全部验收完，不但时间不宽裕，而且天色也不好，看来要下雪。验完七个小组，天空的片片阴云，经过一天的飘移、堆积、酝酿，终于在傍晚时分，抖落下大朵大朵的雪花来。我们夹着表册，跺着脚，从牛棚里钻出来，看着在飞雪苍茫中迅疾飞过的归鸟，赶往村部驻地的第八组。

赵乡长说："祁主任，看来晚饭要在你家吃了。过年的猪宰了吗？"

祁彩虹拍打着身上的雪花，说："你看我疯婆子一样整天不着家，连只鸡都顾不上养，还能有过年的猪？但洋芋面管饱。"

我小心地开着车，说："晚饭到霞霞家吃，早上就说好了。"

海玉龙哎哟了一声："差点儿把我的帮扶户给忘了，她家有头牛犊呢。"

赵乡长问祁彩虹："霞霞没有再找吗？"

祁彩虹看着车窗外黄昏朦胧天色中的飞雪说："心强命不强，两个娃娃，两个老人，都是累赘。每天早早来村部打扫完卫生，还要到扶贫车间去打工，哪有那个心思呢。"到了霞霞家门口，大家先去了牛棚，空荡荡的，只见冷风翻卷着雪渣子乱飞。

霞霞听到动静，出了大门，在红格子围裙上擦着手说："快进屋快进屋，外面冷。"

祁彩虹失声拉腔地问："霞霞，你的牛呢？今天见犊补母验收呢。"

霞霞一边把我们往家里面请，一边说："我个单膀子人，顾不上喂，吆到娘家让我弟弟喂去了。"

进了屋，落了座。赵乡长说："要不先给你登记上，你打电话让娃他舅连夜把牛吆过来吧。虽然只有五百元，但有总比没有强，这个政策总要让你享受上。"

我说："多个萝卜多盘菜，这个可以。"

霞霞微笑着说："多谢乡长和第一书记了。但十几里山路吆过来，太麻烦。又不知道县上哪天验，放在我这里，我也顾不上喂。补不上就补不上吧，也别难为你们。领导们已经很照顾我了，保洁员的岗位、两个老人的低保，都给我办了。日子嘛，总要自己苦着挣着过，不能总指望着补贴过光阴。你们也跑了一天了，赶紧吃饭吧。"

祁彩虹洗了手说:"我给你打下手。"

我们三个大男人心里都难受着,坐在沙发上翻手机。我抬头看了一眼房顶。霞霞的丈夫,就是盖这座新房时从屋顶上摔下来没了的。

赵乡长、海玉龙都在发信息,应该是向家属请晚饭的假吧。

祁彩虹盘子里端着油泼辣子、盐和醋,女人端上来的是猪肉臊子面。在山里,这是招待贵客的饭食。因为冷,因为饿,因为相互之间的熟悉,都没客气,呼噜呼噜地吃起来。霞霞出去,又进来,端着一盘韭菜馍馍,笑着说:"领导,面不能吃饱啊,现在吃韭菜馍馍。"大冬天的,这新鲜韭菜真是稀罕物,再配上猪肉丁,简直能香破头。我们都放下饭碗,双手捧起韭菜馍馍来。不烫,温热,显然做熟一段时间了,放在热锅里温着的。

我们说:"霞霞,你也来一起吃嘛。"

霞霞依然是笑,说:"你们好好吃,我还得安顿两个老的和两个小的。"然后门帘一揭出去了。

这一次,霞霞是用屁股顶着门帘进来的,一股凛冽的寒风,先送进浓郁的肉香味儿,带进来几片飘飞的雪花。女人转过身,双手端着一个大铝盆,里面是还冒着热气的猪骨头,放到饭桌上,说:"领导,韭菜馍馍也别吃饱啊,我还煮有猪骨头呢,自家养的宰了过年的。"

海玉龙直接被气笑了,说:"你这个霞霞啊,这是要撑死我们吗?一顿晚饭,硬生生让你吃成了早中晚三顿。"

霞霞也坐下来,拿起一块骨头细细啃起来,说:"雪下得越来越大了。咱们慢慢吃,就当是过年嘛。吃不好,总得吃饱啊。再说,就这一顿饭,需要那么多红包吗?谁的都不收!"

出了屋,雪真的越下越大了。落到眉毛上,像网住了一滴水;飘飞在脸上,像清凉的手在轻轻地拍。我捧着折叠整齐的衣物,举到鼻翼下,一股淡淡的洗衣液的味道,混合着冬云下阳光的味道,应该还有一种别的味道,刺激着鼻孔里的毛囊,让人无端地想哭,幸福得想流出眼泪来。

夜　色

徐东

　　周六晚上,孩子比平时睡得晚些,但十一点过后也都睡下了。不久妻子晾完衣服也洗漱罢睡下了。家里安静下来。他冲了杯咖啡,端着到阳台上,在沙发上坐下来。照说晚上不该喝咖啡,但他要享受一下喝着咖啡一个人静静待着的感觉。

　　他是位诗人,年轻时写过不少诗,也曾出过两本诗集,算得上是有些名气的诗人。不过这几年他写得少了。并不是他不想写,而是再也没有以前那种才思泉涌的状态和感觉了。他已不再年轻,是一个女人的丈夫,两个孩子的爸爸,也不再像以前那样自由了。尤其是有了第二个孩子后,妻子不再去工作,家庭收入减少,开支增加,他的压力就更大了。这几年他所在的公司效益不佳,他的工资相比以前也减了不少。那样微薄的工资养家,有些入不敷出,为此他不得不向朋友借了一些钱,有时也不得不刷信用卡。

　　阳台不是太大,摆满了各种谈不上名贵的花草。有些是他买来的,有些是妻子买来的。他喜欢那些花花草草,也曾想过为它们写一些诗,却一直没有写成。他们的这套房子是十年前买下的,每个月需要还五六千元的贷款。这也是他的压力。虽说有压力,毕竟在城市里有了一套属于自己的房子,如果卖掉的话,也还是值几百万的。他坐着的黑色沙发旁边有个老榆树桩,是位搞收藏的诗友送的,可以放书、放茶杯。平时孩子们也喜欢来阳台,大的喜欢坐在沙发上看童话书,小的喜欢趴在榆树桩子上画画。妻子倒是很少闲下来,没有坐在阳台上看风景的时间。她是个有些洁癖的女人,光保持家里的卫生就够她忙的了。

　　天阴着，天空是灰黑色的。他没有留意，不知何时落起了雨。雨不大，轻轻地落着。他喝了口咖啡，还想着要不要抽一支烟。他戒烟已经有两个多月了，两个多月来一支烟也没有抽，他有些佩服自己的意志力，想要保持下去。这并不容易，他得和自己不断作斗争。思想斗争了几分钟，他最终还是没有去拿烟抽。他想，要克制。空气有点儿冷，穿着羽绒服的他也还是有点儿冷。他站起身来，做了几个扩胸动作，原地跳了几下，站定，目光投向远处。满眼是成片成栋的楼，不少窗子里还亮着灯光，那灯光在雨雾中显得湿润迷离。这样的夜色，颇有些诗意，是他所喜欢的。

　　他所在的这座南方城市，这座此时被细雨打湿了的城市有着两千多万人，他是其中的一个。他们的家也是许许多多个家庭中的一个，也许不同的家庭有着不同的烦恼。不过，夜色是美好的，无论是晴天还是阴天。活着也是美好的，不管是处在顺境还是逆境。他重新坐回沙发，深吸了一口气，又轻轻呼出来。他似乎想要把身体里无形的压力给呼出来。一呼一吸的舒畅，把自己融入了夜色一般，使他快乐，却又令他很快生出些忧愁。那忧愁是骨子里的，是他作为一位诗人生命的底色。

　　他这几年之所以没有再写诗，似乎是有意在逃避他所渴望的，例如自由、理想、爱情。这些美好的词语所涵盖的是他生命的种种可能，如今那些可能都被关进了现实的笼子，他也成了一个中年奴隶。在没有结婚成家之前，他是自由的，他可以天马行空地活着。结婚有了孩子之后的他，渐渐变成了另外一个人。在这个过程中有过许多挣扎和痛苦，家庭矛盾激化的时候，有几次还差点儿和妻子离婚。后来，他还是像被驯服的野兽一般，选择了承担、承受。

　　他叹了口气，心想，还有别的选择吗？他们缺少钱，需要钱。一位作家朋友昨天给他介绍了一个活儿——帮一个大公司的老板写一部自传。开价三十万，预付十万。他还没有拒绝，不过也没有答应。如果有了那笔钱，他可以还清欠账，还能余下一些，改善家里的生活。他从内心里是拒绝的，可理性又让他想去做。纠结，痛苦，想抽烟。要不要抽？想着，他起身去了书房。书房的桌子里还有半包烟。他拿到烟和打火机，重新走到阳台。他用手指夹着烟，打着火机，看着火苗在闪耀……

　　"你不是戒烟了吗？"身后有一个声音，是妻子的。妻子穿着睡衣，一脸不满地看着他说:"都这么晚了,还不睡。"

他熄了火机,犹豫了一下说:"我遇到一件事。"妻子脸色缓和了一下说:"什么事啊,说说?"

他说了。妻子高兴地说:"亲,三十万啊,你当然要答应啦,这还用想吗?"

他笑了笑说:"如果我接这个活儿,相当于是破了戒——我接了这个活儿,以后可能要重新开始抽烟了。"

妻子说:"随你抽不抽。孩子学钢琴的钱又该交了,下周我妈生日也得给点儿钱吧。花钱的地方那么多,有赚钱的机会不赚怎么行啊!别想了,接。"

他打着火机,点燃了烟,深深地吸了一口,把烟雾有些用力地吐了出去。不过他很快又熄灭了烟,说:"算了,还是不抽了,既然都戒了。"

妻子看得出他的为难,她看着天空,看了一会儿,说:"亲,不管你接不接,这夜色还是挺美的。"他看了妻子一眼,笑了。

妻子问:"笑什么?"

他说:"你这话有点儿诗意,我喜欢。"

我们跳舞吧

朱雅娟

> 风对树叶说：我们跳舞吧
> 夜对星星说：我们跳舞吧
> 阳光对灰尘说：我们跳舞吧
> 连枷对谷堆说：我们跳舞吧

这是读大学的时候，浩彧写给我的诗。浩彧是化学系的学长，比我高两级，人长得高高大大的，喜欢踢足球。

中文系的女生都有点儿矫情，更喜欢脑洞大开。当舍友知道我接受了浩彧的追求时，一个个都操碎了老母亲的心。

"化学系的男生要弄死你，一根水银温度计就够了。"

"在实验室里随便就能弄点儿粉末出来药死你。"

"或者给你高压锅里放颗自制炸弹，分分钟送你上天国！"

我的死党陶笛笛翻出《心理学》课本，拿着浩彧写给我的诗，装模作样，一句句分析给我听："风跟树叶跳舞，听上去很浪漫，但真的是暗藏杀机。还记得雷锋的名言吗？对待敌人就要像秋风扫落叶。在他的潜意识中，你若做不了他的爱人就一定是他的敌人。如果有一天你们成为敌人，你很可能就会被他当成一片枯叶。

"夜跟星星跳舞，看上去很美，但说明他可能是暗黑系男生。黑暗人格的人多半情绪偏激，占有欲很强，而且很大可能是隐藏的海王——谁见过夜空里只有一颗星星？所以，本句诗暴露了他渣男的本质。

"阳光跟灰尘跳舞，画面感强烈，但这也正好说明你们是两个世界的人。与光同尘，是让你放弃梦想，自甘平庸，做他的厨娘，他的保姆，伺候他，甚至伺候他的家人。

"连枷跟谷堆跳舞。天呐，他有暴力倾向，还很严重。连枷我在农村见过，是一种农具，用绳索将拇指粗细的木棍编成一拃宽、两尺多长的平面，再用轴跟一人多高的木棍连起来。脱粒的时候先是在地上铺平麦穗，然后用劲挥起连枷再落下，周而复始，用暴力除去麦子的外衣……天啦，简直就是家暴男的内心自画像。"

我扔枕头过去，陶笛笛笑着接住了。

我说："你们知道啥？这四句诗只有一个字，那就是'爱'！风吹着树叶，是风动了心，而叶子也动了心；夜空有星星闪烁，是夜愿意做星星的屏障，而星星愿意成为夜的眼睛；阳光跟灰尘共舞，是双方没有遮掩，只有坦诚相待；连枷除去麦衣，是生而活着的不易，是凤凰涅槃后的永生……"

大家都笑起来，她们每个人都把枕头扔向我，大叫着"腻死了，腻死了"。

每到周六晚上，校学生会干部都会把饭厅的桌椅堆到角落去，腾出一些空间来，供学生跳交谊舞。一台录音机，十来盘磁带，就能让我们度过一个愉快的周末。

一张舞票是五毛钱的饭卡，不算贵。但浩或死活都不愿意去跳舞，他说他不会跳。

我姐姐在县城开着一家舞厅，耳濡目染，高一时我就学会了跳舞。高三毕业后，我还在舞厅驻唱过，算是多才多艺了。每到周六晚上，我是最抢手的"舞伴"，挨个儿给舍友当"陪练"。舞会结束后，舍友一个个都抢着给我打洗脚水。

有一次，陶笛笛把一个男生推到我面前，让我教他跳交谊舞。这个男生是陶笛笛的老乡。我心领神会，成人之美的事当然要做。于是我不厌其烦地教会这个男生跳舞。

不知道为什么，浩或一个月都没来找我，我心气也很高，坚决不主动去找他。

我过生日那天，浩或来了，送了一盒磁带给我，是小提琴协奏曲《梁山伯与祝英台》。

陶笛笛有一台 AIWA 随身听,我拆开磁带,打开外放试听。

陶笛笛突然问我:"梁祝的故事,是讲死了都要在一起,还是死了也不能在一起?"

其他的舍友七嘴八舌地讨论起来。

我心里咯噔一下,但还是假装什么都没有发生。我笑着说:"只是两只蝴蝶跳舞的故事,哪来那么多深意?"

再后来,我们各奔东西。

毕业的时候,陶笛笛抱着我大哭,不停地跟我说对不起。

我说:"傻瓜,不关你的事,我早就知道了,那天浩彧鼓起勇气进了舞厅,正好看到我跟你老乡在跳舞。浩彧当时气得冲出舞厅,还踢坏了他们宿舍的门。因为他听到有人说,跳舞的女生就是不正经。"

一晃三十年过去了,我在电视上看到浩彧,他正在耐心地教一位老阿姨跳探戈。

我一脚踹倒椅子,冲厨房大喝一声:"浩彧,快给我滚出来!"

系着围裙的浩彧笑眯眯地走出来,看到电视上的画面,笑得合不拢嘴。

我又一脚踢过去。浩彧弯了弯腰,给我做了个邀请的手势,说:"我们跳舞吧!"

马战友

侯发山

　　整个连队只有一匹马,名义上是连长的坐骑,可是连长很少骑它。这匹马不是什么名贵的品种,只是一匹普普通通的马,个头一般,毛色纯黑,不带一点儿杂色,性情也温顺,从没有发过脾气。那时候,部队正跟蒋介石打着仗。大家给它取名"老蒋",自然也有看不起它的成分。

　　唯独连长例外,自己省下口粮,悄悄塞到"老蒋"的嘴里;有时间了,给它洗洗澡;遇到风雪天,害怕它冻着,把自己的褥子抽出来披到它身上……有一天,因为没有粮食,厨师拿它出气,仅仅是抽了它一鞭子,被连长狠狠批了一通。

　　在一次伏击战中,连队两名战士受伤,急需送到三十里外的总部医院。若是派人抬担架去,时间慢不说,还需要占用四名战士,本来人手就不够,况且战斗正处于胶着状态。怎么办?连长看到"老蒋",两眼一亮,说:"让'老蒋'带着两名受伤的战士去!"

　　通信员小刘吃惊地问道:"连长,这可以吗?"

　　连长说:"可以。"

　　连长虽这样说,但他也只有四分的把握。上个月,连长骑着"老蒋"到医院做阑尾炎手术。等手术做完后,连长昏迷中尚未苏醒。医院不知道"老蒋",派了个车送连长——战争期间,医院人满为患,无大碍的病人都让提前出院。连长走后没多久,"老蒋"竟挣脱缰绳,撵了一路,独自回到驻地。

　　既然连长发话了,大家就把两名受伤的战士绑缚在"老蒋"身上,然后,连长指了指方向,轻轻拍了拍它的屁股。"老蒋"似乎什么都明白,头一仰,撒开四蹄,"哒哒"地跑远了。

战斗结束,消灭敌人22名,缴获重机枪两挺,轻机枪四挺,迫击炮一门,炮弹12枚。连长很高兴,准备安排人往山下抬时,"老蒋"回来了。看到它大汗淋漓的样子,连长心头一紧:两名受伤的战士送到医院了,还是半路出了什么岔子?他上前拍了拍"老蒋"的头,忽然看到马嚼子上拴着一团纸。连长解开,纸上写着:两名受伤的战士已经到医院,生命无大碍。连长愣怔了一下,上前抱着"老蒋"的脖子,亲了个够,比打了胜仗还激动。至此,大家不得不对"老蒋"另眼相看。

那次,通信员小刘骑着"老蒋"给团部送信回来,途中遭到敌人的伏击。"老蒋"虽然没有受过训练,但是,它一点儿也不含糊,仿佛对身边飞过的子弹视而不见,反而加快速度,箭一样往前冲。等逃离险境,"老蒋"没有减速,飞快往连部赶。事后小刘说:"那一刻,我感觉'老蒋'像飞一样,不弱一匹真正的战马。"

等到小刘和"老蒋"赶回驻地时,小刘刚从马背上跳下来,"老蒋"一下子就瘫倒在地。起初,大家以为它是累的。连长走到跟前,忽然发现"老蒋"的眼里渗出泪水。他忙蹲到"老蒋"跟前,用手去抚摸它身上的毛,当摸到肚子的时候,觉得湿漉漉的,但不是汗水,是血水!连长这才发现,"老蒋"中弹了!未来得及处理、包扎,"老蒋"就因为失血过多,永远闭上了眼睛。

厨师提议,既然"老蒋"死了,可以剥皮吃肉。小刘不干了,说:"要不是'老蒋',我早就没命了。"还有上次"老蒋"独自驮到医院去的两名战士,也不同意"卸磨杀驴",不,在这里应该说是马。

意见不统一,大家都把目光投向连长,他是"一家之主",是杀是埋他说了算。

连长重重地叹口气,说:"'老蒋'是咱们连的一员,要按烈士的待遇,厚葬它。"

听到连长的话,在场的战士都诧异不解,埋掉得了,还厚葬,未免有点儿过分。

连长看出大家的疑惑,像是自言自语又像是给大家解释:"那一年,我们皮徐支队路过河南巩县老庙村,在当地征兵时,老百姓的热情都很高,除了青壮年踊跃报名外,六十多岁的老人,十一二岁的孩子,都要求当兵。还有一位王大娘,牵出了她的马,她说自己一辈子无儿无女,就让那匹马当她的儿子上战场吧。那匹马就是'老蒋'……"

新中国成立后,王大娘隔三岔五就能收到一张汇款单,这些汇款单来自全国不同地方,汇款人姓名一栏,填的都是"马战友"。

会说话的茶壶

司玉笙

那时候,坑塘边有一棵大柳树,绿叶垂下时营造出一片阴凉。日午晴朗之际,这里就成了饭场。赶到饭点,三三两两的海碗或馍筐子就晃到这里。用餐者或蹲或坐,围成大半圈儿,口齿一启,吞进去的是软米硬馍,喷出来的是笑话俚语。大到国际热点小到狗咬人猫抓鼠,还有插科打诨无不涉及。

这饭场谁蹲坐哪儿都是有记号的,如同排好了座次。比如说那半截砖是良头的,那脚印子深的是二怪的,等等。人多嘴杂,时间长了,免不了生出一些口角来。吵闹罢,捏着空碗筷子各回各家。上工时相逢一笑,权当啥事儿也没有发生。

不过有一次事可闹大了,事端是由二怪挑起来的。这主儿老是瞅着良头的饭菜,冷不丁地就将筷子伸到人家碗碟里抄一刀。次数多了良头就烦了,把背侧转过去,刚好护住自己的饭食。不料那二怪起身半蹙,仍不罢手。良头胳膊一架,顶翻了二怪手中的大碗。二怪立马恼了,还了一手。两个人便眼对眼地扭扯到一起,就像公鸡斗架,青筋鼓暴的脖子上汗滴子四溅。抹着嘴,饭场上所有人都站起,有人过来劝架,可越劝两人的气性越大,拉都拉不开。近旁的老妇女小媳妇也出门瞧,吵吵闹闹的像是在往旺火里添干柴。

此时,一个人出现,饭场内外的人都住了声,眼光都被引到此人掂的那把青瓷茶壶上。这茶壶是老式的,六棱直筒,上釉的几个古代顽童嬉戏图案,憨态可掬。他一手提茶壶,一手背在身后,把个嘴角翘得老高。

"累了吧,渴了吧?"他径直走到两个斗殴者身边,从背后闪出两只粗瓷碗。

096

两个斗殴者愣了一下,悻悻地松开了对方。

这人是村小学的代课教师,与社员一样拿工分。头一遭见他来到饭场,打架的和看热闹的都感到稀奇,即刻将兴趣转移到这个三十多岁的汉子身上。

"胡老师,您吃过了?"旁边一声问候。

"喝茶,喝茶!"

其中一个斗殴者最先抓起粗瓷碗,另一个也夺去一个,胡老师便笑眯眯地斟茶,可只倒七分满。

二怪一气喝完,递过碗来还要喝,胡老师就将茶壶上举。

"听听这壶再喝!"

二怪将左耳贴紧茶壶听听,好像没听出什么,又换右耳。不料那壶已离他而去,在每个人的面前高高低低地晃悠,出茶。二怪便跟上去。壶高他就高,壶低他就低。终于听出来了,说:"还有大半壶!"

"听明白就好!"

胡老师见良头挨近,提起壶也让他听。

"里面有树叶子在笑?"

"好,好。"胡老师说,"能听出来笑就好。都是筷子缠筷子碗碰碗的,有啥口短舌长的一笑不就过去了,还值当动手?"

两个斗气者隔着茶壶面面相觑,相继还了粗瓷碗,回头去寻自己撂在地上的食具。那些看热闹的交头接耳,望着胡老师笑笑,散漫而去。

自那以后,村里谁家两口子生气或邻里吵架,只要胡老师提着茶壶一到场,就像消防车开进一样,人们立马退身让路,当事者瞪眼相视,火气渐消。

"听茶,听茶!"

话音一落,就会有人上来贴耳,有的听着听着脸上就泛出敬畏之色。

时间久了,村里就有了句口头禅:想心安就听茶。

有了这口头禅,有事没事人们都爱去胡老师家。说是听茶,其实就是借机听胡老师说话。这种事一传开,连外村的也上门求茶。过瘾之后,有的出门时会撂下一句,茶味真醇,咱这一片儿没有这么好的!

几十年过去,粗瓷碗换成了玻璃杯,又换成了细瓷,唯有那把壶没换,上面的几个顽童依然清晰可爱。胡老师也早从代课教师转为公办教师,又成为校长。退休后,总是掂着那把壶转悠,最爱去的就是那昔日的饭场。遗憾的是很多人去了遥远的地方,连脚印也没留下……

暖风过耳,人声历历。徜徉在坑塘边,他每每举起壶对着半空喊:听茶,听茶!

如今,新村的文娱室正墙上绘有一幅巨画,再现的就是大柳树下的饭场之景。游客们常见这画下坐着一位老者,守着面前一把老壶和茶具。于是,不由得两腿一迈就过去了。坐看壁画,游客们品茗欢叙,有人就会顺口问:"您老气色这么好,敢情是每天茶壶不离口?"

"这茶壶会说话……"胡老师说。

游客们你看看我我看看你,捧起这茶壶轮换着听。听罢,小心翼翼地放下,都笑了。再看那幅巨画,找到了同样的一把壶,便跷起大拇指点赞。

这时,胡老师就会说:"只要用心,你们会听到很多。"

于是,掌声顿起。

春 望

宁春强

说好了不送，就不送。桌子上的饺子还冒着热气，他没吃几个，就放下了筷子，说是不饿。她更是一个也没吃，说是等他走了再吃。

"走了。"他说，眼睛故意不看她。

"走吧。"她说，眼睛也故意看着别处。

真就走了。他抓起炕上的背包，一晃一晃地走出家门，走出院子。家里的狗大黑默默地跟随着，却被他呵斥回去，不解地摇着尾巴。两只大鹅咕咕咕，咕咕咕，呢喃相送，却跟不上他越来越快的步伐。

静静地，只有他的脚步声。

呆立着，她的心怦然而动了。那渐远渐逝的脚步，沉沉地叩击着她的心。天亮了，晨曦照耀着窗户上鲜艳的红喜字，照耀着她追逐的目光。

他是滨城水产公司的合同工，每年一开春，就随船到遥远的公海打鱼，入冬后才能回来。他们新婚才刚刚十天，蜜一般甜美的十天。

他走了，却总也走不出她的心底。那脚步声似乎还在，而且愈加真切。终于，她忍耐不住了，扯起红头巾，匆匆地追了出去。

出了村，越过北石盖，就是二道岭了。她的红头巾像一团火苗，在寂静的晨野里燃烧着。爬到岭顶，她看到了他。丈夫迈着男人特有的步伐，走在春天的山野里，走在她的梦幻中。她的心再次激跳起来，眼睛也开始有些湿润。

昨晚，细雨蒙蒙。热炕上，他和她紧紧搂在一起，相拥着一个粉红色的梦。

他说："明天又要上船了，这一走就是大半年，单单扔下你自己。"

她说:"没事儿,别惦记俺,在船上好生干。"

"在家里用不着太仔细了,钱该花就花。"

"嗯呐。"她靠着他的胸,像靠着一座山。

"也别再编席了,看你这手磨的,又挣不了几个钱。"

……

不觉,雨停了,鸡叫了。她起身包饺子,俗话说上车饺子下车面嘛。他也起身,非要和她一起包。他说,等下回再一起吃饺子,就该过年了。过年好。她盼着过年,喜欢过年。可那得等熬过夏,熬过秋,熬过冬。日子可不就是一点儿一点儿熬过来的吗?熬着熬着,丈夫就回来了,属于他们的春天就到了。

前几天,她瞒着丈夫,让邻家大嫂给报了名。她也要去乡里修防沙林,村里有好多妇女都要去呢。造林虽说是体力活儿,很苦很累,但她不怕。她唯怕闲着。人一旦闲下来,时间就难打发。

修防沙林去!不仅仅是为了钱。丈夫不是也说过,他出海打鱼不光是为了挣钱吗?她知道,丈夫爱海,他的心被大海迷住了。她呢?她去沙地干活儿,其实是要来看丈夫的。在她看来,见到沙地便如同见到海滩见到大海。见到大海了,不就如同见到丈夫了吗?和丈夫在一起,累点儿苦点儿又算啥?

阳光赤灿。举目,岭叠着岭,山连着山。渐渐地,丈夫在视野中消失了。岭那边有个长途汽车站,丈夫坐两个小时汽车就能到达县城,从县城再坐两个多小时火车,就是滨城了。她下意识地扬起了一只手,扬起了她的祝愿。早春的晨,已有些暖意了。不然,脸咋这般滚烫?

昨晚,她偷偷地给丈夫的背包里,又多塞了一千元钱。男人出门在外,兜里哪能不多备点儿钱?她和他紧紧地相拥在一起,像是要把对方给融化掉。这个难舍难分的春夜啊!

她驻足远眺。远处,山叠嶂,云翻涌。咦!她愣了。霎时,她仿佛又看到了丈夫,看到了丈夫船上云一样的白帆。

一只只渔船向她驶来,白色的帆鼓满了风。

丈夫立在船头,朝她笑着。于是,她再次扬起手臂,冲着远方大声呼唤:"宝柱,别惦记家里,俺等你回来——"

逃跑的月季

胡炎

惨白的月色。鬼魅般的黑影。胆怯的虫鸣。风中凋零的花瓣……

两年后，当她站在阳台上，努力寻找记忆的时候，脑海里出现了一些模糊的影像，支离破碎，她无法确认它们的真实性，更无法将它们还原成一个整体。

丈夫一面解着围裙，一面说："吃饭了，做了你最喜欢的糖醋鱼。"

丈夫待她很好，厨艺也是一流，总变着法儿做她爱吃的。可她没胃口，那些影像，像《聊斋》剧中恐怖的片段，在她眼前旋舞。

"别想了，都过去了。"丈夫劝她。

"过不去。"她哀怨地摇摇头，"我只想知道，两年前那个夜晚，到底发生了什么。"

丈夫叹了一声，沉默。那是个悬案，发现她时，她已经昏迷了，醒来便已失去了记忆。警察想尽办法，最终也未能破案。

"多好的天气，出去走走吧。"丈夫说。她不置可否。丈夫开车带她去郊野，那里是一座月季山。漫山嫣红，远远地，花香便沁入了肺腑。

可她说："回去吧。"

"为什么？"丈夫不解，"眼看就到山脚了。"

"没什么，就是不想去了。"

她不想让丈夫知道，那些摇曳的花瓣，在她眼中是魅惑的血光。尽管丈夫告诉过她，月季是她以前最喜欢的花。

那些破碎的影像,在她眼前挥之不去,无论醒着,还是梦着。有时,她似乎抓到了那朵凋零的花瓣,但转瞬之间,那朵花瓣又像一个恶作剧的孩子,诡异地笑着,逃得无影无踪。

她痛苦,情绪无常,脾气也越来越暴戾。丈夫还给她的,只是隐忍的微笑。她知道,丈夫是个难得的好男人,忙里忙外,两鬓早已斑白了,逢她不讲道理时,也从不计较。他太累了,是她连累了丈夫。她应该对他好一点儿,可她没办法让自己温柔,郁闷时,她唯一的发泄对象,只有他。

"别想了,都过去了。"这句话,丈夫每天都在重复着,月月年年,重复多少次,无法计算。

丈夫老了,她也老了。

"去花园里走走吧。"丈夫说。

她点点头。毕竟上了年纪,她的情绪稳定了不少。她想顺着丈夫,让这个疲惫的男人多一些舒心。她欠他,欠了一辈子。

丈夫的背驼得厉害,本是个大个子,此时却像一棵弯榆树,顶着满头的白絮。他的步子很重,蹒跚着,穿过小区的甬道。一座小花园,月季正在盛开,落霞般绚丽。

"年轻时,你就喜欢月季。"丈夫一手扶着花茎,回头一笑。

她想回他一个笑,可她笑不出来。那些血红的花瓣,在惨淡的月色下疯狂逃跑,散发着魅惑的冷香,引她去寻找。她就这样寻找了一生,使尽浑身解数,还是找不到。可她不甘心,只要活着,她就要努力把记忆找回来。

月季凋零的季节,丈夫走了。弥留时,留下的还是那句话:"老伴儿,别想了,都过去了。"

三年后,她坐在轮椅上,又来到了花园。推着轮椅的,是她的小孙女。小孙女跑到月季丛前,把鼻尖探进花瓣,忘情地嗅着。

"奶奶,瞧,这月季多美啊!"小孙女嫣然地笑,也像花儿一般灿烂。

"是啊,真美……"

这么多年,她第一次说出"美"字。说的时候,她几乎没有意识到。可她听到了自己说出的这个字。她忽然一阵伤感,丈夫活着的时候,她从没说过,也从没笑过。刹那间,她似乎感到那些梦魇般的影像,在岁月的风中,如烟般渐渐飘散。"都过去了。"她又想起了丈夫的话。是啊,都过去了。如果说,这一生她所有的努力,都在寻找失去的记忆,那么,从现在开始,她要做的,就是学会努力忘掉。

　　"奶奶,你笑了。"小孙女说。

弯腰草

闵凡利

　　一只羊儿,白色的,领着只羔儿,也是白色的,在草丛中低头吃草饱它的奶,奶水足了,羔儿才能幸福地成长。

　　那儿的草不肥,黄黄的,营养不良的样子。羊儿弯着腰。为吃草,羊儿在很久前就把腰弯了,把腰和腿索性弯成直角。羊的头伸得很长,在草丛中找可口的草儿。羊吃得很认真,一口一口,嚼得仔细。小女人似的。有只蜻蜓站在一株草上,累得草一弯一弯挺着身子。蜻蜓瞪着双大眼睛,看羊儿的嘴,一剪一剪的,草儿流出绿绿的汁。来来回回蹦跳着的蚂蚱知道,那是血。草的血。

　　羔儿不知道,蹦蹦跳跳的年龄里满是新奇,草儿是好东西,奶样的香。羔儿的唇嚼着绿草的香。羔儿只有嫩的唇,牙还软,叶上就蘸着羔儿的口水,有着羊儿的奶香。

　　羊儿默默吃草,在这个日子,吃草才是它活着的全部意义。羊感觉有些累了,就慈祥地看着羔儿,羔儿在调皮,在撒欢。一条蛇蜿蜒而来,蛇是红色的,它被羔儿的欢乐感染了,想来分享一下。可羔儿怕,慌慌藏在娘的身下,只留两只眼睛惊恐地望。蛇儿想,怕啥,咱们是邻居。就往羊跟前凑,吐着舌头想和羊说话。羊儿叫了一声,叫声很严厉。那是在说,你吓着我的孩子了!蛇儿想告诉羊,咱们住得很近的。羊却拒绝了它。羊说你走吧,孩子小,怕你呢!蛇儿有点儿不想离开,就想,我没得罪你,干吗这么凶呢!

　　羊儿不客气了,伸出两只角,眼瞪得很圆。蛇儿很生气。只好转身,扭着它女人一样的腰,一步三摆地走了。

羊儿用舌头轻抵着羔儿。羔儿偎在羊的怀里,满眼的恐惧。羊儿爱怜地看着羔儿,看羔儿那咚咚心跳的样子,很心疼。

风徐徐流来,水一样梳羊儿的毛发。羔儿渐渐忘却刚才的恐慌,快乐地玩去了。

天上有云在飘,白色的,也是一群一群的。羊儿抬头叫几声。羊儿觉得美,仿佛谁在天上牧着它们,让它们愉快地吃草。

吃草是为了什么呢?是为长肥长大。长肥长大是为了什么呢?羊儿不敢想了。一想羊儿就要流泪。羊想,想那么多干啥?自己的先人不都是这样一步一步走过来的吗?它们之中肯定有很多智者,可最终怎样了?羊想,也许这就是人所说的"命"? 羊儿信。

羊儿想,还是教羔儿怎么吃草吧! 草是好东西,管肚子不饿,管自己长大。羊想,自己这辈子,也就是吃草的过程。有时羊儿就看着那些折腾的羊想:别能了,你比谁也高明不到哪去,别觉得一能就不是羊了,憨呢!

羊儿发现这儿的草吃得差不多了,便抬头喊一声。牧羊的是个十二三岁的男孩儿,看了一下羊。男孩儿正追着一只大蚂蚱。蚂蚱们惶惶地飞,鲜活了这块草地。男孩儿手里拿着用草茎串着的一穗蚂蚱,就像田里沉甸甸的谷儿。羊儿又叫一声。男孩儿这次仔细看了羊儿。发现羊儿四周的草儿光剩秃秃的梗儿,梗儿硬硬地戳着天。

男孩儿又找到一个地方,比前一块草地好些。羊儿知道肚子没饱,便认真地吃。羊儿弄不明白的是,本觉饱了,怎么一泡尿下去,肚子又瘪了。羊儿想,只要活着,就得不停地吃草。

男孩儿把羊拴牢又去追蚂蚱了。羊儿望着男孩儿,满眼羡慕。羊儿弄不明白,他怎么就该牵着我呢?是因为我太温顺了?太善良了?羊儿想不通,难道善良就该被人用绳牵着走吗? 羊儿想不通。

羊儿想,造物主真是不公道。有很多的东西,从一出世就注定了。抛开自己不说,就说地上这些开着红花、蓝花的草儿吧,长在这儿,碍着谁了? 却要被嘴巴吃掉。也是很残酷的,下场也是很可怜的。羊儿的心颤了,就默默对着草儿说,对不起呀。

羊儿觉得自己的肚子圆了,抬头望一下太阳,太阳挂在西天上,像一个熟透的香瓜,熏得整个天地金灿灿的香。羊儿皱着鼻子嗅几嗅,真美!

男孩儿跑过来。男孩儿手里捉了几串蚂蚱，有大的有小的，还有怀仔儿的。蚂蚱串在草茎上，在做垂死挣扎。有几只脖子都被拧断了，像勇士一样死在男孩儿脚下。男孩儿没看到，只是牵着羊走在回家的路上。男孩儿一边走一边想，让娘用油把蚂蚱炸了，又是爹的一顿下酒菜！

羊儿匆匆地跟着男孩儿走。

羊儿是不愿走进男孩儿家的。羊儿知道，男孩儿家有把刀子，很长的一把尖刀，正灼灼放光呢！

祝　福

袁有江

　　昨夜阿强忘记给手机充电,走进快餐店时没电了。他像掉了魂一样,坐在墙角的位置,两眼呆呆地盯着她的后背。随着她颠勺的动作,锅里的米粉吱吱响,炉头的火呼呼鸣。阿强像被清晨的寒意冻僵了,雕塑般一动不动。

　　快餐店老板娘雯姐,人到中年风韵犹存。她今天穿着鹅黄色毛衣,下配石磨蓝牛仔裤,勒得臀部圆鼓鼓的。阿强记得她左臂上有块巴掌大的胎记,右眉间有颗豌豆大的黑痣。她以前喜欢将嘴唇涂成酒红色,好像印在粉脸上的吻痕。阿强想强吻她的念头一晃而过。上次他们一起去体育公园散步,他很想顺便带她到家里坐坐,好好聊聊。后来因为她崴了脚,阿强只好送她回店里……这会儿,瘸子应该去市场买菜了。

　　三个月前,阿强偶然走进这家快餐店,重新认识雯姐时,吃的云吞面是瘸子做的,没放酸菜和麻油,吃起来味同嚼蜡。这次她亲手做,也许她还记得他的偏好。他对云吞面的味道充满了期待。昨夜想她时喝多了酒,胃不好受,现在特想喝点儿热汤。他下午要跑长途,要是能带上她出车,路上一起说说话该多好。他不动声色地给自己打气,今天无论如何要设法带她离开瘸子。如果她不愿意,就是不择手段也要将她带走。他想,一切都可以解释清楚。

　　"你在想什么?"她将云吞面端过来,伸手在他眼前一挥。

　　"有时候发呆很舒服。"阿强深情地看着她说。

　　"发呆能有什么舒服的,吃完早餐回去再睡一觉。"她转身抄起围裙,搓着手去收拾桌子。

云吞面散发出诱人的麻油香。阿强拿起勺子,小心地喝了一口汤,鲜香无比。她果然记得过去的一切。今天只要能带上她,就远走甘肃,在姐夫开的货运公司干到老,永不回头。她可以帮姐姐处理公司内务。他冲她的后背说:"你做的云吞面比你老公做得好多了。"

"我们……还没正式结婚。"她说,"你是心理作用,我们做法都一样。"

"你跟他说过我?"

"没说什么。只说你是我多年未见的远房表哥。"

"那就忘记从前的我吧。"

"随你。你今天没出车?"她一边收拾桌子一边问。

"老板,多少钱?"前边两个男人吃完炒米粉站起来,冲她问。她看看餐桌,指指柜台上的二维码说:"一共十六块,谢谢!"说完继续擦桌子。

"你经常一个人在外跑车,一定要休息好。"她说,"困了就停车休息。"

"时间长了又闷又困。"

"微信收款十六元。"门口的小喇叭播报。

"你们家里的房子装修完了?"

"今年过年可以住新房了。"她开心地说。

"你……"他欲言又止。

"老哥过来了!"瘸子提着两大包肉菜回来。进门看到阿强,沙哑着嗓子跟他打招呼。别看这家伙瘸了一条腿,力气却大得出奇。据说,他有次为了保护雯姐和讨债的打架,抓起一个百十斤小伙子的胳膊腿,轻松就扔出去几米远。雯姐还说:"那时候如果没有瘸子,我可能熬不住。"

十几年前,阿强凭借出色的厨艺,在虎门镇开了两家快餐店,买了房子、车子,还赢得了给他打工的雯姐的爱情。后来,他沉迷于赌博,不仅钱输个精光,而且还欠下一身债务。他只好偷偷地败走虎门,将一切不堪都丢给了雯姐。

瘸子放好肉菜,走过来坐在他对面,递给他一支烟说:"你好久没来了,今天别走,我们中午一起喝两杯。"

"不用,我戒酒了。"阿强点上烟,漫不经心地抽起来。

"我们今年回去结完婚不来了。"瘸子告诉他,"店面打算转出去。"

"哦,为什么?"

"生意越来越不好,每个月都亏。我们打算回老家养鸡。"说完,他又笑了笑,压低声音说,"也省得你带你姐夜晚去公园散步我不放心。就你这小体格,真要是遇到坏人,只能等死。你别看我瘸着一条腿,打三五个小流氓还不费事。"

阿强心里一紧。

"你想要这店吗?冰箱、空调、电视机、厨具、桌椅板凳,我年初都换过,都还六七成新。转给别人四万,转给你只要两万,一万五也行。"

"谢谢,我没空打理。"

"不是说你在体育公园旁边新买了房吗?弟妹是做什么的?"

"房子卖了,我还没结婚。"

"有女朋友吧?看你一表人才,跑长途又能挣大钱,找个美女成家很容易。哈哈,你要是钱多得花不完,就借点儿给我们办养鸡场。"

"十五万够不?"他不屑地看看瘸子的嘴脸。他昨晚给姐姐转了三十万,委托姐姐在那边帮他看房,有合适的先买一套。卡里现在只有十五万多了。

"够够,五万都行!"瘸子笑着说。

"哎!你过来帮忙洗菜,再泡点儿米粉。"雯姐在灶台那边喊。瘸子答应着一瘸一拐地走过去。店里又进来一男一女。

阿强出门时,雯姐对他说:"开车一定要打起精神!"瘸子说:"老哥好走,有空常来坐坐。"他没有回答,也没有回头。沿街走了很远,估计店门口的人已看不清他,不在意他的存在了,他才回头看了一眼快餐店门前窄窄的遮阳棚。转过街角,他走进了农业银行。他抹抹眼睛,给雯姐转了十五万。在转账附言栏里,他写道:"再见了!我祝福你们。"

老玉米

曹洪蔚

围着村子的,是一眼望不到头的玉米地。

父亲裸着上身,正忙着给玉米施肥除草。麦前套种的玉米,眼下已长到了齐腰深。看到玉米,家栋突然想起臧天朔吼过的一首歌:"如果你想身体好,就要多吃老玉米。"

看到家栋,父亲有些意外。父亲知道家栋是个大忙人,是单位的顶梁柱,工作上要强得很,从不甘于人后。这么多年,节假日都没怎么休息过。

父亲问他:"这不逢年不过节的,咋就回来啦?"

"回来看您啊。"

已经80岁的老父亲,早已不再为"一箪食,一瓢饮"忧心了,却依然醉心于庄稼和田间的劳作。

回到家,父亲去村街的小食堂买了几样菜,开了一瓶酒,对家栋说:"来,陪爹喝点儿。"

家栋平时不怎么喝酒,总担心喝酒会误事。完美一流,是他给自己定的工作标准。

几杯酒下肚,父亲问他:"孩儿,你有心事,瞒不过爹的眼。"

家栋猛地饮下一杯酒,脸上立马就泛起了红晕。

他想告诉父亲,这次单位要补缺一名副局长,按学历、资历、能力,或是按工作政绩、岗位需要、群众基础,他都有竞争优势。可是,盯着这个位子的不止他一人,而且也都跃跃欲试。有朋友"提点"他,该活动还是要活动活动的,天上掉馅饼的事儿有，不多。于是，他想到了老家，想到了还在老家种地的父亲。想听听父亲的意见，还有资助。工作这么多年，他几乎没攒到钱。

看着家栋欲言又止，父亲没再继续追问下去，对他说："吃罢饭回屋躺一会儿，你爱睡午觉。睡醒，咱爷儿俩一块儿去玉米地薅草追肥。"

这一觉睡得好沉好香，脑瓜子好像也清醒了许多。醒来，日头已经偏西。父亲说："洗把脸，咱下地去，这会儿没了毒日头，趁着凉快，能干俩钟头的活儿。"

玉米地，远看绿油油一片，走近了，却看到下面长着各样杂草。

锄完一趟，父亲和家栋并肩坐在锄把子上小憩。父亲说："这原本是一块撂荒地，杂草有一人多深，看着叫人心疼。那年，我实在看不下去了，就用了一个冬天的时间，开了这片荒地。当年，你爷爷对我说过，怎样才能不让地里长草呀？种上庄稼。只要地里有了庄稼，就不会容许杂草生长了，杂草一露头，就会被锄倒薅掉。等庄稼铺满了田间，就没了杂草的生存之地。"

这晚临睡前，父亲从矮柜里拿出一个深红色的木匣子，对他说："有件事你可能还不知道，我也是刚刚搞明白。你爷爷，你那个种了一辈子庄稼的爷爷，是个了不起的大英雄、大功臣啊。解放战争的时候，你爷立过一个特等功，两个一等功。战争结束后，你爷爷转业到市里的化肥厂工作。后来上级动员职工离城返乡，你爷爷就回到了村里，当了一辈子农民。要不是上面开展军人普查登记，谁都不知道他这辈子还当过兵、打过仗、立过功。"

木匣子里，军功章泛着深沉的微光，整齐折叠着的退伍证和立功证书，也已发黄。家栋看着，鬓角处不知不觉凝出了汗，顺着脸颊慢慢向下流。

躺在床上，家栋又想起爷爷说过的关于草和庄稼的道理。他觉得，这些日子，他心里头的那块儿地生了杂草，且横生逞威。若任其野蛮生长，他立志"种好庄稼"的使命和初心，就一定会化为乌有。

第二天，天刚麻麻亮，家栋就起来了。他告诉父亲，他想早点儿赶回单位上班，手头还有一大堆活儿要干呢。

路过父亲的玉米地，家栋停下了脚步。他听父亲说过，这个时节，正是玉米的快速生长期，若是没有杂草，地肥水足，蹲到地头，就能听见玉米吱吱的拔节声。

家栋轻轻地蹲下来，侧耳细听，隐隐地，他似乎真的听到了。

菊　嫂

薛培政

时光倒回十年，菊嫂萌发了创业梦。

菊嫂是土生土长的茅家峪人，二十世纪九十年代初，她二十三岁结婚。丈夫比她大三岁，在县城打工。婚后半年分家，分了一间窑洞、一口锅、几副碗筷、五十斤粮食和一套被褥，还分了一腔的饥荒。转年有了一对双胞胎儿女，日子过得就更紧巴了。

"人穷就爱琢磨，其实那些年，在俺这穷山旮旯里，琢磨也是瞎琢磨。"当着市报记者，菊嫂聊起开店的经过。

她喜不自禁地说道："那年，市里把茅家峪周边开辟成旅游景点，借着'村村通'项目，硬化了进山的道路，又引水上山，绿化美化，打造景观，使昔日的穷山沟变成了4A级风景区。"

路通了，景美了，游客进来了。时间不长，村里就有人办起农家乐。眼看着一拨儿又一拨儿的游客打门前过，菊嫂看得眼热，心想自己不缺胳膊不缺腿的，人家能干，俺就能干。

办农家乐要先建房。听她这么一说，男人惊得眼珠子瞪得溜圆，半天没有回过神来。

"你甭怕，俺早就想好了，咱借钱也要盖房！"菊嫂不知道哪来的底气，没容男人搭腔，就把事情定下了。

腊月里，两人借遍亲戚朋友，才借到五万块钱。娘家爹心疼闺女，把积攒的五万块养老钱也送了过来。

"剩下的钱咋办？"男人愁眉苦脸地问她。

"咱贷款去！"她抱着试试看的想法，找到驻村扶贫工作队寻求帮助，工作人员在了解情况后，积极争取定点帮扶资金二十万元，帮她解了燃眉之急。

三个月后，三层小楼建成，设计装修成十六间客房，找村小学校长题写个"爽口豆腐"的招牌，选个吉日就开张了。

菊嫂以招牌菜做店名，源于娘家祖上曾做过清宫的御厨。相传清乾隆皇帝微服私访途经茅家峪，品尝过菊嫂祖上做的豆腐后，连声称赞道："好爽口的豆腐！"

乾隆回朝不久，即宣菊嫂祖上进宫专做爽口豆腐，这御赐的豆腐名声就叫响了。后经其家族代代相传和改进，爽口豆腐成为一道特色美食。

爽口豆腐是娘家爹的拿手菜，菊嫂自小耳濡目染，传承了父亲的手艺。选用当地产的上好黄豆，筛选洗净，用井水浸泡一夜后，夫妻俩每天凌晨五点，开始用传统石磨磨豆浆，再经过几道工序，细嫩爽滑、柔软筋道、口口留香的爽口豆腐才能出锅，全程手工制作。

没到半年，"爽口豆腐"走红茅家峪，许多游客慕名而来。

生意火爆，菊嫂每天也限量只做八十斤豆腐，爽口豆腐每天都供不应求。

有顾客问："咋不扩大规模？"

面对客人的疑惑，她回答也干脆："贪多嚼不烂，若是招牌砸了，谁还会再来？"

菊嫂的店里常年客流不断，收入可观，仅两年就还清了欠款。

随着家境的富裕，一个新的想法又萦绕在菊嫂的心头。农家乐吃的是"风景饭"，赚的是"旅游钱"，等到游客看腻了风景，农家乐也难长久。如果能让家乡变得既能赏如画美景，又能品瓜果飘香，那样才会保持旺盛的客源和人气，致富路子才会越走越宽。

有了这个梦想，菊嫂说干就干。她将农家乐交给丈夫和女儿打理，她带着儿子承包了几百亩山坡地，并将积蓄拿出来，修蓄水池、建拦水坝、平整土地、开挖树坑，还修成盘山路，架线引电上山。根据早中晚熟之分，引进果树优良品种，建成了苹果、酥梨、黄桃、葡萄等精品果树园区，精心描绘着绿色蓝图。

几年过去，菊嫂的精品果树园区已成规模。菊嫂听说省电视台要拍摄一部以乡村振兴为题材的电视剧，当即找到剧组赞助五十万元，将果树园区作为拍摄的主要取景地。电视剧热播后,精品果树园区成了网红打卡地,每年能增加收入一百多万元。

菊嫂致富不忘乡邻,长年请村里二十多名困难群众到果园务工,从事锄草施肥、剪枝施药、套袋采摘等劳动。借着电视剧的热播效应,与市文旅局联合举办赏花游、采摘游,带动更多村民增收。

菊嫂成了群众致富的"主心骨"。

去年村委会换届,菊嫂高票当选为村委会主任。

象山花

赵淑萍

史本初在院子里种了很多桂花。金桂、银桂、四季桂，四季常绿。秋天时，史家院子里的桂花，香飘十里。史本初每天在馥郁的香风中行走。在他的床帐里，总有一枝新鲜的桂花，夜晚，他就枕着清香的气息入睡。有时，他会将桂花瓣轻轻摇落，用洁净的布兜着。然后开始蒸桂花，晒干，他把这叫作"蒸木樨"，用来熏香。当然，到史本初家做客的人，一定能尝到他的桂花香茶和桂花糕。

史本初的父亲，看着对桂花这么痴迷的儿子，直摇头："儿啊，切莫玩物丧志。我们史氏，在钱湖下水的那一支，多发达。史浩虽然四十岁中举，但现在是国子博士，而且当了两位王子的老师了。而你，连个功名都没有。你呀，不要每天在院子里折桂，要蟾宫折桂才是。"

被老父一顿训斥后，史本初来到院子里，闷闷不乐。功名利禄，他看得并不是很重。他流连山水，钟情花卉，特别是桂花。他四处搜寻，培育良种。只是，老父亲一心指望他光耀门庭，年岁渐长，越发絮絮叨叨，让他不胜其烦。正在桂花树下徘徊，突然，他眼前一亮，发现有一棵桂花居然变异，颜色变成了深红，花朵更加繁密，花瓣更加饱满。他记得，这棵桂花树是他在岩石边掘来种植的。他轻抚着枝叶，看着那一簇鲜艳的橙红，欣喜若狂。此后，他精心培育，剪枝嫁接。

他把这种桂花叫作"红木樨"。红木樨植株高大，树形优美，枝叶葱郁，馨香宜人。

那年，史浩来到象山，看望智门寺住持子灵。史本初奉父亲之命，把史浩接到家中。其中，自然少不了用桂花圆子、桂花龙井、桂花糕来招待史浩。史浩第一次看到深红的桂花，以为是用了什么方法上了色呢。当听说是新品种时，非常好奇。

史本初带史浩去院中赏桂。当史浩看到红木樨时，两眼放光。当朝几任天子，都崇尚风雅，喜欢花草、书画。宋高宗也是如此。他的皇后喜素食，用牡丹、梅花的花瓣拌菜，还做出了牡丹酥。这桂花，可赏可食，深红的颜色非常祥瑞。高宗喜爱桂花，德寿宫中种了不少。史浩隐隐感到，这一株红木樨，一定会得到圣上的青睐。想到席间，史本初的父亲一再拜托他看在同宗之义，提携自己的儿子，他屏退众人，对史本初一番吩咐。

这天，高宗在德寿宫赏桂，内侍来报，象山士子史本初要将自己苦心栽培的红木樨献给皇上。当看到浓香馥郁、色泽深红的红木樨时，高宗龙颜大悦。酷好丹青的他，在扇面上画下一株红木樨，并且题上了诗："月宫移就日宫栽，引得轻红入面来。好向烟霄承雨露，丹心一点为君开。"后又题："秋入幽丛桂影团，香深粟粟照林丹。应随王母瑶池宴，染得朝霞下广寒。"高宗说史家献上红木樨，那是"丹心一片"。高宗还说这红木樨是瑶池仙品，染了朝霞又下了月宫。高宗还将红木樨扇面赏赐给随侍之臣，以示自己的仁爱和体恤。吴皇后又将鲜桂花掺入糕中，名"广寒糕"。

一时，红木樨名动京华。人人趋之若鹜，四方八面都争相求购。民间又做"广寒糕"，考前士子们互赠，祝愿"蟾宫折桂"。至此，史本初家门庭若市。很快，史家殷富，地方乡绅争相巴结。宋代知县、县令采取荐举制度。地方上说，史家家风纯正，崇尚"八行"，史本初忠君孝亲，是敦厚君子。于是，史本初被举荐去江西当了吉安知县。

宋人爱花，除了赏花外，还吃花、簪花，对于芳香怡人的红木樨，是真的喜爱。史浩对自己的这番操作很得意，带头写了不少红木樨的诗。高宗退位后，史浩官至丞相，还津津乐道当年红木樨的事——"先皇得之植禁地，饫赏钧天动仙吹"。他和任象山县令的胡榘（抗金名将胡铨之孙）屡次唱和。不少官宦士人也纷纷歌咏红木樨。史浩的老朋友魏杞，一次和诗人范成大一起赏红木樨。范诗兴大发，作《岩桂》三章。其三云："一株萧索倚宣华，东苑香风属内家。丹碧屠苏银烛照，平生奇绝象山花。"

当人们为"象山花"痴迷时，史本初正在异县他乡。案牍劳形，他都没有了赏花的时间。而他在住宅后移植的红木樨，色香味大不如前。看来，红木樨植于象山,才是真正的珍品。他遥望故乡,不胜惆怅。

　　沧海桑田,到清咸丰年间,象山当地有一个有名的诗社叫"红木犀(榉通犀)诗社"。在史氏家谱中,因为史本初种植丹桂发家,于是,有了独立的"丹桂堂"一支。又多少年后,象山确定桂花为本县县花。

异　人

马宝山

董生喜爱剑术，为人也还仗义。

董生想找一位会剑术、懂剑法的异人。可是哪里有这样的人呢？

他去问村里一位老者。老者须眉皆白，是村里年纪最大的。老者说："天下江湖哪里会找不到能人呢。可你足不出村，怎么会遇到异人啊？"

董生就佩一把剑，出门寻找异人。

一天，他在路上见到一个骑驴的人，随他走了一会儿问："老兄贵姓，什么地方人啊？"

那人说："姓佟。辽阳人。"

"到哪里去呢？"

那人说："我出门在外二十多年了，四处游走，走到哪儿，就是哪儿。"说着从驴背上下来，与董生同行。

董生见佟客热情，谈吐豪爽，就与他攀谈起来："老兄游走四方认识许多人，认识的人里可有异人？"

佟客问："什么样的人才算异人啊？"

董生说："会剑术，懂剑法，有神功，就是异人呗。"

"这样的异人什么地方没有呢？"佟客看一眼佩剑的董生，"不过我知道，但凡有异能的人都讲究忠孝仁义，也收忠孝仁义的人为徒的。"

董生说："我上有八十岁的老爹，天天侍奉，算不算孝啊？"

佟客笑笑不语。

董生抽出剑来,弹剑而歌:"剑有锋而形不露,以心为剑,是为藏剑;君子如风,翩若惊鸿,宛若游龙……"边歌边用剑抽斩路边的小树,以显示剑的锋利。

佟客又一笑,接过董生的剑看了看道:"这剑是用劣质铁铸造的,又被汗臭蒸熏,是一把最低劣的剑。"说着从自己背袋里取出一柄尺把长的短剑,削董生的长剑,一节一节像削菜瓜一样,削去七八段。董生非常惊讶,接过短剑看了又看,又拂拭再三,还给佟客。

董生邀请佟客来家做客,执意挽留两天,向他请教剑法。佟客推辞说自己不懂剑法。董生就坐在客人面前夸夸其谈,大讲剑术、剑法。客人恭恭敬敬地坐着听他说。

董生滔滔不绝讲到半夜,忽听隔壁院里人声嘈杂,吵吵嚷嚷不知道出了什么事。

隔壁院里住着年迈的父亲,董生听得惊疑,出门蹲在院墙下凝神细听。只听隔壁院里有人大喊大叫:

——叫你儿子董生出来!

——一定叫你儿子吃些苦头!

——再不交出来就烧了这院子。

接着是棍棒声、老人挨打的呻吟声。董生拿出长刀要去搭救父亲。佟客拉住他说:"你现在过去等于送死,得想个万无一失的办法才好。"董生惊慌不安问客人怎么办。

佟客说:"你听见隔壁院里盗贼指名道姓在找你,他们抓住你才肯罢手。你被抓去,生死未知,总要和妻小交代后事安排吧。"

董生就进内室,按照客人嘱咐的,与妻子做了交代。妻抱住他号啕起来了。董生搭救父亲的念头立刻全消了。夫妻二人一起跑到楼上,想找出弓箭,防备强盗再来自家院子。他们慌慌张张还没找到弓箭,忽然听到楼檐上有笑声,一看是佟客蹲在上面,说:"盗贼已经走了。"

董生细听,外面没有半点儿声息,提着灯笼出门,果然不见盗贼的影子。他犹犹豫豫出了院门,看见父亲提着灯笼摇摇晃晃从前街走来。一问,是到老者家喝酒去了。董生返回自家院子,发现一堆草灰,不知道是谁烧草留下的?再找佟客安顿歇息,楼上楼下,院里院外都没有他的影子,怪事?

过了几天,董生又要出门去寻异人,被村里老者拦住,说:"孩子,别去了,你是找不到异人的。"

"怎么呢？"

老翁笑笑，不作答。

董生痴呆呆地想，我怎么就找不到异人呢？再想问，老者已经走远了。

镜　子

田洪波

教授应邀到一所大学讲学。不料,他的车被拦在了南门外,原因是无法出示通行手续。拦他的是一名保安,个头很高,五官也黑,站在门外像尊铁塔。

教授还是有涵养的,赔着笑脸说:"对不起,下次来讲学一定提前办好通行证。"

保安只是淡淡扫视教授一眼,并没有放行的意思。教授忍了忍,又冲他点头说:"小同志,讲学时间就快到了。"

保安面无表情:"这跟我没关系,您必须出示通行证。所有进入校园的机动车辆,都必须出示保卫处核发的车证。"

教授的脸色变了,因为此时已有学生在围观。他把自己肥胖的身体从驾驶座上挪出来,重重地关上车门。此时阳光照耀在他谢顶的头上,看上去带着几分滑稽。可他分明管不得仪表了,动作迅速地从皮包里拿出一款高端手机,恶狠狠地拨出一串号码。可惜他听到的是忙音,试了几次都是忙音。教授有些气急败坏,开始转圈踱步。然后,在又一次的失败中把手突然指向了保安:"我是来讲学的知道吗? 是应邀来讲学的! "

教授的愤怒一声高过一声,保安依旧岿然不动:"对不起,我只是在执行学校的规定。我在尽一名保安的职责! "

教授的脸开始涨红:"规定,规定是人制定的知道不知道?规定没要求你一定要不近人情,你要学会懂得不同的事不同对待,别一根肠子通到底! "

中午的骄阳里教授是那样沮丧,他的血液明显不通畅了。他上下打量那名保安,又转到他的身后瞅了瞅:"保安就应该把学校像碉堡一样保卫起来吗?保安就应该刻板僵硬,不懂得变通吗?"教授明显拿出了教训子女的语气。

那名保安依然不理教授的指责,这让教授愤然依旧:"大学是开放的知道吗?没有围墙的大学才是真正的大学知道吗?"

这时的保安居然微微笑了一下:"道理我说不过您,也希望您别为难我,学校的规定我不能破坏,不然我会受处分……实在对不起!"保安的话让教授打了个愣怔,认真地看看他,还想说点儿什么,终是放弃了。

教授想过步行进校,不再与保安较真。可是周围有那么多张看热闹的脸!说不定,他们中的一些人就是要听他讲课的,届时,他会尴尬窘促。真是应了那句"秀才遇到兵,有理也说不清"的老话啊!

教授只好接着拨电话。好在这次终于通了,那边的领导听说情况万分惊讶,告知教授马上派学生到南门接他,并且不住地赔不是。

教授的心情好了一点了,也不知怎么,一种优越感慢慢袭上心头。教授看了看保安说:"你很尽责。如果你为人处世的经验再丰富一些就好了。"见保安站在那儿没什么反应,又踱起了步,"你不知道,也怪我刚才没和你说,你们张校长是我的老同学,这次讲学就是他邀请我来的。当然,凭我们多年的关系,这次讲学我分文不取。我完全是冲你们学校的牌子来的,这个你不知道,你当然不会知道……"

保安还是无动于衷的神态,就在这时,两名学生气喘吁吁地跑来了,一个急忙向教授道歉,另一个则拉过保安耳语起来。教授的脸上见了笑,可几秒钟又定格了,他看见保安对那名学生依然摇头。保安甚至再次理直气壮地说:"没有通行证,谁打招呼也不行!"那名学生的脸气白了,手指保安却说不出话来。

看热闹的学生窃窃私语,表情暧昧难测。

教授把手抚在胸口上,好一阵才让自己平复下来,说:"把你的规定拿来我学学可以吧?"

那名学生抢着说:"教授,您别理他!"保安却转身进了保安室,拿出一份塑封的《机动车进出校园管理办法》。教授接过定定地看着,摇头再摇头,然后拦住意欲再给领导打电话的学生,同意步行进校园。

那两个学生狠狠地瞪保安,保安似乎没觉得自己有什么错,让人把教授的车停到另一侧,站回到门岗上。

这个下午似乎注定是不平静的,直至走进教室很长时间,面对台下黑压压的学生,教授还是进入不了状态。后来,他决定来个题外话,就讲他刚才遇到的事。他讲了他的尴尬,讲了他的困惑。台下的议论声很嘈杂,这让教授更窘迫,好一会儿才让教室里安静下来。

教授感觉这是讲得最差的一堂课。

教授的车被人弄进了校园,在老同学的道歉声中教授把车发动了起来。经过南门时教授朝岗楼上望了一眼。下午的阳光中,那名保安依然站得笔挺,只是教授注意到,那张黑紫的脸上似有流过泪的痕迹。教授想说点儿什么,末了,叹口气,一踩油门,把车开远了。

父子的母校

韦如辉

父亲对儿子说起他的母校,腮边的胡茬儿都飞快地跳起了舞。

父亲说,那操场,那教学楼,那梧桐树。父亲放下手中的锄头,夸张地打开自己的双臂,语无伦次地说,那个大啊! 那家伙,那个高啊! 那个美啊!

儿子的思想,随着父亲夸张的动作,鸽子一样地飞向远方。

父亲放下双臂,风摆树叶似的抖着右手又说,还有那教室,那家伙,开阔敞亮,窗明几净。父亲从嘴里喷发出的唾沫和浓重的烟草味儿,在阳光下的田野上肆无忌惮地游走。

儿子屏住呼吸,全神贯注地看完父亲一连串的表演,最后才语气稚嫩地问,爸,你的母校真的那么好吗?儿子不是不相信父亲的话,实在是儿子没见过被父亲夸奖得如此美好的学校。

父亲似乎有些不高兴,一脸愠色地拨弄了一下儿子的脑袋。儿子的脑袋,弹簧似的晃了晃。父亲语气凝重地说,你小子,我说的还能有假!

儿子的梦里,就有了父亲的母校。有了那操场,那教室,那高楼,那梧桐树。

父亲从村外一步三摇地走来。背上压着山一样大捆的柴草。

眼看就要入冬了,父亲必须用这些柴草,认真地对付即将到来的寒冷冬天。

儿子似乎很有眼色,每当喘着粗气的父亲将要蹲下放柴草的时候,儿子都会伸手从柴草的底下扶上一把。儿子这一把的力气尽管很弱小,但的确能够减少父亲身体弯曲的痛苦。

父亲夸,好儿子!

儿子笑了笑,两颗俏皮的虎牙闪动在父亲的眼前。

有一天,儿子扶下父亲背上的最后一捆柴草。儿子请求,爸,带我去看一看你的母校好吗?

对于儿子的请求,父亲觉得既在意料之外,又在意料之中。父亲认真地吐一口烟雾,才对儿子说,真想去?

儿子努力地点了点头,嘴里坚定地说,想!

第二天,田地里的浓雾还没有淡下来的时候,父子俩就上路了。

父亲边走边对儿子说,我的母校在县城,离咱家可远了。得翻过两条河,再坐三个钟头的车才能到达啊。父亲说到最后一个"啊"字的时候,诗人般抒发出一串长音。

儿子想说,爸,别说了,你已经说过无数遍了。然而,儿子没有说出口,儿子怕父亲不高兴,怕父亲改变主意,怕父亲不带自己去他美丽的母校。

风吹到脸上,夹杂着雾气的潮湿,多少有点儿刺骨的感觉。

但儿子身上很快淌了汗,而且额头上的汗珠已如小虫子似的爬来爬去。

父亲转过身来问,累吗? 爸驮你一会儿。

儿子咬紧牙关说,不要! 把胸脯挺得树一样直。

临近中午的时候,父子俩几经周折才到了县城。

县城真是个好地方,儿子从来没去过县城,儿子的好奇心被极大地调动起来了。儿子从心眼里羡慕父亲,父亲是个了不起的人物,他的母校能在县城,他能在县城里读书,真是了不起。

走到一块开阔地,父亲异常兴奋,眼睛里放射出万丈光芒。父亲说,看,这块,就是母校的操场,那家伙。父亲的语气里跳动着数以万计个惊喜的细胞。

儿子满眼惊奇,眼神随着操场的开阔地而延伸而翻腾而跳跃。

父亲用手一指,看,那个四层楼,就是我们的教室哩! 我的班在三楼,最东头的那个门,看见了没有?

儿子当然看到了。儿子的眼睛里是一座巍然屹立的高楼。儿子心想,什么时候自己能到那教室里读一天的书,哪怕是一天,也就心满意足了!

父亲嘴里还在说,信不信? 那家伙!

从县城回来,儿子整夜做梦。儿子的梦,当然都与父亲的母校有关。

后来,儿子真到县城读书。父亲对儿子说,你读书的那个学校,就是我的母校,那家伙!

再后来,儿子考上了大学,儿子成了城里人。

儿子什么都清楚了。父亲没上过一天的学,父亲在城里根本就没有什么母校。父亲心里装的那几个字,还是从扫盲班拾来的。

那么父亲为什么称自己在城里有母校呢? 为什么又把体委大厦和体委操场指鹿为马呢?

儿子当然清楚,儿子清楚得眼睛里蓄满了泪水。

有风的夜晚

原上秋

　　是这样啊。出租车司机从一脸茫然中明白过来,他要求把车停到一处宽敞的地方再说。听口音,司机师傅是外地人,姓马,开出租车四年多了。马师傅努力回忆着往事,四年多经历了太多,但在脑瓜里留下的事情似乎又很少。

　　这是市电台策划的《百姓故事》栏目,让100个普通人讲述这一年里最难忘的事。小美接到采访任务,出门第一个就碰到了马师傅。见马师傅同意接受采访,小美坐上副驾驶,对马师傅说:"不用着急,咱慢慢想。"

　　马师傅一拍脑瓜,想起来一件事。那是春天的一个夜晚,马师傅正驾着车沿街找活儿,在丰乐里街口被一群人堵住。有个危急病人要送医院。等大伙儿七手八脚把病人弄上车,马师傅怔住了,没有患者家属上来。原来他们都是路遇,都是在做好事。患者是一位女性,看样子年龄不大。她呻吟一声,提醒病情不能耽搁。马师傅一脚油门,车就像鱼一样滑入城市的河流。车在跑,马师傅的思想在斗争。他后悔没打120,那样不是既省事又安全? 万一病人在途中有个好歹,家属会不会找自己麻烦?转念一想,这个局面是大家接力形成的,一帮群众做好事,把病人交给自己,自己只能接力下去。马师傅随即向总务台呼叫,总务台联系到附近第一人民医院的急救科。车一到医院,已经有医生推着手术车在门口等待……说到这里,马师傅停顿下来。

　　"后来呢?"小美问。

　　马师傅说:"后来,我就不知道了。"

　　作为一名资深记者,小美感觉这个故事不简单。患者后来怎么样了,马师傅和一帮群众的所作所为,对于患者以及我们生活的社会有什么意义,这些都需要挖掘。

小美让马师傅回忆这件事发生的确切日子。马师傅摇摇头,随即用坚定的语气说,那是个夜晚,有风。对,有风,风很大。马师傅怕风刮着病人,下车的时候,特地将自己保暖用的一条小毛毯搭在她身上。

小美觉得这是一条线索,春天的夜晚很少刮大风,到医院查一下那个病人,应该不算多难的事。谢过马师傅,小美要下车走人。马师傅突然说,能不能不报道他?

后面的事情他要是说出来,电台就不会报道他了。马师傅继续说,就在他把毛毯搭在病人身上回来的时候,医生喊他去做登记。他回到车上,想着去了也没用,患者姓甚名谁,家住哪里,他一概不知。他只是一个接力做好事的,把病人交到医生手里,他这一棒的任务就完成了。他清楚,如果他去了,需要签字,交押金,办住院手续……这些还好,万一家属来了,不分青红皂白找他事,赔个车费就算了,就怕再生出别的麻烦。想到这,马师傅车头一拐,走了。

此事过去几天,有电话找马师傅,问他前些天是不是救助过一个病人。他没有承认。后来陆续有电话打来,他始终没有承认。他知道对方一定查过总务台,那里存着他的电话。多一事不如少一事。好多事情就和石头砸水一样,不去管它,时间会抹平一切。果然,从那以后,再没人提起这件事,就像什么都没有发生过。

"要不是接受您的采访,我差点儿把这件事忘了。"马师傅说。

在第一人民医院的采访出乎意料地顺利,院办帮小美联系了疑似患者的李女士。李女士说她一直在寻找救助过她的人。小美让她回忆一下救助过程,看是不是和马师傅的叙述一致。李女士说,那是一个有风的夜晚,对,有风,她记得很清楚,因为是初春,风很大,很凉,那天她围了一条围巾。她独自外出突感不适,倒在了路边。

尽管马师傅一开始不情愿见面,但架不住小美一再劝说。小美要的是新闻故事的完美结局。小美觉得,尽管后面有马师傅的勇剖私心,但这丝毫不影响他作为一个普通人所具有的善良品质。小美决定要将这个故事讲完整,她甚至想象到见面的场景,这应该是一个归还毛毯的故事:李女士手捧毛毯,深情地望着马师傅。马师傅接过毛毯,又接过李女士充满感激的双手。有人不失时机地给马师傅送上一束鲜花,周围响起如潮的掌声。

然而,实际结果并不完美,李女士和马师傅的见面冷了场。李女士要归还的是钱。她说救她的是个年轻人,本地口音,开私家车,在医院垫付了八百块钱。马师傅一口外地口音,开出租车。很显然,不是一个人,也不是一回事。

马师傅也感觉到不对劲。他心里愧疚,至少在这件事上,他认为自己做人是有差距的。

这是一个意想不到的差错,但小美和她的助理却因为这个差错兴奋不已。她们每天奔波在路上苦苦追寻新闻线索,今天的线索突然如同化学反应一般,一个变成两个,也可能是多个,后面的故事一定会精彩纷呈。

她们回家的时候已是夜晚,走在马路上,此刻的风已是暖暖地,扑面而来。

达坂城之恋

刘泷

　　"八一"前夕,几个战友相约,说四十多年前我们曾在新疆留下戍边的足迹,岁月倏忽,我们该回那个遥远的地方聚聚啦!

　　再回新疆,竟邂逅了久违的申志远。

　　本来,这家伙退伍后有个令人羡慕的工作,他却不辞而别,仿佛一夜之间在人间蒸发了。

　　他说,他重回新疆,是为了报答。

　　人生有很多偶然,不敌命运把控之手,总是衍化为必然。当年,我们从辽西农村来到新疆,三个月的训练之后,新兵下连队,大多去一线操枪弄炮,备战御敌,仅初中毕业的他,却给团首长当了警卫员。

　　申志远唇红齿白、眉清目秀,如果我是首长,也会选他。

　　三年后,当提干、入学、转志愿兵无望,我们谋划着如何回村继续面朝黄土背朝天时,已是司机班长的他却得意地说,本人不走了,次年就可转志愿兵留部队啦!

　　然而,人算不如天算,他竟先期离开了部队。

　　彼时年底,老兵要离队,新兵未补充,正常的战备不能停。好钢要用在刀刃上,他那样的技术骨干就得顶上去。

　　他的主要任务是送物资送给养。

　　那天,他从南疆去北疆。

　　走干沟是去北疆最便捷的道路。

干沟,位于吐鲁番的托克逊县和库尔勒的库米什镇之间,314国道纵穿其中,全长50多公里。这里遍地光秃秃的石头和山峦,不见一丝绿色植被,满目荒凉。一个人,一辆车,在乱石穿空的山间穿行。山,不断掠过车窗,黄色、红色和青灰色,皆是山体最原始的本色。野驴在路边游荡,雪豹、苍鹰在山间啸吼盘旋。他感到了孤寂和惊恐。他联想维吾尔族姑娘绚丽的彩衣,心底方有了几抹亮色。

一进入"老风口",他就有了不祥的预感。达坂城所在的峡谷,被称为"老风口",有着不可思议而又惊心动魄的"狭管效应"。这里的风力十分强劲,一年中刮大风的天数超过160天。可怕的是,大风起兮,狂飙纵横,甚至能够吹翻火车!

过"老风口",竟然真的遭遇了狂风。冬天的戈壁,石头仿佛长有翅膀,像树叶一样在天空飘荡。汽车在风中,就像船儿在浪中。他俨然坐在风篓里,轻飘飘,摇摇晃晃。好在,他对油门、挡位、速度的感觉很到位,始终保持着自信的定力。

可是,就在将要安然穿过峡口时,汽车戛然不动了。下车查看,他怔住了,一块尖锐的石头砸穿了油箱,仿佛一个被切断了动脉的人,死路一条啦!

车上是哨卡急需的物资,米面油、炸药,他不敢离开寸步。

入夜,气温骤降,他冻得失去了知觉。

是牧人巴雅尔图救了他。

那时生活窘迫,不像现在,一只羊死在山野,任凭它膨胀如鼓,也不去管它。

牧人的一只公羊走失,他持手电外出寻找,意外发现,因挡风玻璃被风沙击碎,申志远蜷伏在方向盘上,僵硬得如同冰雕。他赶紧联系几个牧民,将其送去了部队的医院。

半年后,冻掉半只耳朵、一截小指的申志远,经诊治复位出院,回到家乡,不久就有了医院后勤主任的头衔。

他很满意,说当初当兵,不就是为了跳出"农门",有个公职吗?

可是一年后,他却辞去"铁饭碗",消失了。

因为春节期间,他去看望巴雅尔图,得知那只公羊在一个风雪之夜再次走失,在寻找的路上,巴雅尔图一脚踏空,不幸栽下悬崖,摔成了植物人。他家有一双儿女,还有五匹马、一群羊,妻子乌丽罕儿根本顾及不过来。

申志远遂动了恻隐之心,毅然来到新疆,来到达坂城,和乌丽罕儿一同,维持着这个风雨飘摇的家庭。

一年,两年,十年,二十年,申志远的热诚感动了乌丽罕儿。经有关部门撮合,乌丽罕儿与巴雅尔图离婚,与申志远结婚。两个人一心一意,支撑着这个家,给巴雅尔图擦身子,用轮椅推他到草原上晒太阳。快四十年过去了,巴雅尔图虽然不能说话,但总会对他们微笑。

如今,巴雅尔图的儿女已经双双大学毕业,参加了工作,定居在乌鲁木齐。他的家还更新了蒙古包,扩大了牛羊的数量,已是闻名遐迩的"文明户"。

欢聚之后,战友分手。在踏上火车前,申志远拉住我们的手说,只有报答,我才心安。我要站成一棵树,把根扎在第二故乡!

在水边

张建春

一汪水迷迷茫茫,腾着氤氲,带着太阳碎碎的光跳动着,水靠在河边,水就轻松地透明,河是流动的,水不腐,活泼得天天跳跃。

跳跃起的是波浪,跳跃起的是鱼虾。

旺爷是守在水边生活的人。旺爷的家在水边的墩子上,墩子是个大墩子,也古,有很多传说。比如,古墩在夜里会发出剑啸之声,很多人都听见过,剑啸声是弹跳着的,常在水面上跳舞。旺爷却没听过剑啸声,但旺爷信,而且信得彻底。

一汪水浇出了一方好田地,田地里生稻花,风吹稻花香,美美的。

郢子里的人快走完了,但旺爷不走,他舍不得水边事,舍不得古墩子,舍不得割一茬又长一茬的稻子。

旺爷还有一样舍不得——蒸杂鱼,这可是美味中的美味。杂鱼是在水中一网打的,网中的鱼色不同,起上来,一碗蒸了,称之为蒸杂鱼。没吃过的不知其中滋味,尝过了的,保证恨不得连眉毛心也一起吃了。

旺爷爱喝个小酒,杂鱼就酒,越喝越有。旺爷常是一碗杂鱼,摆在骑在门槛的板凳头上,对着河喝酒,喝着喝着,旺爷就以为把一条河喝下去了。

河叫派河,也古旧得很,派河比古墩古,人逐水而居,先有派河才有古墩子的。

旺爷的儿子保子叔早些年进城,旺爷是不同意的。旺爷说:"没比河边更好的地方了。"保子叔很是难过地点点头,说:"是好,可这水都脏了,还有鱼,一股

133

子煤油味。"

保子是吃蒸杂鱼长大的，对这一口也喜欢得进入骨子里。保子说的是事实，水突然脏了起来，鱼也少了，鱼吃在口里确实有股怪怪的味道。

旺爷拿眼睛望保子，保子的目光迎上去，算得上是爷儿俩"挤眼棍"，最后旺爷作出让步，保子进了城。保子进城还把媳妇儿子带上，一小家子都进城了。保子的妈死得早，旺爷一个人把保子养大，旺爷不容易。

保子进了城，就剩下旺爷一人在家了，旺爷种地，还把粮食送到城里，说是给大孙子吃的。旺爷给大孙子起名字：派子。

派子好听，喊得响。旺爷依然喝板凳头酒，用蒸杂鱼就着，可前些年里，蒸杂鱼的味确实变了，在鲜美中伴着说不出的怪味。鱼也难打了，过去旺爷一网撒下去，提网就见银光闪，前些年里，鱼都逃了，网上来的鱼也是极不精神的。

保子在城里混得不错，隔三岔五要接旺爷进城，旺爷拒绝。儿子就拿话"紧"旺爷，说：留恋啥？蒸杂鱼都没鱼味了，水脏得呛鼻子。旺爷无话可对，但还是说：不去，就不去。

实际上旺爷有个盼头，水脏会治理，水会变清的，鱼也会在清水中把自己洗干净的。

旺爷八十岁这年，旺爷的盼还真就实现了，派河大治理，派河成了沟通长江、淮河大运河的一部分，水也成了双向流。过去派河水流向长江，如今派河水还能流向淮河去呢。派河还叫派河，可水不同了，河中的鱼也不同了，三条河的鱼汇合了。

派河加宽加深，查看了古墩的边沿，开挖中出了件大事，发现了大批的青铜器，青铜的剑偏多。难怪古墩有剑声、剑啸呢。考古学家奔此而来，青铜器是夏朝的，和"舜放南巢"有关系。

旺爷击掌而歌，好好地开了瓶酒，还拿上旋网，在河湾处撒了一网。旺爷的网撒得开，缓缓收网，网离水面，已见银光闪烁。蒸杂鱼又是早年的味道了，让旺爷吃惊的是打上来的鱼好几条并不认识，它们肯定不是派河的老住户。

蒸杂鱼天下一绝，旺爷还进城吗？

派子大学毕业，保子把派子撵回老家，让派子陪陪爷爷。陪爷爷一段时间，派子突然对家人宣布：不回城了，留在水边，蒸杂鱼太好吃了。

鱼是旺爷指挥派子撒网打上来的，活蹦乱跳。作料是旺爷让派子从地里拽的野葱野蒜,香气扑鼻。火是派子生的,烟熏得派子直流眼泪。

派子把爷爷的蒸杂鱼起了个名字,古墩杂色。还将蒸杂鱼编了个小故事,与"桀放南巢"连接上了,发网上,引得一片叫好声。

派子不回城是要做一番事业的,古墩有文章可做,派河有事可做,河里的鱼更活络了,还有爷爷喝的板凳头酒,过去是把派河水喝进去,现在可是喝三条河水了……还有风吹稻花香两岸的风光。

旺爷高兴,摸着派子的头,没根没底地说:"人奔恩处,鱼奔深处,蒸杂鱼好吃,好吃哦。"

在水边,所有的意义就是水意。旺爷就想,派子是派河的一滴水,也就是放回原河里。

五哥的笑

赵长春

五哥,行五。头光,亮得很。关于他的光头,有各种说法。说法多了,就成为某种强化,大家都称呼他光头五哥。他一笑,哈哈一笑。大人小孩,谁喊他,他都应答,伴着富有自己特色的笑。

他说,让人记住咱这普通老百姓不容易,喊吧!于是,他所开的超市也被赋予了"光头五哥"的称号。他自己的姓名,超市的名字,都被"光头五哥"替代了,很火。

很火也是有原因的,他开有抖音,卖家乡的土特产:老城烩面、红薯粉条、甜苞谷糁……一口乡音,服务实在。年前,到年尾,闲不住。准确地说,年三十傍黑儿还在忙乎,正月初二一大早又开门,也就是歇个三两天。五哥的超市临大路,人来人往,物美价廉,很受欢迎。还有,他欢迎顾客的标配是富有特色的笑,爽朗,真诚,一脸和气。

和气生财。五哥说。

对于这一理念,他有一套说法:火克金。好发火、脾气不好的人,守不住财;即便一时赚再多的钱,也容易破财。要用微笑面对顾客,包括每天的柴米油盐,才能财源滚滚。

所以,五哥爱笑,发自内心的笑,哈哈哈,笑声亮堂,热烈。

所以,五哥一年贴两次对联,在他开了超市后。正月初六,各家商户开市。一挂火鞭后,五哥就在超市门口左右各贴一竖联:开市大吉,万事亨通。这是袁店老街上的生意行老规矩,春节前写好,正月初六上午贴出。与过年时贴上的

"财源茂盛通四海,生意兴隆达三江""和气生财"等相得益彰。

在袁店河,正月初六的开市对联,很有规矩。贴时,柜台上有伙计大摇算盘,哗哗啦啦地响;另有伙计持老秤一杆,秤砣敲击秤盘,叮叮当当……袁店河上下,如今记得这些的人不多了,如此坚持老例的也只有五哥——五哥让五嫂摇算盘,让在此打工的侄子敲击秤盘,和着门口的爆竹声声,很有气势。

五哥说,老规矩一定有道理有讲究。咱文化低,悟不透,但是咱凭良心做生意,一定不会吃亏。初四上午,走亲戚的人多。取货,算账,扫码,人声喧嚷。一辆车停在店前,没有熄火,下来年轻男女二人,要鸡蛋、饮料、方便面、火腿肠等各数箱。五哥点数,侄子搬货,后车门一关,车就走了……十几分钟后,五哥忽然觉得不对,印象中好像两个购货者都很匆忙,没有付账。疑惑间,侄子忽然喊叫一声:"姑父,不对吧?那串亲戚的小两口,没有给钱……"说着,就要发动车子,往离开的方向追。

五哥挠挠锃亮的光头,看着五嫂愠怒的目光,哈哈一笑:"算了吧? 不像是故意的。先忙吧……"

到午后,那辆车果然又来了。车熄火,人下来,男女都一脸的笑,走进店里,表达歉意:"不好意思啊,老板,上午急着走亲戚,我们俩都以为对方付过账了!"

哈哈哈! 五哥笑脸相迎,连说"没事儿"。说话间,人家又要了些土特产,一并扫码,五嫂的脸笑成了一朵花! 五哥还与人家合影、加微信……

五哥也不是一直笑的。有天晚上,他又在认真地盘算一天的流水,没有注意女儿在一旁徘徊。终于,八岁的女儿走上前,问:"爸,你一天挣多少钱?"

看女儿问得很认真,五哥放下算盘,说:"嗯,一天能挣两三百吧。咋了,闺女?"

小嘴撇了撇,女儿掏出一个红包,递过来:"那我给你两百块钱,你能放假一天,带我们出去转转、玩玩不?"

一下子,五哥愣住了,一把抱过闺女说:"好,好! 只是,爸不收你的钱!"五哥眼中有点儿酸涩。第二天,五哥没有在店里,他带着闺女、儿子,游罗汉山、下袁店河,还跑到河西的鹰卧山,留下了不少照片和视频。

五嫂没有去,她守店。不过,来买东西的人说,没有了五哥的笑,好像缺点儿啥。五嫂说,等他回来。

鹰峰岭

苏三皮

人上了年纪,记忆力衰退,而旧事却越发清晰起来。

就像老父亲一样,在没有失去记忆力之前,每天总会逮着他絮絮叨叨地给他讲那个他已经听过上万遍的故事。

其实不是故事,而是老父亲的亲身经历。

老父亲是一名地质调查员。从老父亲的讲述中,他推断出故事发生在1987 年或1988 年深秋的某天,老父亲奉命到鹰峰岭开展野外勘探工作。出发时,天气很好,老父亲的心情也很好。

老父亲的搭档叫老罗。再过半年,老罗就该退休了。老罗是一名资深的地质调查员,业务精熟,尤为关键的是,老罗野外生存能力特别强,对每座山岭的地形地貌都了然于胸。本来那天的任务名单中并没有老罗,上级考虑到老罗将近退休,刚下了调令把他调整到机关的岗位。这是单位的惯例,是对老同志的一种关怀和关爱。但老罗却主动向上级提出申请参与这次地质调查,说要征服鹰峰岭,为他的地质调查生涯画上圆满句号。

老父亲和老罗配合得很默契,一个进行地质剖面测量、样品采集,一个收集地质、遥感、测绘、测试等数据资料。不出意外,他们将会在两天后结束地质调查工作。任务进行到最后一天时,他们的罗盘突然失灵了,天气也变得诡异起来,狂风暴雨,还夹带着冰雹。他们的身体被冰雹砸得青一块紫一块。刚开始,老罗和老父亲还很淡定,他们预估恶劣的天气持续时间不会很长。他们找到了一处刚好可以容身的狭窄山洞躲避暴风雨和冰雹,打算等天气好转再回营地去,收拾行李下山。然而,坏天气持续时间超出了他们的预估,暴风雨一点儿也没有停下来的意思。他们冻得瑟瑟发抖,饥饿像虫子一般啃噬着他们的胃。

原本那天的工作量所剩不多,他们预计一个早上便能完成,于是把所有行李都留在了营地,除了工作所需的工具之外其他什么都没带。老罗平时爱喝两口,想了想还是往背包里塞了那小半瓶自家酿的米酒。

天快黑的时候,老罗果断地和老父亲说必须回营地拿行李,不然两个人都会因为失温而死在山洞里。老父亲和老罗争执了一会儿,最终拗不过老罗。老罗野外生存经验比老父亲丰富,这是事实。而老父亲最终之所以屈从,是因为老罗说他是这次任务的组长,他的话就是命令。老罗从背包里掏出那小半瓶米酒留给了老父亲,就冲出了山洞。

暴风雨让老罗迷失了方向,没能再回来。而老父亲靠着那小半瓶米酒坚持了三天,直到救援人员找到了山洞。老父亲在医院苏醒过来时,上级领导告诉老父亲,老罗从山洞出来,每隔几米就砍断一些树枝留下标记,这才为救援人员找到老父亲争取了时间。老父亲知道,那是老罗用自己的生命为老父亲留出了活命的通道。那一刻,老父亲老泪纵横。

在那次任务中,老父亲失去了双腿。康复后,老父亲像老罗一样,也喜欢啜上两口。在他小时候,老父亲就不厌其烦地一遍又一遍地给他讲述鹰峰岭的那段故事。等他长大,老父亲曾多次央求他带自己回鹰峰岭看看,因为各种原因终究未能成行。在老父亲失去了记忆力之后,已无法完整讲述那段故事,但是鹰峰岭三个字总会不时地从老父亲的嘴里蹦出来。他知道,那三个字已经深深地烙在了老父亲的心底,一辈子都不可能抹去。

春节前夕,他代表老父亲参加了老父亲单位的老干部座谈会。座谈会上他给大家讲述了老父亲的那段亲身经历。讲完故事,他已泪流满面,而会场上也是啜泣声一片。老父亲单位的领导当即决定,安排工会工作人员和他一块带老父亲回鹰峰岭去。

他回家把这个消息告诉老父亲时,已不记得他小名的老父亲居然泪雨滂沱。

那是他第一次来到鹰峰岭。鹰峰岭已经被开发成了旅游风景区,当时的原始山林已经被人类文明征服,成为旅游胜景。他站在峰顶的凉亭上极目眺望,只见鹰峰岭远处山体回环,此起彼伏;近处青草铺地,野花吐艳,根藤蔓绕,乔木繁荫。那一刻,千万种思绪涌上了他的心头。

　　他特地带了一瓶米酒。从不喝酒的他给老父亲倒了一杯米酒,也给自己倒了一杯。他举起酒杯对老父亲说,爸,来,我们一起敬老罗。

两只鸡

蔡雨艳

板桥先生生性淡泊，心胸豁达，又喜欢游戏风尘。晚年辞官以后，除了在扬州和兴化两地居住外，还经常到各处游历。

心有所想便成诗，心有所动便成画。那一年，他来到江南水乡一个古镇，便住下不走了。

他喜欢这里的竹子，加上一壶酒一支笔一抹清清凉凉的月色，把他的生活勾勒得有滋有味。

小院不大，但因有几十棵竹子，在先生看来自然显得宽绰多了。每当清风起处，竹影摇曳，好像一群丽人在婆娑起舞，先生为此获得了很多的审美启发。他觉得每一棵竹子都是自己的亲人，都有很多的话要对自己说。他觉得人世间每一种植物都是通灵的，你只有理解它，才能更好地欣赏它。

所以先生才能做到诗中有画，画中有诗，而连接诗话纽带的正好是他对人性与自然的深刻理解。

故事要从一个母亲为儿子申冤开始。

她也不知受了谁的指点找到板桥先生。先生听了她的哭诉，认为这是一起冤案，便把自己新成的《竹风图》拿出来让她送给县官。

县官受了板桥先生的大礼，当天便把她的儿子释放了。这位母亲为了感谢板桥先生，送了先生一只母鸡。

板桥先生当时正在画画，便把鸡放在了厨间，等他把画画好去杀母鸡的时候，母鸡却下了一个蛋，咯咯地叫着。

先生动了恻隐之心，又觉得吃鸡没有吃蛋长久，就把这只鸡养了起来。

也许，这只母鸡是为了报答板桥先生的不杀之恩，接下来一天下一个蛋。板桥先生看着这只勤奋的鸡又动了心思，他觉得这蛋不能吃，应该攒起来孵化一窝小鸡，那样他就有吃不完的蛋了。

板桥先生想得确实很好，他长这么大岁数除了当官入仕写诗作画外，还真没孵过鸡雏，所以真的孵化起来他觉得也很有意思。特别到最后一道程序，看着幼小的鸡雏破壳而出，他激动地赶紧在第一时间把这个画面画了下来。然后看着母鸡咯咯地叫着在院子里缓缓地走，一群鹅黄色的雏鸡跟在老母鸡后面……

板桥先生一边喝酒一边欣赏自己的杰作，觉得这比写诗和作画有意思多了。他不断地把谷物撒在院子里，撒进竹丛。他喜欢看老母鸡带着鸡雏在竹丛里寻寻觅觅的样子，悠闲而又恬静地透着强烈的人间烟火气儿。

很长一段时间，板桥先生的心思都在鸡上，这一群鲜活的生灵，和竹子相比带给他的感受完全不一样。他觉得自己在欣赏竹子的时候，眼睛是要望向天空的，整个人都在云端，而小鸡不一样，他必须低下头，把自己的一双眼睛低到尘埃里，才能充分享受其中的乐趣。

小鸡渐渐长大了，板桥先生只好给它们垒了一个鸡窝。

鸡窝紧挨着竹丛，白天板桥先生写字作画，小鸡们便围着竹丛咯咯地叫，开始，先生还觉得有点儿聒噪，可时间久了，如果哪天听不到鸡叫声，他的心反而静不下来了。

一群小鸡，给板桥先生的生活增添了很多意想不到的乐趣。他每天早晨起来，第一件事就是打开鸡窝，把谷物撒到院子里，然后泡一盏清茶看小鸡争先恐后地啄食，一个劲儿地呵呵笑。

小鸡开始下蛋了，板桥先生一个人吃不完，便拣了一些大个儿的送给左邻右舍，他是想告诉世人，自己不仅会写诗作画，而且还会养鸡。

但想不到的是，入冬以后小鸡接二连三地失踪。板桥先生开始以为是黄鼠狼干的，便加固了鸡窝。可小鸡还是不断消失，到最后只剩下两只了。

板桥先生只好借了一个大号铁夹子准备惩罚黄鼠狼。

那天半夜，板桥先生迷迷糊糊地刚要入睡，忽然听到外面有响动，他赶紧披衣起床。

他来到鸡窝跟前,却发现一个人影趔趔着从竹丛前消失了。这时,板桥先生才恍然大悟,原来所谓的黄鼠狼是一个小偷。

这个小偷是吃鸡吃上瘾了,没想到板桥先生会下夹子。

小偷把伤口包好后,越想越气,便在第二天夜里去报复板桥先生。当他从地上摸起一块石头正要砸窗户的时候,忽然发现窗台上放着两只鸡,还有一张纸条。

他拿起纸条一看,上面写着:

> 过路君子别生气,
> 我本无心去伤你。
> 天黑路滑慢慢走,
> 最后送你两只鸡。

小麦先熟

李士民

沱河拐一个弯,分一个岔,在这个胳肢窝里,就是柳林村。

午后,天格外清亮,小麦站在沱河堤上,能望见远处芒砀山的轮廓。芒砀山的样子,像一只羊,或是正在吃草的模样,或是走路的姿势。每当这个时候,小麦就想起小时候,与哥哥大麦一起,带着一群孩子,在沱河边玩杀羊的游戏。

磨磨磨刀来。

磨刀干啥?

杀你的羊。

杀我的羊干啥?

吃俺的大麦。

还给你小麦。

不行,杀羊!

这是游戏中,大麦和小麦的对话。对话干净利落,斩钉截铁;游戏风生水起,杀声震天。

后来,大麦真的杀了小麦一只羊。

那时候家里穷,哥哥大麦老大不小了,还没找到对象,爹急得吸烟叹气,娘急得白了头发,大麦急得带着一群孩子,继续在沱河边玩杀羊的游戏。小麦倒是机灵,但没考上大学,却与班里的一个女同学好上了,而且那个女同学,不嫌小麦家里穷,不在意小麦家的房子矮,嫁人就嫁小麦,铁了一条心。

小麦的爹娘欢天喜地,赶紧给小麦收拾房子,置办家具,跑东地卖树,到西家借钱。

大麦不乐意了，说爹娘偏心眼呢。他板着脸问爹娘，是大麦先熟，还是小麦先熟。爹娘回答说，现在哪里管得了谁先熟，能熟一茬算一茬。

小麦先熟了，娶了媳妇，分了家，爹娘还特意给小麦分了一头猪崽、三只羊羔。

大麦也闹着要分家，爹娘犟不过大麦，就给大麦分家了，不过大麦没分到猪，也没分到羊羔，只分了一亩六分地。

小麦的生活很快就红火起来，猪长大了，羊撒欢了，田里不仅种上了蔬菜，还栽植了果树，小日子就像沱河里的水，哗啦啦地唱歌。

有一天，发生了一件不愉快的事。小麦的一只山羊溜了出去，来到大麦的麦田里，偷吃了麦子。

大麦看见了，心疼呀，大麦不只是心疼，他本来心里就有气，这回又抓住了理由。于是，他捉住了那只羊，捆上杀了，炖了吃羊肉，喝酒。

小麦知道了这事，没吭声。

小麦越不吭声，大麦越窝心。他趁着酒劲儿，在柳林村里吼来号去，闹腾了大半夜。

第二天，大麦觉得在柳林村挂不住脸了，收拾起东西，悄悄地离开了村子，谁都没想到，这一去，大麦竟然在城里混出了名气。

大麦在城里租了间房，卖起了凉皮。大麦以前跟表叔学过做凉皮。没想到，生意就像大麦的一双手，欢实得很。大麦每天出一身汗，收一兜子钱。后来，大麦有点儿钱了，就开了一家小饭馆，生意顺风顺水。再后来，大麦开了一家大一些的饭店，生意红红火火。就这样，大麦在城里买了房，娶了媳妇。

同样，柳林村的小麦，做事也像树叶一样稠密。小麦不仅管好了自家的地，还承包了邻家的田，种玉米、栽葡萄、养山羊。这几年，小麦在柳林村成立了小麦种植养殖合作社，形成了绿色种植养殖产业链。

没想到，后来，大麦在城里遇到了坎。饭店生意淡了，投资赔了，房子和车子都卖了，他的电话里每天都是催债的声音。

小麦听说了大麦的事后，就给大麦打电话。可打了好多次，大麦都不接。望着远处的芒砀山，小麦心里急，当年大麦和小麦玩杀羊的游戏时，兄弟俩的关系多好呀。

小麦决定，去城里找大麦。

找来找去，小麦在一家小酒馆里找到了大麦。大麦一个人躲在角落里喝闷酒，一边喝一边抹眼泪。

小麦走过去，坐下来和大麦一起喝酒。小麦边喝边对大麦说，哥，喝了这场酒，咱们一起回柳林村。

大麦说，我不回，柳林村没有我的地了。

小麦说，柳林村有小麦的多少地，就有你大麦的多少田。哥，跟我回去搞养殖种植去。

大麦说，我没有技术。

小麦说，我教你。

大麦说，我没有钱。

小麦说，我借给你。

大麦听了，直抹眼泪。

于是，大麦跟着小麦回柳林村了。如今，柳林村里竖起了一个大牌子：大麦小麦种植养殖合作社。

大麦时常说，在柳林村，小麦先熟。

一头敢咬狗的猪

孙彦涛

紧赶慢赶还是迟了,张三来到集上时,赶集的人寥寥无几,卖东西的都在收摊子。看了一圈,卖猪娃儿的只有一家,张三来到卖猪娃儿的架子车前,见笼子里已经空了。张三嘟囔道:"来晚了,猪娃儿都卖完了,回去咋给老婆交代呢!"卖猪娃儿的接住话茬儿说:"老乡,你仔细看看,这不是还有一头吗!"

张三走近一看,在架子车的角落里,的确有个东西蜷成一团,又瘦又小,毛发凌乱,黄不黄白不白的,除了两只小而明的眼睛能显示是个活物。它像刺猬,像病猫,就是不像猪!张三摇摇头说:"我不要。"卖猪娃儿的说:"回家我也是扔掉它,随便你给几个钱都行,权当送你了,行行好,在你手里兴许它还能活命。"张三仔细瞅了瞅,小猪也怪可怜的,心一软就答应了,最后以三块钱的价格成交。这头小猪看起来很瘦弱,捉它的时候却上蹿下跳,十分灵活。两人费了好大劲儿,才捉住它,拴住蹄子,装进口袋。张三很轻松地背上就回家了。

张三把猪娃儿背回家,放到猪圈里一看,全家人都笑了。老婆指头捣着张三的脑门说:"你这人是没救了,总是图贱买老牛,你上过多少回当了!你看你弄回来的是啥东西哩!"三个孩子倒挺高兴,小女儿拍着小手说:"爸爸买的小猫真好玩儿!"

张三简直无地自容,羞愧难当,结结巴巴地说:"人家白送的东西,你还嫌赖!不要我扔了算了。"张三不知为什么突然撒了个谎。

"既然是人家送你的,也不能枉了人家这份儿人情,先养着吧,活不活就看它的造化了。"张三老婆说,"快拿块红薯,喂喂它。"

张三把两块红薯往猪食槽里一扔,小毛猪忽地就蹿过来,三下五除二,就吃完了。邻居花奶奶说:"看它这吃相,这猪能翻腾过来,猫狗是一口,这畜生能进咱家就是缘分,养着吧。"

还真让花奶奶说中了,小毛猪很快就有了起色,食量大增。那年月,刚分责任田不久,张三家孩子多,地少产量又不高,人的食物还不充裕,喂猪就更不用说了。张三夫妇忙活责任田,三个子女放学挖野菜,把野菜剁剁,掺少许麸皮,用水搅拌做成猪食。小毛猪也不嫌赖,吃得津津有味。很快一个多月过去了,张三发现了问题,小毛猪毛色亮了,精神有了,就是不开个儿。花奶奶说,那是食物太孬,将畜比人,你不贴补它点儿好的,尽吃没营养的,咋会给你长肉呢!

张三家连吃饭、穿衣、孩子上学的费用都紧紧巴巴的,哪有好食物喂猪啊!更烦恼的是,小毛猪竟然学会蹿圈了,也许是饿极了,看看又不是,锅里有剩饭,灶火的棱子门很容易就能钻进去,它却没进去。再看它蹿圈出来后,不乱屙乱尿,也不跑出去,只在院子里撒欢、跳跃。到喂食儿的时候又主动跳进猪圈,高高的猪圈墙,它如履平地。

街坊邻居开始调侃张三:"人家喂的是猪,你喂的是啥东西啊,猫不猫,狗不狗,猪不猪的,光吃不上膘。你自己家连吃的都紧张,还想养个张嘴货?是不是老天派来专门捉弄你一家儿的?!"

张三听了心里很不是滋味,他想放弃这个败家货,但家里意见不一致。杀了它,又没有多少肉,再说,太小,坏性命;不杀它,又喂不起。晚上,张三把小毛猪赶出家门,心想,缘分尽了,实在养不起你,你自寻活路去吧。

一大早,张三起床,吃了一惊,小毛猪竟然在院子里卧着!它竟然没走,钻进棱子门又回来了。张三就不喂它食物,打开大门,想逼它走。几天过后,小毛猪饿得唧唧叫,就是不走。一天半夜,院子里突然听见狗的哀叫声,张三家穷养不起狗,哪来的狗呢?张三翻身下床,打开屋门,看到的场面让他吃了一惊:明亮的月光下,小毛猪死死地咬住一条大花狗!看到张三出来,小毛猪一分神,花狗趁势脱身,一瘸一拐地向大门处仓皇逃窜。张三感动不已,这简直是一头看家猪啊!

善良的张三决定继续喂养他的小毛猪,不图赚钱,只为了良心!这只有灵性的小毛猪,正式融入张三一家。三个孩子放学回家,家里大人还没回家,就打开灶火门,把剩饭吃吃,写罢作业,躺在当院一张破竹席上睡着了。张三夫妇回家后,看到惊人的一幕,熟睡的三个孩子旁边并排睡着那头小毛猪!无疑,小毛猪将自己当成了孩子的保姆!张三夫妇唏嘘不已。

不久以后,县农牧局的专家来村里普及养殖知识,来到张三家,无意中看到小毛猪时十分惊讶,问张三:"你家竟然喂着这个东西?!"

张三说:"光喂不长膘,扔又扔不掉,你别看它小,狗都怕它,权当喂个看家的。"

专家又仔细看了看,激动地说:"这是纯种澳大利亚狼猪啊!"

证　据

高军

　　得知两个学生在教室厮打起来，我摸出手机一边跑着一边打开了照相功能。参加工作时间并不长，但听一些老教师说，为了保护好自己，遇到复杂情况要注意随时留存证据。他们还举出近期老师因无证据被处理的例子，这让我觉得留存证据确实很有必要。

　　一进教室就看到两个男学生正在教桌前的地上翻滚、撕扯，我边拍照边大声制止："住手，给我立即住手！"两个学生慢慢站起来，喘着粗气，脸色通红，一个脸上有点儿伤正往外渗血，另一个脖子里有一条通红的抓痕。我拍了几张照片后，领着他俩到学校卫生室去处理伤口，抹些碘伏后医生说没什么大事儿。

　　在办公室，我问他俩怎么回事，两个人先互相瞪着眼不说话。看到这种情况，我忍不住笑出了声。他俩憋不住，脸色缓和下来，也笑了起来。我说他俩几句，两人都有些羞涩，互相看着笑了笑。当然，我没有忘记把这个过程用手机录下，保存在手机里。让他俩握手言和后回教室去了，我也轻松下来。

　　周五晚上正要休息，电话惊人地响起来，我一看是其中一个学生的家长，刚按下接通键，火药味儿就浓浓地传过来，声音又尖又细："老师啊，俺孩子在您班里，您怎么不好好给看着，让人给打伤了？"

　　学生平时住校，周五下午才回家。是学生回家后，家长发现孩子脸上那个小伤疤了。

　　我刚解释说两人已和好，电话那边声音更大了："和什么好！人家把俺打伤，你不主持公道，竟然和稀泥！我得去把那个学生打一顿，让他脸上也留下疤才行。反正我已经留下证据了，还怕他不成！"

"你先消消气。"我小心地赔着笑。

"我去找那个家长去！"她发泄完，撂下这句话，手机里就没动静了。

我哪里还敢休息，赶紧翻出作为证据的照片和视频又看了一遍。

不一会儿，电话又响起来，是另一个学生家长。这家和我联系最多的是男家长，开始说话还稍平和些，一会儿火气也升起来："老师你说说她怎么这么不讲理啊，我寻思着两个小孩打闹，有一些小磕碰是正常的，本来不打算计较，那家竟然来闹事儿。我先去把她孩子的脖子给弄破再说，俺孩子脖子里这么深一道血印，我拍下来留着当证据，跟那家不算完！"

"你先消消气。"我又小心地赔着笑，听他继续发泄着。

整个双休日，我几乎没有休息，和双方家长反复沟通，赔着小心多说软话，最后双方家长同意周一在我办公室见面。

我早早来到办公室，打来开水，洗好杯子。当然，也没忘把手机开着录音功能留证据。

不一会儿，那个女家长先到，看她的神色已经比较平和，进门先和我打招呼："老师早。"我倒上开水端到她面前，她从椅子上站起来："当时一看到孩子脸上有伤，我的火气就升起来了，熊孩子还不当回事儿，你说气人不气人。"学生有自己的主见，这个问题倒不难解决，我的心稍稍放下一些。"孩子来了吗？去教室了？"我貌似随意和她聊着，心里其实还是很提防的，让她考虑孩子的学习，考虑孩子今后和同学的相处等。最后她叹了一口气，幽幽说道："对不起您了。孩子觉得没事儿，我也就不再掺和了。"

另一个学生和男家长也到了，这位家长显得比较憨厚，一边搓着双手一边"嗨嗨"着，简单叫一声："老师，俺来了。"

知道前一位家长的想法，我就好说话了："孩子同学一场也是缘分，好好相处会结下一辈子的同学情，以后见面会很亲的。"跟他来的学生开口了："就是啊，俺俩就是闹着玩啊，有点儿小磕碰早就不疼了。"说着，他用手摸摸脖子，笑嘻嘻道，"这不，早就没事儿了！"

我立即严肃制止道："有这样打闹的吗？都出血了还小磕碰？以后绝不能再这样，你看把父母都心疼成什么样子了！"

学生调皮地伸了一下舌头，两位家长脸上也有羞愧之色。我借此让学生赶紧离开："去把那个同学叫来。"

两个学生勾肩搭背地走来，我对两位家长笑着说："学生都早和好了，你俩也握个手吧?"看他俩的手握在了一起，我赶紧拿手机抓拍下来。两个学生也走上前去，站在家长面前："老师，我俩和好了，你也给拍个照片留个证据吧。"

我脸上一热，但还是把持住自己，尽量不流露出尴尬："站好了，笑一笑，茄子啊。"

当两位家长离去的时候，其中一个学生小声嘟囔道："就他们事儿多！"

看着两位家长有些疲惫的背影，我告诉两个孩子说："父母疼爱孩子很正常，他们来找老师也是爱你们的证据啊。"

两个孩子的眼睛纯洁明亮，如一泓清澈到底的泉水，我突然产生了一种羞愧感，拿起手机删除了为保护自己存作证据的照片。

石头剪刀布

邓建华

一家三口,打打闹闹,争争吵吵,相生相杀,习以为常。

当年,就为要不要孩子,两口子各持观点,争得面红耳赤,公说公有理,婆说婆没错。

公激动地说,你看我同班十五个男同学,十四个做爸爸了,每次同学聚会,大家伙儿说我还没有做大人,都叫我小徐小徐的,我伤不伤啊?

婆不以为意,说,你那叫什么惨啊? 我同学聚会,十七个女同学,十六个像妖精,就因为我一脸苦瓜皮,都叫我老宋老宋的,我要是再生个娃,还不老成妖怪?

婆又滔滔不绝地列举了一大把女明星。她们保养得好的秘诀不就在于懒得生育? 婆说,女人都老丝瓜了,人生还有啥意义?

公气急了,跺着脚说,人生人生,你不生人,有什么资格谈人生?

婆骂,按你这种论调,何谓人生,就是生人?

相持不下,公和婆就找到当年的媒人做调解。

媒人也不蠢,哈哈,我包你娶亲,还包你养崽了? 笑道,我是看着你俩长大的,你俩两三岁就开始吵闹。这样吧,你们小时候怎么解决争吵的,现在还怎么解决吧。

两口子觉得有道理,再复杂的问题,用最简单的办法来处理,可能效果不错。就相视一笑,道,那就这样吧。

回到家,两口子关门关窗,按照传统方式,耍一盘少年时代最常用的拼杀绝技。

结果,婆输了。输了,就得认。无可奈何地顺理成章地,她接受生儿育女的义务。

养儿不易,从怀胎十月千辛万苦,到一把屎一把尿抚养成人,好不容易养到了高中毕业要上大学了。那些年两口子也不知吵了多少架闹了多少别扭。还好,每到关键处,没有那么多道理好讲,也无须请人调解,老办法解决新问题,赌上一把,愿赌服输。

儿子大学毕业,按理说,就不再享受特殊照顾,有些事也要一起做了。比如说,明天,谁准备早餐。

公说,老办法啊,谁输了谁做饭。

婆瞟了一眼在低头玩手机的儿子说,从今天起,老办法,恐怕要有三个人参与才好玩。

公说,也对啊,儿子长大了。

儿子一笑,说,我还不习惯呢,你们定吧。

公开,公平,公正。一盘拼杀下来,儿子首战即输。

公和婆,终于睡了一个妥妥的安稳觉。

第二天,窗台外的鸟儿吵醒了他们,公和婆还不见儿子来叫他们吃早餐。嗯,不是说好了吗,老办法不管用了?

公和婆洗漱完毕,到餐厅,冷灶冷锅摆在那,昨天买的蔬菜也还搁在架上,未见蒸笼冒气,也没热汤热饭上桌。

公气鼓鼓地去找儿子。

儿子竟趴在电脑桌前玩游戏,显示屏上有十几个奇奇怪怪的机器人,大呼小叫,打打杀杀。

公一脚过去,儿子的椅子歪了一下。

公吼,早餐呢?你准备的早餐呢?

儿子揉揉眼,一脸疲惫加歉意,说,快了!

公说,快你个头啊,你还没睡醒吧你?

婆也在喊,快点儿啊,你忘了做我就出去吃了,吃完饭我还要和老同学去新月山庄拍微视频呢!

儿子有点儿小小的不耐烦,抬手看看表,说,到了。

这时,门铃响了。

婆开门,穿黄马甲的外卖员递进来三个大盒。

公和婆一见,叫苦不迭,道,这就是你准备的早餐啊? 你把我们当什么了?

儿子笑道,老办法不错,但也可以改革了。

一家人坐定,三个盒子各归其主。

三人好像突然想起什么,同时哈哈大笑。

儿子指着公说,石头!

公指着婆说,剪刀!

公和婆指着儿子说,布!

一家三口,平平淡淡,嘻嘻哈哈,相亲相爱,习以为常。

雨从天上来

飘尘

这座原本不怎么下雨的小城,突然下起了大雨。

雨是半夜开始下的。下得急,下得猛,像瀑布倾泻而出,铺天盖地,没完没了。被雨声惊醒,我开始担心天亮后怎么去上班。

天亮了,雨并没有停。

第三天,雨还在下。

直到第十天,雨都还在下。单位早已通知,因特大降雨,所有职工暂停返岗。

被雨困住,那便看雨。雨的形态,从第一天夜里的瀑布型,逐渐变成如今的棍棒型——每根雨柱有手指头粗细,晶莹剔透,绵绵不绝。

母亲撑着伞出门买菜,发现根本无法进入"雨林"。手上用劲,使劲把雨伞往雨林里推,雨柱被推得凹下去,但韧性极大,无法撑开。被强行推凹下去的雨柱,雨水呈"<"形继续流淌。

父亲从厨房找来斩骨刀,手臂带风,挥刀平斩,想要把雨柱砍断。可无论父亲怎么努力,雨柱都坚韧无比,难伤分毫。到最后,拿刀的手麻了,刀刃锩了,只得放弃。

女儿和儿子年龄尚小,看着这不可思议的一幕,咯咯咯地笑起来。

到了第十一天的下午,大雨说停就停。停得毫无征兆,停得莫名其妙。

雨停了,雨柱还在,并已变大。每隔三四十厘米,就有一根手臂粗的雨柱,水在雨柱内部循环流动。

雨停了，太阳出来了。强烈的阳光照在雨柱上，像无数根彩虹布满天地之间。

女儿和儿子在雨柱里嬉戏打闹，每当身体碰触雨柱，就被柔柔软软地弹起来。发现这个秘密后，他们把身体当成石头，把雨柱当成弓弦，压到一定弧度，再一松脚，人便被弹送出去。对面的雨柱则把他们稳稳托住，又轻轻弹起。

透过窗户，看着他俩打打闹闹，我嘴角浮出笑意，转身收拾东西为返岗做准备。再次看向窗外，已不见姐弟俩的身影，也没在意。困在家里久了，由他们去疯。

直至晚餐端上桌，姐弟俩才回来，进门就喊："爸爸妈妈，我们在天上闻到了红烧排骨和烤鸡的味道，还有清蒸鱼，快开饭！"

"天上？"

"嗯，天上！"

餐桌上，姐弟俩讲述了他们的经历——在雨柱里玩够，儿子提议顺着雨柱往上爬，到顶端看看。女儿担心雨柱突然消失，爬得高，摔得疼，儿子却已手脚并用行动起来。女儿只得跟着爬，嘴里喊着："慢点儿，小心点儿！"

他们爬到了楼顶的高度。

他们爬过了白云的高度。

抬头仰望，雨柱还在延伸，看不到源头。低头俯视，白云悠悠，家成了小小的一个点。

天上地下，七彩斑斓。

"姐姐，还往上爬吗？"儿子突然有点儿心虚了。

"爬！"这次，女儿带头往上爬，"看看上面到底有啥！"

爬着爬着，听到头顶有波涛声和海风声。往上看，蔚蓝的大海倒悬空中，虎鲸、座头鲸、白鲸、蓝鲸、独角鲸和抹香鲸等各类鲸群劈波斩浪，逍遥游动。

"看，鲸！"女儿和儿子同时惊呼出声。

鲸群看向他们，向他们打招呼，接着尾巴一甩，掀起层层巨浪。浪花散开如雾，水珠耀眼如虹，他们开心大笑。

"鲸鱼先生，你们怎么到天上来了？"女儿读二年级，对奇妙的事情总要探个究竟。笑过后，她认真地问。

"海上下起了大雨，下了整整一个月。"领头的鲸说，"雨实在太大了，我们从没见过这么大这么久的雨。下着下着，海天连成了一片，我们就游上来了。"

看到鲸们这么和气，姐弟俩就跟它们交了朋友。在鲸群的邀请下，他们骑到宽阔如大船甲板般的领头鲸的背上，在倒悬于天的大海上酣畅遨游。鲸们时而鲸喷，时而跃出水面，如风的游动速度和巨大的响动，让姐弟俩不时尖叫欢呼。

在又一个大浪中，咸咸的海水洒在姐弟俩脸上。舔舔嘴唇，他们闻到了饭菜的香味，是熟悉的红烧排骨、烤鸡和清蒸鱼的味道。看了看电话手表，已是傍晚，他们的肚子也咕咕地叫了起来。

经历依依不舍的告别，姐弟俩顺着雨柱滑回地面。脚一触地，充斥天地间的奇幻色彩突然四处激射，消失不见。再看竹子般林立的雨柱，越来越细，如手杖，如筷子，如牙签，如发丝，最后消于无形。

看着眼前大口吃饭认真讲故事的姐弟俩，我不知道他们是否在虚构编造。从内心来说，我更愿意相信他们所言不虚，真实得如同此时此刻小区里家家户户锅碗瓢盆奏鸣出的美妙音符——没有什么比渡过难关后的家人团聚更美好。

笼中鸟

徐全庆

北风呼呼地吹着,似在呼啸,又似在呜咽。女人裹了裹被子,似乎还冷。女人还想和过去一样,搂着男人火热的身体取暖,可是……她恨恨地骂了一句:"该死的,你知道我冷得睡不着吗?"

"该死的"是女人的老公,确切地说应该是前夫。但女人不这样认为,女人觉得还是她老公,他只不过气还没消,气消了就会回来。

离婚是因为吵架。那天因为什么争吵的,女人记不清了,总之是一些琐事。过去,他们也常常争吵,吵得面红耳赤、唾沫横飞。一般吵上半个小时男人就会服软,先认了错,于是和好如初。如果超过半小时男人还不认错,她就会扔出撒手锏:"离婚。"听到这两个字,男人就会立刻认错。

那天,男人却没有服软。"离就离。"男人说,一副谁怕谁的架势。

她立刻慌了神,男人的表现太出乎她的意料了。她想向男人服个软,但立刻又否定了这个想法,这次服了软,今后怕是再也拿捏不住男人了。

"离,谁不离谁孬种!"她更大声地说。

真的就离了。

从民政局出来,她给儿子打电话:"我和你爸也离了。"

儿子说:"你们都退休的人了,不怕人笑话?"

"你爸都不怕,我怕啥?"她的嘴硬得像鸭子。

起初,她以为男人很快就会回来求她复婚,开始还想着怎么才能让他跪下认错、写保证书,可是半个月了,男人没有回来,一个月了,男人还是没回来。

159

男人租的小屋她偷偷去看过,单间,没有做饭的地方。男人不会做饭。不,男人以前会的,结婚后都是她做给男人吃,男人慢慢就忘了怎么做饭。男人现在怎么吃饭呀?顿顿买着吃吗?那能吃得好吗,习惯吗?女人每每这样想时,就会恨恨地说一句:"你就不能服个软回来,你不是最喜欢吃我做的饭吗?"

可几个月过去了,男人还是没有回来。不但没回来,男人的日子似乎越过越滋润了。男人每天和一群老娘们儿跳广场舞,别看他跳得不咋样,那些老娘们儿都争着和他跳。

想到这些,女人就恨得牙根儿直痒。

北风还在悲鸣,女人觉得更冷了,又裹了裹被子。

天亮了,女人打开门,一只鸟扑棱棱地飞走,吓了她一跳。原来是只斑鸠。身边还有动静:门口的笼子里还有一只斑鸠,正惊恐地到处乱撞。

笼子里怎么会有一只鸟? 女人一时想不明白。

那只笼子里原来养着两只兔子,是小孙子买的宠物兔。买的时候卖家说长不大,可不承想每只都长到三四斤重,小笼子换成大一点儿的笼子,再换成更大的笼子。后来,小孙子对养兔子没兴趣了,可又不舍得扔,就把它们送来,让女人替他养。

兔子死后,笼子就空了,女人把它放在了门外。

可笼子里怎么有只斑鸠呢?女人蹲下来,仔细地看着笼子。笼子里应该有吃的,斑鸠看到笼门开着,就钻进去了,可能笼门猛地又被风关上了。她想。

女人又仔细看看笼中的斑鸠,雌的。女人想放了它。这时,女人听到几声咕咕的叫声,是那只雄斑鸠又飞回来了,在树枝上叫着。女人盯着那只雄斑鸠看,它飞到高处的树枝上继续叫。女人转身进屋,拿了一把锁,把笼门锁上了。

雄斑鸠发出更大的咕咕声。

女人想把笼子搬进屋里,犹豫了一下,没有那么做。她从屋里拿出一块面包,掰成碎片,撒进笼子。每一个动作她都让雄斑鸠看着。雌斑鸠扑棱着翅膀在笼中跳来跳去,并不吃。

第二天,儿子来看她。

女人问:"找女朋友了吗?"

儿子说:"林慧还是不同意复婚。"

女人用目光罩住儿子:"非要在一棵树上吊死?"

儿子不说话了。

女人给儿子做饭。吃饭时,女人说:"明天我让人给你介绍一个。"

儿子说:"别,我自己找。"

"你说的。"女人说完,盯着儿子吃饭。

气氛有些沉闷。过了一会儿,儿子说:"把那只雌斑鸠放了吧,外面那只雄斑鸠叫得多可怜。"

她本来是要放的,只是想多折磨雄斑鸠几天,但她没这样说。

"你不可怜?"看到儿子脸变得像苦瓜一样,她又有些不忍,说,"知道了。"

儿子走后,女人用手机拍视频,先拍笼中的雌斑鸠,再拍外面的雄斑鸠。拍完,她发了朋友圈,设置成只给老公一人看。可惜男人没有反应,也不知道有没有看到。

她就继续拍。视频连续拍了一个星期,雄斑鸠不来了。

女人又等了两天,雄斑鸠还是没有来。

女人打开笼门放了雌斑鸠。雌斑鸠犹犹豫豫的,似乎不想离开,过了一会儿,还是飞走了。

女人随后把这几天的朋友圈全删了。

兵事二题

李尚财

对　手

又是一年老兵退伍季。

一场轰轰烈烈的士官晋级考核在某武警反恐中队上演。上等兵谢炳炎和李建军,均是中队拟转士官的最佳人选。中队党支部认为,这两名同志都可以作为军事骨干留队,但留队的指标只有一个。

为了做到公平公正公开,中队长先后找两名同志谈话,两名同志均表达了强烈的留队愿望。于是,中队决定在两人之间进行有针对性的考核测评:民主测评、晋级讲演和军事比武。综合以上评分,优者留队。

在首轮民主测评中,两人票数打成平手。在第二轮"我如果当选士官会怎么干"晋级讲演中,两人情真意切地描绘了干好工作的蓝图,均得到了中队官兵支持,不分伯仲。

最后一轮进行军事比武。中队其他官兵作为裁判进行现场评判。射击、擒敌、五公里长跑轮番上演,两人拼尽全力,看得现场官兵热血沸腾,前三项竞赛谢炳炎均略胜一筹。当大家都认为考核结果尘埃落定之时,接下来他们的表现却令人大跌眼镜。

最后一项比的是 400 米障碍跑。谢炳炎跳下深坑后,竟连续几次未能爬出,李建军以绝对的优势胜出,最终以总分高出谢炳炎 0.8 分反超。李建军顺理成章成为中队拟上报留队人员。

令人意想不到的是，当晚李建军找到中队长，说自己在老家已经找好工作，决定退出士官改选。在中队长的反复劝说下，他依然坚持退伍。

最后，中队只得上报谢炳炎转士官。

李建军退伍数月后，中队长才听说他在老家并未就业，那他为什么"欺骗"自己呢？在中队长的再三追问下，李建军才道出实情："我和谢炳炎都是反恐队员，他的军事素质我最清楚，两年来我没有一次胜过他！那天，他在深坑里爬不起来，是因为他在成全我的留队梦，而我知道他才是最有资格留队的。"

电话这头，泪水湿润了中队长的脸。

较　量

这事发生在一个全国武警标兵中队。

中队长赵毅刚上任时，觉得这个中队最大的亮点，就是老兵军事素质个个过硬。但也有一个明显的问题，就是老兵的作风明显比新兵稀拉，起床、集合站队、训练、干活儿，做什么事情都比新兵慢半拍，一个个像"蔫葫芦"。对此，他在大会上不止一次强调："新兵要向老兵学军事，老兵要向新兵学作风！"但是，效果并不明显。

看得出来，平时在训练场上很多老兵都是应付了事，甚至个别老兵还对新兵说："我们老同志素质强，不练也不会拖后腿。"这一切，被赵毅看在眼里。索性，他将老兵全部集合起来，考核他们的军事技能，一项项地过了一遍。令他哑口无言的是，每个老兵都轻轻松松过了考核线。

但是，这显然不仅仅是"拖后腿"的问题，更重要的是作风养成问题。没有良好的作风，集体军事素质再强也是一盘散沙。这歪风若不打击，后果不堪设想。于是，赵毅通过集体座谈、个别谈心等方式，向老兵强调风气养成的重要性："你们今天的素质为什么强，就是因为你们在新兵连时苦练出来的，如今为何不珍惜军旅时光，把军人本色保持到底？"

指导员更是直接补刀："我们是武警部队标兵中队，这份沉甸甸的荣誉，是一茬茬官兵用过硬的素质扛下来的，你们今天破坏了中队的风气，就是中队的罪人！"

一番语重心长的教诲，令老兵们一个个低下了头。老兵的作风自此改正了不少。然而,还是有个别老兵纠正不过来,林经好就是其中一个。

林经好不仅是第三年度的兵,而且还是副班长。那天操课集合时间,林经好又是慢吞吞地最后一个走进队列。站在一旁的中队长赵毅,当即叫他出列跟自己走。赵毅朝后山的靶场走,林经好不知道队长是何用意,只好在后面跟着。

"你觉得你的军事素质很强,我们比试一下。"到了靶场,赵毅亮出底牌,"就比障碍!"赵毅说完,从口袋里掏出秒表让林经好测。

"1分25秒、1分30秒……1分36秒!"事后林经好说,刚开始测的时候,他还想好了不要让队长输得太难看,但是队长的成绩出来后,他觉得没有这个必要了。

接下来轮到林经好上场。当他从队长手上接过秒表时,清楚地看到了自己的成绩:1分39秒。半响,林经好直起腰来说:"队长,我服了!就算明天退伍,我今天也要站好最后一班岗!"

军人与军人之间的沟通,有时就是这么简单,无须更多的语言。

喊你一声妈

张国平

    小倩已经给乔阿姨和蒋伯伯说了多次,不用他们接,都是大孩子了,自己回家就行。不过乔阿姨还是不放心,小倩放学的时候又等在校门口了。乔阿姨担心她身体弱,挤公交车太累。

    小倩问蒋伯伯值夜班吗?乔阿姨说,他不值夜班,一会儿就回家。小倩看了看天,便说想家了。小倩寄宿乔阿姨家已经半年,早就融入了这个家庭,其实她不是想家,是想还他们一个二人世界。

    半年前,小倩怎么也没有想到,乔阿姨和蒋伯伯会突然出现在她家。作为医疗扶贫成员,他们特别申请把小倩列为帮扶对象,说早就没有这个小姑娘的消息了,也不知她的病情怎么样了。

    妈妈只带小倩去了一趟医院,他们居然还记着她。他们的突然出现,让小倩感动得流了泪。

    他们来的时候小倩正软软地躺在床上。小倩的病不但没有缓解,反而日渐加重。乔阿姨责怪小倩妈,药早该吃完了,怎么还剩下这么多?

    小倩妈不回答,只是默默地流泪。

    这不怪小倩妈,是小倩自己偷偷减了量。祸不单行,小倩患病之后,因为心事重,小倩爸一不留神,从脚手架上跌了下来,伤了一条腿,至今也未痊愈。家里的顶梁柱塌了,这个家只能靠小倩妈苦苦支撑。小倩是个懂事的孩子,不想再给爸妈增加负担,药量减了三分之二。

    乔阿姨给小倩抽完血便匆匆地离开,第二天又心急火燎地赶回来,拉起小倩便走。乔阿姨说，一直这样怎么行，必须马上住院。

妈妈瞅瞅乔阿姨，又瞅瞅小倩，欲言又止。小倩明白妈的意思，便说，我没事，不住院。乔阿姨劈头盖脸地问，没事？什么才叫有事？

小倩患的是肾病，已引发了尿毒症，若再不医治，随时可能出现肾衰。

乔阿姨明白小倩妈的心思，说，小倩的情况已汇报了院长，先看病，费用的事回头再说。小倩这才随乔阿姨去了医院。

病情稳定后，乔阿姨便让小倩寄宿她家，说这样利于观察和复查。非亲非故，小倩妈怎好意思。乔阿姨说她丫头大了，已读了大学，家里只剩她和蒋伯伯，方便，就当多个闺女吧。

在乔阿姨精心照料下，小倩的病情渐渐好转。乔阿姨又找了教育局，特批小倩就近入学。

学校离乔阿姨家并不远，但她还是担心小倩吃不消，每天都接来送去。实在忙不开，便改由蒋伯伯负责接送。阿姨和伯伯无微不至，小倩常感动得偷偷抹泪。

小倩一家三口，一个重病，一个残疾，是典型的因病致贫，乔阿姨联系了扶贫干部，帮小倩家申请了一笔扶贫贷，让小倩妈养牛。一下买了两头牛，钱不够，乔阿姨又自掏腰包，才让小倩妈将两头牛牵回了家。

小倩寄宿以后，阿姨和伯伯都是围着她转，难得有个二人世界，所以周六这天小倩便说想家了，也好让他们有个轻松的周末。

乔阿姨说，也好，送你回去，顺带看看你爸妈和那两头牛。

幸亏回来了，他们进门的时候，小倩妈正蹲在牛圈里抹泪。两头牛马上临产，可这两天却不吃不喝。

牛病了，可乔阿姨是给人看病的医生，看牛，她并不懂。乔阿姨心急火燎地给她表弟打电话。

乔阿姨的表弟是名兽医。

乔阿姨的表弟到底是行家，让表姐视频，一眼便知是牛患了胃肠炎。乔阿姨的表弟匆匆赶来时天已经黑了。他给牛打针喂药，好一阵忙活，吩咐小倩妈以后千万不能再让牛吃那些变质的饲料了。

天已黑透，乔阿姨要走，小倩妈哪里肯，说啥也要留他们吃饭。小倩妈责怪小倩爸，愣着干啥？快去村头小餐馆买菜。

乔阿姨连忙拽住一瘸一拐的小倩爸，说留下可以，但不用麻烦，煮玉米糁儿粥就好。乔阿姨说大锅劈柴玉米糁儿，香，能喝出老家的味道。

小倩知道乔阿姨是不想让他们再破费，妈妈却当真了，手忙脚乱地支起了大锅。小倩妈要炒菜，乔阿姨却说，咸菜就好，玉米糁儿就咸菜，标配。

小倩妈真的就上一盘咸菜。

乔阿姨喝得香，哧哧溜溜喝了两大碗，喝得满头是汗。

香，真香。乔阿姨竖起了大拇指。

乔阿姨走的时候已近半夜，小倩要送，乔阿姨不让，说她身体弱，担心她感冒。小倩不肯，坚持要送到村口。

车已经跑远了，隐约里只剩那两盏红色的尾灯。小倩在村口站了很久很久，脸颊上是两行滚烫的泪水。

妈！小倩对远去的轿车，大喊了一声。

这声"妈"已经在小倩的心里憋得太久了。

无影针

郑玉超

一样的夜晚,一样的暴风,一样的雷雨。上一次,已是三年前的事儿了,王崖凭借无影针,帮助黑山帮老大张强逃出生天。

按理说,黑山帮强过绿竹帮一头,若是明着来,绿竹帮毫无胜算。谁知绿竹帮暗中偷袭,三更半夜,将对方包了饺子。毫无防备的黑山帮成了无头苍蝇,四处逃窜,就连张强的四个保镖中也有两个见情势不妙,脚底抹油,溜了。另两个拼死保护张强,也被对方一阵点射,成了马蜂窝。

负伤的张强被逼进屋内,眼瞅着就要成为对方的囊中之物。绿竹帮帮主余江是个脸白心黑的主儿,他的名字让人胆寒。决不能让对方生擒了去,张强想把最后一颗子弹留给自己。黑洞洞的枪口刚对准太阳穴,突然,斜刺里冲进一个人来,连扔三颗手雷,巨响裹带着一片浓烟,紧接着,那人在尘土飞扬间连连甩手,虽不听枪响,但见对方一阵哭爹喊娘,有的哀号眼睛被针扎进看不见了,有的叫嚷胳膊被什么刺得抬不起来了,还有的只是"啊"的一声就倒在地上。张强正惊疑时,那人一把拉住他飞奔出屋。

不远处就是鹅河,水流湍急,连鹅在水面上游动都得小心翼翼。没想到,电闪雷鸣中,那人竟拉着张强飞跃入河,一手托举着张强,迅速游向藏在芦苇深处的快艇。瞬间,大雨倾盆。绿竹帮众人追到河边时,那人已载着张强跑出很远。以往泊在鹅河岸边的那些船只都杳无踪迹,绿竹帮众人只能望河兴叹。

趁乱救出张强的正是王崖,彼时他不过是帮里的一个小喽啰。原来,王崖得知绿竹帮偷袭黑山帮后,迅速和几个帮中小兄弟将泊在鹅河岸边的船只系绳——砍断，让船飞流而下，独留一艘快艇藏在河心的芦苇丛中。这才赶往帮会，有了智救张强那一幕。

张强逃出生天的第一件事，便是和王崖歃血为盟，结为兄弟。王崖将张强藏在鹅山一处荒废的寺庙里，悉心照顾，又是给他伤口上药，又是埋锅做饭——当看到王崖生火做饭时，被烟熏得满眼流泪，张强这个毒枭心里也是软软的，充满感激，还带着一丝崇拜——王崖的无影针让他佩服得五体投地。

生死经历让张强待王崖如亲人，他对自己的儿子都不曾有过这样的感觉。职业让张强有家不敢归，儿子小强成了他最亲的陌生人。偶尔回家，也是夜深人静，望着儿子酣睡的模样，张强心里好一阵酸涩。

这一次，又将是风雨大作之夜。考虑到进货太多，张强亲自出马，他想多带带兄弟王崖，好让他能早一天独当一面。

昏暗的灯光下，王崖从对方手里接过一只小袋子，用大拇指和食指捏了点里面的东西，轻轻捻了捻，又放在鼻翼下嗅了嗅，然后皱了一下眉，一口吹散。

不纯。王崖不紧不慢地说出两个字。

那人一愣，明明是纯度99%的毒品，看来，对方要么是故意挑剔，要么并非诚心交易。

一阵风从门缝里挤入，头顶的灯泡晃了晃。灯影里，王崖的脸色忽明忽暗，他冷冷地盯着对方眼睛。那人被镇住了，像犯了错误的孩子，脸竟红了。很快，他就反应过来，大声嚷着自己的货货真价实。张强只好亲自上前，将海洛因倒了点儿在桌子上，俯下身子，用鼻子嗅了嗅。显然，是王崖错怪了对方。可是，王崖怎么会犯如此低级的错误呢？

张强满心疑问，正想开口，却见王崖向他递了一个眼色。张强恍然大悟，这个家伙又在想办法压价了。

王崖向那人说："你们根本没有诚意，让你家老大现在就来给我个说法。他娘的！"

张强一怔，没想到王崖还倒打一耙。

"你这小子有种，竟敢说三爷我的货不纯！"随着说话声，边上小屋里走出一个矬子来，脸上斜挂着一道深深的疤痕，像条肥大的蚯蚓横在那里，瞅着就是个狠角色。刚进门时，王崖还以为他只是个小喽啰呢。

"我等的就是你。"王崖朗声道。

说时迟那时快,王崖一甩衣袖,两根无影针从袖内劲射而出,那人应声倒地。屋内对方还有三人,手伸向腰间,打算拔枪,王崖又一甩衣袖,数根飞针直奔三人面门而去。张强知道,门外还有对方不少人马。此时他们已感觉屋内有变,正叫嚷着向屋内拥来。忽然间,一道闪电划过,紧接着震耳欲聋的雷声响起。

张强下意识地喊王崖赶快撤离。

话音未落,王崖又一甩袖,一根飞针嗖地又飞向了张强。倒地瞬间,张强张大了嘴,半天没合拢。

直到两天后,穿着缉毒警服的王崖站在面前,张强什么都明白了。

原来,王崖之所以说毒品不纯,就是为了引出最大的毒枭。那个刀疤脸毒枭一直是周边几省警方缉捕的对象,数次被围,都让毒枭全身而退,甚至无人见过他的庐山真面目。打进黑山帮内部的王崖,一直在等待他的出现。

半年后,张强和刀疤脸毒枭伏法。不久,王崖登上了去南方的客机,他要去完成另一个使命。

变成一条狗

刘万里

我突然厌倦做人,想变成一条无忧无虑快乐的狗。

我喜欢狗,当我还是个小孩儿的时候,就想成为一条狗。我认为这是愿望的转换,生命的轮回。长大后,我进入社会,残酷的现实把我的生活弄得一团糟,事业不顺,工作不顺,婚姻也不顺。我跟妻子已分床而睡,婚姻名存实亡。妻子讨厌狗,不让狗进入她的卧室,我只好跟狗生活在一起,相依为命。

我变成狗的愿望越来越强烈,我想逃避现实。

我对妻子说:"我想变成一条狗。"

妻子冷冷地说:"神经病。"

我对最好的朋友说:"我想变成一条狗。"

朋友也骂我是神经病。

我给亲朋好友说了,他们都骂我是神经病,让我去医院看看。有些话说得多了,便也成真了。一传十,十传百,他们都相信我得病了,是神经病。

身边的朋友慢慢疏远我,妻子对我也是不冷不热。我养的那条狗突然得病死了,悲痛之中,我变成狗的愿望更加强烈了,我开始住进狗笼子,开始吃狗食,开始学着狗的样子汪汪大叫。

妻子骂我是疯子,她忍无可忍,跟我办了离婚手续,离开了这个家。

我在网上看到,一名穿着斑点狗服装的英国男子出现在媒体的视野中,他花费一万英镑打造了一身狗服,日常中还会像狗一样追着同伴玩耍,吃狗粮,睡在狗的笼子里。不过他声称这样做只是为了放松减压。我大受启发,决定先要从外形上把自己变成一条狗。

我找了一家服装设计公司，请他们帮我设计一件酷似我养的宠物狗的服装，将我变成一条"狗"。这家服装设计公司不愧为电视广告和电影制作服装的名牌公司，业务经理满口答应，说："只要钱到位，包你满意！"

我说："需要多少钱？"

业务经理说："大概得五十万。"

"这么贵？"

业务经理说："为了打造一个逼真的狗模型，头、爪子、尾巴、皮毛等都是货真价实的狗皮狗毛，你可知道，为了打造这个模型，我们很多设计师和工人都要加班加点，至少忙两个月才能完工，你说贵吗？"

我犹豫了一下说："不贵。"

业务经理说："最主要的是，我们能把你变成一条真正的狗。你现在后悔还来得及！"

我说："我讨厌做人，我要做狗，永不后悔！"

经理说："那就签合同吧。"

我签了合同，付了定金，然后开始等待我的狗服。

两个月后，我终于穿上了狗服，不愧为专门为我量身定做的，穿着很合身。我学着狗的样子趴在地上走路，学着狗摇摆着尾巴。因为我身材魁梧，穿着狗服看起来就比普通的狗大了许多。我走在街上，人们都用异样的目光打量我，都说从没见过这么肥硕的大狗。我听了心里非常高兴，顿时忘记了生活中的烦恼。

为了打发时间，我开了直播，分享自己穿着狗服装的视频，其中首条视频就获得了超两百万的观看量。在视频中，我对着镜头挥动着脚丫子，抓着毛绒玩具动物翻身。还去追女子丢出去的球，用嘴把球叼回放到她的手中，我像狗一样肆意打滚撒娇。我还说像我这样想成为动物的人可以梦想成真，很幸运出生在一个可以选择做任何事情的时代，这样可以忘掉做人的烦恼。女孩子们非常好奇会说话的狗，纷纷跟我合影。

父母知道我变成了一条"狗"，骂我是个疯子，是个神经病，跟我断绝了关系。

随着直播粉丝的增多，我成了一个名人。

人怕出名猪怕壮，每天粉丝上门来找我签名，刚开始我很享受这样的生活，时间一长，我的生活节奏被打乱了，我开始躲避粉丝，于是关了直播，搬了家。

奇怪的是搬了新家后，我家楼下突然聚集了很多狗，狗鼻子不愧是狗鼻子，闻着气味就能找来。只要我一出门，那些狗就都围了上来，特别是一些母狗，在我面前卖弄风骚，挑逗我。那些公狗都用血红忌妒的目光盯着我，恨不得要把我吃了。

晚上，我常听到楼下那群公狗发出恐怖的咆哮，它们似乎在向我宣战。

又一天晚上，几条公狗从窗户爬了进来，向我发起了疯狂的进攻，它们想要撕咬我，要不是我躲进睡房，及时报警，恐怕我就会被这群疯狗撕扯吃了。

一直以为做狗没有烦恼，没想到做狗也有狗的烦恼，比如坐地铁被保安赶下来，去饭馆吃饭被老板撵走，公共场合我被禁止入内，在街上我有时趴累了，站了起来，顿时把小孩儿吓得哇哇大哭，大人气得就用手中的家伙儿打我，老人的拐杖，行人的雨伞，地上的砖头等，都成了他们的武器。每天只要我出门，不免要被人打。

我想做人，做狗没有一点儿尊严，我想脱掉狗服，却怎么也脱不下来了，就像面具戴久了就摘不下来一样，这些狗皮狗毛已长进我的身体里去了，看来我已经变成了一条狗。

我开始大哭和号叫，我要变成人！

遥远的西门岬

塔 娜

风暴两天后才到来，天气预报说。风暴还在海洋中心，正向大陆靠近。我们住的房子上空没有一丝风，风早已被风暴巨大的旋涡吸走。云静止不动，天空提前凝固。

"纳戛，我们怎么办？纳戛，我们怎么办？"妈妈在这种天气里会突然变得紧张，紧张到极致，瞬间就会进入疯狂状态。

我不得不不停安慰她："没事的，没事的。"

"纳戛，我们的鱼怎么办？纳戛，你阿爸还在海里呢，他又回不来了？"妈妈接下去开始哭泣，哭声越来越大。

雷声在厚厚的云层里轰轰隆隆，远处雾一样的雨从离岛那边铺过来。风暴即将到来。我跑到鱼排上，试着将巨大的遮棚架子放下来。如果不这样做，接下来的风会将整座鱼排掀入海底。

"纳戛，有只长獠牙的鱼咬了我的脚！纳戛，一条黑蛇进来了，它要爬上我的脚了！纳戛！纳戛……"妈妈在屋子里喊叫，她的呼叫声歇斯底里。

我知道妈妈已经进入疯狂状态了，我只能放下手上的工作，跑进妈妈的屋子。

那只有五斤重的三牙鱼干掉落在木板上，它三颗惊人的长牙正对着妈妈。屋子底下的海水在浮荡，地板细缝中涌进水来，且越积越多。妈妈蜷伏在海神神像前，水流到了妈妈的脚边。她全身战栗。

她的脸又涂成了海蓝色。

174

妈妈之前说,海神就是这个颜色。我们信奉海神。海神是什么颜色,我不知道,我已经死去的爸爸也不知道。自从爸爸穿着那套蓝色的衣服在风暴中消失以后,妈妈就认定海神是蓝色的。风暴来的时候,她就将脸涂成蓝色。

　　可海神现在并没有保佑她。她的眼睛这一刻变得涣散,嘴里念念有词,整个人不住地颤抖。

　　雷声逼近,雨点到达屋顶。屋顶传来的噼里啪啦的巨响让妈妈颤抖得更厉害。她的眼泪像海水,不住地从眼里涌出来,脸上的蓝色涂料被冲出一道道河流。妈妈比以往任何时候都更加恐惧。

　　"妈妈,风暴还没有来,风暴不会来了。"我的声音也变得颤抖起来,不是因为害怕风暴。

　　我们身边所有的人都离开了海。妈妈惧怕风暴,可妈妈不愿意离开。在风暴来袭的时候,我哀求她:"我们离开海吧。我有手艺,可以在岸上养活你。"妈妈只是流泪,她说了话,但她的话很快被风吹走了,被雨水冲走了。风暴过去了,我说:"我们现在就离开海吧。"她坐在总也织不完的网前面,海水退去,她说:"你阿爸在海里呢。"

　　现在我四十一岁了,她的孙子小虎戛也能在海水里自由潜水了。数不清的风暴来了又过去。我已经不再哀求妈妈到岸上去。谁都不再主动提出要回到岸上去,好像岸早已没有了一样。

　　但我的阿佳和小虎戛三天前还是回到岸上去了。

　　我走出屋子时,风从水里上来阻挡我,还没来得及拆下来的棚顶随风响动起来。再晚些,它就会被掀掉,然后被抛到不知什么地方去。网箱我上个礼拜加固了,风暴一旦到来,网箱浸在海水里,箱中的鱼苗会随海水涌动回归大海。妈妈从不为这些哭泣。妈妈会说,它们本来就属于大海。她自己用网网住的鱼,她会说,这才是海里的鱼。

　　我卸下了最后一张棚顶。鱼排已经成了一艘进水的飘摇不定的船。屋子飘摇着。

　　妈妈的哭泣声消失了。我知道她现在一定紧紧抱着海神像。

　　风暴恐怕要提前到来。我摇摇晃晃地回到妈妈的屋子里,挨着她坐在地板上。地板上是海水,海神的脚底浸在水中。

　　我们在幽暗中的摇摇船上。我们的西门岬是大洋上幽暗的摇摇船。

我想风暴很快就会过去。

风暴要是走了，妈妈会回过神来，那时候阿佳他们母子会回到海上来，我们就能一起再次听到妈妈唱海洋之歌："光屁股的纳戛纳戛在海里，穿裤子的纳戛纳戛不喜欢上树，纳戛纳戛的儿子出生在海里，纳戛纳戛的儿子也不喜欢爬上树……"

1931 年的芋头

蒙福森

那年，我姑姑九岁。

我姑姑叫小秀，大家都叫她秀儿。是小秀的爸爸(我爷爷)给她起的名字，希望她长得聪明秀气，秀外慧中。可因为营养不良，她长得瘦瘦的，黑不溜秋；蓬乱的头发像深秋荒野外的杂草，枯黄稀疏；衣服破旧，补丁摞着补丁，几乎看不出原来衣服的颜色；一双破烂的布鞋，露出脚指头；个子矮小，比同龄人低了一头。

那时，饥饿像瘟疫般笼罩在穷苦老百姓的头上。黄昏时，小秀从地里拔草回来，饥肠辘辘，想吃东西。

"妈妈，我饿！"小秀走进她妈妈(我奶奶)的房间，看见妈妈在喂襁褓中的弟弟。那时，弟弟出生才三天。爸爸到大同江挑码头担了，几个月才回一次家，留下娘儿仨在家。

小秀一口气儿喝了两大碗稀得可以照见人影的粥，还是饿。小秀像一只嗷嗷待哺的幼鸟："妈妈，我饿！"

妈妈环顾家徒四壁的家，实在没有什么东西可以让她果腹的了。妈妈想起了地里的芋头，春天种的，这会儿该可以挖了吧。妈妈说："秀儿啊，等过一段时间妈妈给你挖芋头，煮芋头汤吃，好不好？"

"芋头汤？"小秀一听，高兴得跳了起来，拍着小手掌，"好！好！好！"可她等不了妈妈坐完月子再去挖芋头，她说："我现在就要吃！我去挖！"

"你能挖吗？"

"能！"

"你会去吗？"

"会！"

芋头地离家不远，就在几里远的山脚下，要路过一个水塘、一片竹林、一段弯弯曲曲的田间小路，还要经过一片杂草丛生的荒野就到了。那里，坟墓遍地，人迹罕至，长满野草和杂树，寒鸦盘旋，荒草萋萋，说不出的荒凉和寂静。小秀跟妈妈去那地里拔过草，认得路。小秀年纪虽然小，可她是妈妈的好帮手，扫地、烧火、煮饭、择菜、拔草等，能干得很。

妈妈拗不过小秀。最后小秀还是提着竹篮子、小铁锹出发了。"快去快回！"妈妈嘱咐她。

小秀瘦小羸弱的身影牵引着妈妈的目光，她的背影渐渐地融入竹林拐弯处，像一阵风儿似的走远了，不见了。

夕阳在妈妈焦急的等待中慢悠悠地消失在山顶上，留下一抹橘红色的晚霞。寂静的村庄、田野、茅屋、炊烟、树木、竹林、野塘、杂草、小路，像披上一层血色的云雾，虚无缥缈，若隐若现。

天渐渐地黑了。

忽然，起风了。很快，狂风大作，地上枯黄的落叶被大风刮起来，旋转着，飘起，落下，再飘起，再落下。

轰隆隆！一声巨响，一道闪电撕裂漆黑的夜空，如利剑般劈开苍穹一角。

黄豆大的雨点儿噼噼啪啪地落下来了。

天越来越黑，雨越来越大。

妈妈更加担心小秀了。可她还在坐月子，淋不得雨、吹不得风，邻居五婶去地里帮忙寻找，去了很久，也不见回来。

小秀怎么了？

就在妈妈万分焦急中再也无法等待下去，不顾一切地披上蓑衣戴上斗笠要冲进雨中的时候，五婶和小秀回来了。

竹篮里，有十几只带泥土的小芋头，那些芋头，瘦小得像小秀的身子；小秀呢，被淋得似落汤鸡一样。雨水一浇，湿透了的衣服紧紧地贴在她瘦小的身上，显得更单薄，瘦骨嶙峋，像一根立在风雨中的竹竿。

当晚，小秀就发烧了。

滚烫的额头像火烧般发热,小脸儿红通通的,说胡话,颤抖,发冷,盖上厚厚的棉被,依然冷。

妈妈不顾产后虚弱的身子,忙前忙后,用尽了各种各样的退烧方法。邻居们听说后,也都过来帮忙。那晚,家里昏暗的煤油灯一直亮着。

半夜时,雨停了。

小秀的烧依然没退。

妈妈和邻居们送她到镇上的诊所。医生说,要一块银圆。妈妈想都没想,掏出身上仅有的一块银圆——那是我爷爷临走前留下的唯一的一块银圆。

吃过药,打过针,小秀的烧依然没退。

再次送去诊所时,小秀已经说不出话了。

村里的神婆王仙姑说,小秀是被荒野外的狐狸精勾去了魂魄。于是,又是一阵驱邪呀、招魂呀、祈福呀,等等。所有能想到的、用到的法子都用了,依然回天乏术。

当晚,小秀——我年仅九岁的姑姑,在昏迷中死去了。她死于一场雨,仅仅因为淋了一场雨,活生生的一个人,说没就没了。奶奶后悔莫及,哭呀哭,哭得眼泪都干了:"为什么要让她去挖芋头呢?咋跟她爹交代啊?"

多年后,奶奶说,你姑姑啊,在临死前的那会儿,突然清醒过来了,看见一屋子的人,嘴巴微微张开,看着我,断断续续地说了最后一句话:"妈妈,我……想吃……芋头汤。"

等奶奶心急火燎地煮好芋头汤,端到小秀床前时,她已经死了。小秀死时,两只眼睛圆睁着,茫然地望着灰暗的墙壁。奶奶抱她起来,已满九岁的孩子,瘦得像根竹竿,轻得像一捆稻草,枯瘦的小手滑落下来,苍白的脸上没有丝毫血色。

小秀挖回来的芋头,还在竹篮里,因为干旱和缺肥,芋头像拇指般大小。那些芋头,奶奶一直舍不得吃,整齐地摆在床底下,直至风干。

高架上的猫

崔立

　　她坐在副驾驶,说:"你车开得太猛了。"

　　他说:"是吗?"淡淡的口吻,不屑一顾的表情。

　　话是说了,但他动作没有任何变化,前车往前空出哪怕一点点的空隙,他油门一踩,吱呀一声就冲上去。他是怕旁侧的车插进来。"插进来就插进来呗,又有什么关系!"她说。话说完,她又有了悔意,她不该说这样的话。

　　他的表情显然有了变化,她深以为意。他在公司这么多年,没有功劳也有苦劳。前不久,部门副职调任,论资排辈,这个位子该是他的。但是,有人插了进来,在他确信十拿九稳万无一失的时候,把这本该属于他的位子给占了。

　　思绪在她的剧烈拍打中回到了现实,她几乎已经拍肿了他的右臂,眼瞅着就要撞上前面的中巴车,她涨红了脸,大声地喊:"醒醒,你快醒醒啊!"

　　"我……"他的脚迅速将刹车踩到了底,止住了撞车的危险。他甚至还没来得及去看车前。也可以理解,这是作为一名老司机的经验或是惯性反应。

　　她说:"你怎么了?"

　　惊慌未定之余,她想过要责怪他,但很快又打消了念头。眼前,似乎关切的效果要远远大于埋怨。他说:"没什么。"

　　他瞅了她一眼,也惊异于她口气的温和,这些年来,他们俩的对话,从最初的相敬如宾,到时不时的小吵小闹,到现在的剑拔弩张。人是会变的,不是吗?

　　车子依然在龟速前行。

　　他拢了拢心情,像在拢齐一堆杂乱无章的杂物,导航上的红线触目惊心,越是迫切地想要快点儿到达目的地,就越是难以赶到。

他跟着大巴车,跟得严丝合缝,紧到几乎贴上前车车尾,似乎旁侧每一台车的偏左偏右的行进,都在为插到他车前做准备。

她又看了他好几眼,想说什么却什么也没说。一个随时可能会爆发的火山,刚刚冷却了一些,又何必将它再触动起来呢?

车子又往前挪动了几米,她突然大声惊呼:"等等!"

他吓了一跳,怒目而视。

她呼喊:"看,一只小猫。"一只羸弱瘦小的猫,从车子之间险象环生地跑过。它在躲避,又不知如何躲避,任何一台车都足以把它压扁,惶惶然的小猫躲在了高架的内侧边缘,嘴巴嚅动着,像在低声呼喊,谁来救救我……

它就在他们车旁。

她喊了声:"停车!"

他睁大眼睛不可思议地看着她,同时也踩下了刹车。她打开车门,从车前走过,走到了小猫的身旁,伸出手。小猫似乎读懂了她,乖顺地任她抱起,很安静很放心地躺在她的怀里。她抱着小猫,又从车前走回来……

所幸,那短暂的时间里,车子的队伍几乎没有动。

她上了车,小猫还在她的怀里。他开动了车,说:"你是疯了吗?为了只猫,你不要命了呀!"

她说:"对于你来说,我的命是命。但对于猫来说,它的命也是命呀。"

他说:"我……"

他的脑子像被什么击中。她怀里的小猫,可怜兮兮又劫后余生般地眨着一双又黄又亮的小眼睛,像在和他打招呼,又像在说谢谢。

不知怎的,他逐渐拉开了与大巴车的距离,前行的路依然是那么拥堵,旁侧的车辆在这拉开的距离中,很轻易地打着转向灯插在了他的前面,他也毫不在意。

滚动的话语在他喉结跳动,他说:"对不起。"

他看向她,她眼睛里噙满了泪,她怀里的小猫忽然发出"喵呜"一声。

艺　魂

马金章

　　黎阳城东郊有个泥塑村,名为杨玘屯。村里近千户人家,几乎家家做泥活儿,人人会捏泥咕咕。泥咕咕是村里人对泥塑的俗称。

　　村里泥活儿玩出名堂的人不少,而玩出大名堂的当属泥塑王——王蓝田。

　　闻知泥塑王去世,省民间文艺家协会专门为他设了网上祭奠灵堂。横幅上一行黑底白字十分醒目:民间艺术的天空,一颗耀眼的星陨落了。

　　城里一位刚入职不久的美术教师仰慕泥塑王,前来祭奠他。摆放花圈时,他看到悼念逝者的花圈条幅上有的将名字写成"王蓝田",有的写成"王兰田",顿感遗憾,怎能将先生的名字写错呢?

　　泥塑王的儿子学锋对他说:"家父生前不介意这些。蓝、兰都行。"

　　"可教材上是蓝字啊。"

　　学锋听了一脸的蒙。原来,泥塑王的作品上了全国高中通用教科书《美术鉴赏》。这教科书已使用三四年了,他竟不知道。

　　教师问:"王老生前没有说过?"

　　学锋摇头:"家父恐怕也不知道这件事。要么他知道,却不想说。家父是将名利看得很淡的人。"

　　泥塑王四五岁就开始跟着爹玩泥巴,捏了八十多年泥咕咕。制作泥咕咕要先和泥。小蓝田刚会爬时,见爹和泥,就爬进泥巴里打滚儿,滚成个泥巴猴。

　　捏泥咕咕,有道工艺:扎哨孔。爹扎哨孔,每扎一个,小蓝田就试吹一下。爹看着捏好的泥咕咕被他玩变了形,伸出泥手打他一掌,他不仅不哭,还拿起爹扎哨孔的圆棒棒,往一个泥胎上扎。扎过,小嘴凑近一吹,竟呜呜地响起来。

屯里的泥塑艺人,农忙时田里耕作,农闲时居家捏咕咕,到了正月,拿到黎阳城的庙会上去卖。

庙会长达一个月,大街上整天人挨人,人挤人,特别是正月十六这天,三四十家社火在庙会上争相表演,城里更是人山人海,热闹得掀翻天。

四五岁的小蓝田,跟着爹娘在庙会上卖泥咕咕。一支表演《目莲救母》的社火队过来了。他看到大头和尚和大头刘二翠很像爹捏的大头乖乖人儿。俩大头乖乖欢欢喜喜、打打闹闹很好看,挺好玩,他游鱼一样在人群中穿行,跟随这支社火队观看起来。

不见了儿子,娘担心得哭起来:"这么多人,去哪儿找娃呀?"

爹显得很平静:"你照看摊子,我去找。"说着,拿起一个泥咕咕就走。

爹顺着街,跟着人流吹起了泥咕咕。

呜呜——呜呜——

小蓝田循着泥咕咕的声音,挤到了爹面前。

爹将儿子扯进怀:"爹可找到你了。"

儿子脖子一梗,头一扬:"是我找到了爹。"

爹把他推出怀:"爹要不吹哨子,你能找到我?"

"那是我的哨子找到了我。"

"说啥?"

"哨子是我扎的。声音和别家的不一样。"

爹在他头上拍一掌:"小犟驴。"

小犟驴正式跟爹学捏泥咕咕了。

泥哨有两个孔,一个吹孔,一个发音孔。吹孔的气流灌入另一个孔中发音。吹孔和发音孔的距离远近、角度大小、深浅差别的不同,会使泥咕咕发出或浑厚或清脆的声音。小蓝田依据泥咕咕的大小、样式,选取两孔合适处落棒扎孔,旋转打磨。

爹捏的泥活儿中,大多是鼠、牛、虎、兔等动物。

他问爹,咋专爱捏这些动物呢?

"年有春夏秋冬四季,人有鼠牛虎兔等十二生肖。不同动物,代表人的不同属相。"

"那燕子呢？燕子不是属相啊。"

"爹喜欢燕子呗。"

着色时，爹嘱咐：多施黑。

"为啥？"

"黑是正色。"

"黑咋是正色？红色、绿色不是更亮眼吗？"

"反正，老辈人都这么说。"

后来，他上了学。

他跑安阳殷墟，上濮阳二帝陵，他醒悟了：玄鸟生商。泥咕咕中的燕子和古老的传说有关。颛顼、帝喾被称为黑帝，难怪泥咕咕艺人将黑色称为正色。老家代代泥塑艺人手里捏的泥咕咕，还大有来头呢。

从此，蓝田更爱捏泥咕咕了。一团泥巴，到了他手里，搓搓、捏捏、揉揉；再点点、扎扎、戳戳、捅捅，就成了一件灵物。不管是捏动物还是塑人物，他不求形象，琢磨神似。

渐渐地，泥塑王成了王蓝田的名号。

泥塑王的作品，成了抢手货。他儿子和孙子开个网店，网上销售，网上接订单，不用到庙会上零卖了。

那天，儿子和爹商量，将泥咕咕命名为蓝田泥坊。

"为啥？"

"打您的牌子。每个泥咕咕，都盖上您的印。一定好销，还能卖高价。"

泥塑王摇头。

儿子说："木刻匾额都制好了。"

两个孙子便将匾额抬到爷爷跟前。牌匾雕刻精美，字是一位书法大师题的"蓝田作坊"。

泥塑王看儿孙们一个心思，对儿子说："想打你爹的幌子也中，但得答应爹俩条件。"

儿子脸上露出喜色："哪两条件？"

"一是这牌匾，眼下不能挂。啥时你爹闭眼了，蹬腿了，才能挂。"

儿子点头。

"二是即便那时挂了这牌子，泥咕咕上，也不能盖我的印。要盖，盖你们自

184

个儿的。"

儿子吸口长气,嗯一声。

那天,泥塑王佝偻着腰,坐在小椅子上捏泥咕咕。捏着捏着,感到有点儿累,便闭上眼,想歇一会儿再捏。可他再没睁开眼。

泥塑王下葬那天,儿子将父亲捏的、家中所有的泥咕咕都拿了出来,分发给了前来送葬的人。

呜呜呜呜——

呜呜声响彻田野。响彻长空。

当棺木入了墓坑。那些泥咕咕都被摔碎,陪伴主人葬入了泥土。

泥塑王去世不久,省城一位酷爱他作品的收藏家,将泥塑王的一套十二生肖泥咕咕以260万的价格,拍卖成交。

那天,王学锋坐在爹生前坐的那把小椅子上捏泥咕咕,邻居跑来,告诉了他这个天大的消息。

学锋听了淡淡一笑。他右手里的印章,稳稳落在左手中的泥咕咕背部。

印章内,是三个阳刻的篆体字:王学锋。

秃　鹰

马卫

　　秃鹰长1米多,两翼展开后,宽度足有3米以上,体重在10公斤左右,算得上鸟类中的"庞然大物",常称王称霸。可是它过得并不开心,它的头和颈部裸露,没有一点儿羽毛。在鸟中,它算最丑的之一。

　　因为鸟类多数羽毛绚丽,音色甜美,身形秀丽,所以秃鹰的形象让它很自卑。秃鹰决定找其他鸟学习,如何才能让头顶长出羽毛。

　　灰冠鹤,蓬松的羽毛,笔直的气管,精巧的冠羽,华美的面部斑纹,金光闪烁的"皇冠",让秃鹰羡慕不已。虽然灰冠鹤个头比它小,飞翔能力也远差于它,但就凭这头顶的冠羽,让秃鹰羞愧得要自杀。

　　秃鹰走访灰冠鹤,让灰冠鹤受宠若惊。要知道,秃鹰是大名鼎鼎的鸟中霸王,猛禽。平时,其他鸟都躲着它。

　　灰冠鹤战战兢兢地问:"您,您有啥事?"

　　秃鹰倒也耿直,不遮不掩:"我想长出你那样漂亮的冠羽。你能告诉我方法吗?"秃鹰态度很虔诚。

　　灰冠鹤结结巴巴地说:"这个,这个,我真不晓得头上咋才能长出漂亮的冠羽,这好像就是爹妈给的。"

　　秃鹰一听,完了,人家是遗传,没法给自己。于是瞪眼,竖鼻,咧嘴,一脸的怒气。

　　灰冠鹤吓得不轻,赔着小心:"要不,我我我把我的冠羽送给你?"

　　秃鹰心生悲凉,心想:我拿这漂亮的羽毛有何用呢?它又不能长到我的头

186

上。

这时候，乌鸦来了。乌鸦也是因为一身黑，虽然智商高，但一直不被人类喜欢。乌鸦也不喜欢秃鹰，因为一直以来，秃鹰凭借身大力强，在鸟中说一不二，从不尊重其他鸟，一言不合，就要动武。

乌鸦见秃鹰要收走灰冠鹤的冠羽，心中冒出酸水："哟哟哟，秃鹰呵，您也想长冠羽？"

秃鹰："我长不出冠羽，那我就不准其他鸟长冠羽！"声音低沉粗暴，吓得一边的灰冠鹤发抖。

乌鸦心想：你拿人家灰冠鹤的漂亮冠羽有啥用呢？又不能长到自己的头上。但是，鸟们万万没想到，再次聚会时，秃鹰的头居然不秃了，而且长着灰冠鹤的冠羽，让在场的鸟大吃一惊。秃头的鸟不少，比如秃鹳、秃鹫啥的，全都愣神了。

尤其是秃鹳，也被人类认为是最丑的鸟之一，所以一见秃鹰这个形象，立即上前请安："鹰兄，我们可是难兄难弟，你咋长出这么漂亮的冠羽呢？一定要给我介绍下方法。我会重谢。"

秃鹳不仅头秃，而且极不讲卫生，还长期吃垃圾，住垃圾场，人见人烦，鸟见鸟厌。

秃鹰此时心里正难受，因为它哪能长得出冠羽毛啊。它只是悄悄找乌鸦求教，乌鸦说：你可以把灰冠鹤的冠羽粘在头顶嘛。

乌鸦本来是想戏弄秃鹰，没想到它真这样做了。秃鹰用嘴啄破桐子皮，用它的黏液，让乌鸦给它粘上灰冠鹤的冠羽。

秃鹰让秃鹳一边凉快去，秃鹳身上也太臭了，秃鹰不想让秃鹳知道自己的秘密。

秃鹰形象大变，被众鸟羡慕，心情大好，随即饥饿感袭来。它在空中往下一看，地上有一匹死骆驼，正是它的美味。

秃鹰俯冲下来，用带钩的嘴，钻进骆驼死尸。也许是它太饿了，也许是它忘了头上的冠羽，整个头进入骆驼死尸，猛吃一阵，它想退出头来时，却被头上的冠羽给卡住了。

这时候，一条原矛头蝮一口咬住秃鹰的脖子。

蛇和鹰，是天敌。虽然秃鹰不吃蛇，可是蛇却对所有的鹰充满仇恨。原矛头

187

蝮是管牙类毒蛇,局血循毒。最大放毒量 100 多毫克,对人只需 40 多毫克就能致命。而秃鹰,比人的躯体轻多了,不需几毫克,就能让秃鹰毙命。

秃鹰死时,灰冠鹤正在为失去冠羽而伤心欲绝。而乌鸦在空中,呱呱呱地叫,不知又在报啥丧。

我们跳舞吧

刘晶辉

他老了,她也老了。

他们的动作不再像年轻时候那样灵活,就连走路这么容易的事,对他们来说也已变得极其艰难。他稍微好一些,她则更加难。每天,起床后,他先下床,然后伸出颤抖的手,把她搀扶下来。当然,对他来说,相比较他衰老的肢体,更老的,或许是他的记性。

他几乎什么也记不住了——除了她。

每次,他都说:

"老太婆,你慢一些。"

她的声音早已变得苍老、喑哑起来,但她的脾气一点儿也没有改。她还和年轻时候一样任性。从某种程度上来说,她甚至比年轻时候更加任性了。她看到了他伸出的手,皱起了眉头。

他看到她不动,再次说:

"老太婆,下床吃饭吧。"

她还是皱着眉头,不说话。他的脸上写满了困惑,他不知道这是怎么回事。他努力地想,但他什么也想不起来。过了一会儿,她终于开口提醒他:

"你要叫我小苹果的。"

他的脸上马上绽出了笑容,这笑容里,更多的是愧疚。他不好意思地用手挠了挠他那光秃秃的头,又把这只手伸过来:

"小苹果,下床吃饭,慢一点儿哟。"

189

她这才心满意足地把手放到他的手里,然后小心翼翼地下了床。

两只干枯的手紧紧地扣在一起,从远处看,他们像两棵缠绕在一起的老树。

他们慢慢地往厨房走去。厨房很近,但他们走得很慢,仿佛走了一个世纪才走到。

是他做的饭。他煮了粥,蒸了鸡蛋羹。这一锅吃的,他刚好能端得动。而她,早就没有能力自己做饭了。他想过,如果他再老一些,饭也做不了了,那老太婆怎么办?他不想麻烦孩子们,他知道她也不想。想了半天,他没有主意,索性不去想了。

他把鸡蛋羹取出来,倒入适量酱油、香油,然后用一把铁勺子,搅拌均匀。他试了几次,凉热正好。他舀起一勺,先在自己嘴边吹了吹,又送到她嘴边:

"吃东西了。来,老太婆。"

你猜到了,当她张开嘴正要吃时,听到他说最后三个字,立刻把嘴闭上了。他的手扑了空,鸡蛋羹撒在黄色的小桌子上。他不知所措。很快,她像刚才那样揭晓了答案:

"你要叫我小苹果的。"

他咧开嘴笑了,这笑容里,更多的还是歉疚。他重新舀了一勺鸡蛋羹,用比刚才更加热情的口吻说:

"小苹果,来,吃东西呀。"

她笑了,笑得"花枝乱颤"——如果这个词用在这里还算贴切的话。

她记得在很早以前,他刚刚记不住叫她小苹果的时候,她责怪过他一次:

"你笨死了,什么也记不住。"

他立刻就哭了起来。七十多岁的人了,哭得就像个孩子。从那以后,她再也不责怪他了。不但不怪,反而把这件事变成了一个好玩的游戏。

吃完饭,他收拾碗筷。他们用的锅和碗,都是很小很轻的,清洗起来很容易,那是孩子们专门为他们买的。

做完这一切,他把她搀起来,两个人慢慢踱回客厅。他们坐到沙发上养神。过了一会儿,她一个人走到沙发对面的电视机旁,伸出手,按下一个按钮,屋子里立刻响起了舒缓的音乐。

她站在屋子中间,冲他伸出手——就像她每天做的那样。他满脸疑惑地看

着她,不知道他要干什么。她开口说话了:

"我们跳舞吧。"

他的脸上再次露出笑容,比之前那两次都热烈,好像他并不是真的忘记一切,只是想不起来而已。每次,他只需要她一个提醒,仿佛他在故意配合她。

他起身,走过去,拉住她伸出的手。他完全忘记了怎样跳舞,笨手笨脚的。她温柔地摆弄他的手,让它们放在她身体合适的位置上。

他说:"老太婆,我都不会跳舞了……"

她的头正俯在他肩头。她轻声打断他:

"你要叫我小苹果的……"

客厅里,华尔兹舞曲像溪流一样缓缓流淌。一切,温柔如梦……

偷　花

张志明

覃家的花匠老穆起得早,准备去花园锄菊圃里的草。天热,他想趁早干。

老穆正在开通往南花园的月亮门, 却见覃家二小姐水瑶大清早的穿得整整齐齐清清爽爽从后院穿过中院到前院来上茅房。

水瑶乖巧,见了花匠,双眼一弯,道:"老穆叔,起这么早?"

花匠老穆一边笑着应二小姐一边拉开了月亮门。天还未大亮,刚走过月亮门的老穆突然瞅见有个人影正从玫瑰月季丛中下弯着腰往花园的南园墙根跑。

老穆大喝一声奔过去, 只见那黑影手里抓着一捧东西, 手还没有抓住墙头,就被壮实的老穆抓住了。

二小姐也看见了, 她轻叫一声,身子一软,忙扶住了月亮门的门框。

几个家仆听见吵嚷,抓着衣裳边穿边赶到了花园里,一起摁住了那贼。

待细看, 那贼是胡家桥南边郎小庄的郎俭飞。他手里拿着的是一捧月季花。

眼看跑不了了,郎俭飞说了实话,他羞惭地笑着,说:"前两天媒婆说了个茬儿,今儿个想去见人家,想拿个花。"

郎俭飞在湖北陈诚部下当了两年兵,正月时刚回来,估计见了世面,见人家闺女还要带花。

住后院的覃老爷听见吵闹声,上上下下系着扣子就赶了过来。尽管急切,但覃老爷还是一如既往走着内八字,好像怕踩着什么似的。

待问清缘由，覃老爷道："算了算了，放开他放开他，他是办喜事，成人之美，算了吧。"

上完茅房又回来的二小姐水瑶在对着月亮门的院里远远地站了站，往花园瞧了几眼，便匆匆回后院去了。

"把花丢这儿，走吧！"老穆沉着脸要去夺郎俭飞手里的花。

"唉，他都折下了，叫他拿走吧，他拿还中点儿用！"覃老爷摆手阻止老穆。

"谢谢覃老爷，对不起了！"郎俭飞赔了个笑脸，从几个人中间跨出来，手拿一把花匆匆过了月亮门，进了前院，向西扫一眼，快步走向门口。

管家也来了，对着郎俭飞的背影骂骂咧咧的，命人开了偏门，放郎俭飞走了。

吃罢早饭，覃老爷和太太去了北院车马房，坐自家的马车去百泉老丈人家走亲戚了。家里有轿，覃老爷总是不肯坐，放在前院北厢房，蒙了很厚的灰尘。

二小姐水瑶只吃了两口早饭，放了碗去中院楼上跟二嫂坐了一会儿，下来又去花园站了一会儿，便返回西院南头，钻进了自己的闺房里。

中午饭，水瑶又是恹恹的，在各个碗里碟里东挑西拣，米里拣尘一样点了几筷子就要离开饭桌。二嫂跟她好，见她那样，附在她耳边说了句："咋了？怎么跟我怀孕时一样！"

水瑶扬了下手，假装要去打二嫂的嘴兀自懒懒地出了饭厅门。

到了半下午，水瑶忽然说要去河东梨园里瞧瞧梨熟了没有，她想吃梨。她把上午的衣裳换下，又穿了一身上绿下青的绸衫绸裤，出门向东过了胡家桥，去了自家梨园。

哪知道，二小姐水瑶这一去竟没了踪影。

覃老爷和太太是傍黑时回来的，太太拿着姥姥让给水瑶带回来的桑葚去她房里，才知道水瑶去梨园还没回来。

家里自然乱了套。17岁的水瑶是覃老爷最疼爱的老生闺女，她跟二儿子隔了十二岁，从小就聪明、乖巧、听话，还是四姊妹中长得最好看的。

自然要翻天拱地地找，东边卫河里，胡家桥洞下，东南西北、村子四周的沟沟塘塘找遍了；向南找到了大块、合河，向北找到高庄、拍石头，向东找到卫辉府，向西找到修武、获嘉。活不见人死不见尸，二小姐水瑶凭空消失了。

身子虚的太太哭晕了好几回，覃老爷本来就瘦，半个月更是瘦成了一根麻秆。

过了好久,到了秋末,覃老爷有一天傍黑去北院瞧自家的牲口,喂牲口的老头儿王大中咕咕哝哝半天,才对覃老爷说,还是春天时,他去竹园南河边给牲口割草,见过二小姐水瑶和那个郎俭飞在竹园东南角说话,见了他,两人就散开各自走了。

覃老爷不再瞧牲口,转身回了家,叫自己最信任的账房严志西即刻去郎小庄悄悄打听。

郎小庄跟胡家桥没有半里地,中间隔着一片荷塘一片麦场,抬脚就到了。

果然,郎小庄的人说,确实很久没见郎俭飞了,具体不知道啥时候,好像就是夏天最热那时候。

相　依

周泽宇

　　那只不爱睡觉的暹罗猫是从姥爷家抱回来的。我不想喊它过去的名字，就叫它猫。

　　它不是一只怕生人的猫，住到我们家两三天就会黏在人屁股后面讨吃的了。有时候我看着它蓝色的眼睛会想，猫到底有没有记忆？

　　在姥爷葬礼那天，猫不停地在姥爷家走来走去，瞪着大眼睛看着所有来宾。它是一只老猫了，最起码有五岁，相当于人类的三十多岁。姥爷生命的最后几年是在病痛中挨过去的，姥姥去世得早，只有猫陪伴他，称他们的关系是相依为命也不算过分。

　　在它"猫生"的过去几年，唯一的主人就是我的姥爷。每次我去姥爷家，都会看到这只猫安静地趴在沙发上，瞪着它湛蓝的大眼睛观察着每个人的一举一动。我没有养过猫，它又长了一张大黑脸，所以我以前总觉得它长得有点难看。猫在观察什么呢？它和姥爷生活的这些年，算是谁在守护谁呢？

　　这猫和其他猫不一样，非常喜欢人类。哪怕只是用手轻轻抚摸一下它的脑袋，它也会发出呼噜噜的声音。就连有时候我去上厕所，它都会寸步不离地跟进去。我想猫也许没有记忆，不然它不会这么快就和新的主人熟悉起来。

　　这猫上了年纪，不爱折腾，又亲人，各个方面都是一只完美的宠物，结合了猫和狗的全部优点。

　　但就是有一点：它喜欢晚上上厕所。我把猫砂盆放在卧室里，半夜三四点的时候，它就会爬起来上一趟，上完之后还不停地刨沙子，声响闹得很大。而且它又实在黏人,每晚都要靠着人才能入睡,所以每晚我都得被它吵醒一次。又无计可施。

和朋友聊起这事,养过猫的说,也许是因为之前的主人晚上把猫关在客厅睡觉,所以它才按自己的节奏起夜、闹腾地刨沙子,也可能是它之前的主人就有夜间上厕所的习惯。哦,原来猫的生活习惯是会和主人越来越像的。

这猫实在是一只安静、顺从的猫。五岁的人,还是一个孩童,而一只五岁的猫,已经快要步入中年。这还是按它最小的年纪猜测的。如果再大一岁,它就跨过了四十岁的坎,说已半截入土也不为过了。

又一天晚上,它再次半夜跳起来尿尿拉屎。这一晚我发烧、头疼,它扒拉沙子的声音就像一声声雷敲击在我头上。我打开门,拽起在猫砂盆里作怪的它,一把扔到了门外。

它也不反抗,在门外安静了下来。我终于得以睡一个好觉。

也不知过了多久,我起来上厕所,随意看了一眼猫砂盆,看到里面堆满了猫屎和结块的猫砂。铲屎官,不就是要给猫收拾屎尿的吗?我根本没履行这份职责。

我打开门,猫就等在门外,它马上冲了进来,跳上了床。

对不起,我向它道歉。它躺在我身边,头靠着我的胳膊,把前爪枕在脑袋下面,很快睡着了。

我打开手机,查治疗头疼的方法,想把我头脑里的推土机驱赶出去。视频里响起一段男人生病咳嗽的声音。突然,躺在我身边的它猛然抬起头,睁大了眼睛看着我手中的手机。手机里的咳嗽声还在继续,它屏息仔细听着。不一会儿,咳嗽声停止了,猫把目光转移到我的脸上。深夜里,房间里非常寂静。寂静中,猫发出了一声叫声,那声音不大却透着凄凉:"嗷——"像是婴儿的啼哭,有些含混不清,但我知道,那是它想传达些什么。

这次轮到我瞪大了眼睛仔细观察它。黑暗中,它的眼睛大睁,泛着黄色的光,它喊:"嗷——"

姥爷生前得的是肺癌。家人说,他老人家最后的日子,说不出话,整日地咳嗽,他的生命就是这样被咳尽了。我想,是那声音激起了猫脑袋中深刻的记忆。我不知道它是否明白生离死别,但毫无疑问它身上刻印了主人长久的习惯。

立　冬

陈树茂

　　大伟的作家梦一直没有放弃。当他知道我也在悄悄写小说时,他开始不淡定了。整个石鼓岭都知道,文学功底最好的是大伟。

　　直到有一天,大伟跟我说,我准备放弃写作了,你好好加油吧!

　　我鼓励他,你写得好好的,怎么不继续呢?

　　他叹了一口气说,我是立冬那天下定决心放弃的。

　　他个人的故事比小说还要精彩,其实我很多故事是以他为原型创作的,这个一定不能告诉他,否则兄弟都没得做了。

　　十几年后,大伟看到我的小小说集后,叹了口气说,其实整个石鼓岭,你才是最有才气的,我只是徒有虚名而已。接着,他娓娓说起那年立冬的事。以下是他的自述。

　　那年立冬凌晨,我忽然醒来,想写一篇关于三个男人与一个女人的故事。

　　题目我都想好了,打开电脑,敲下"三和一",感觉这题目虽不出彩,但起码不落俗。我乘兴敲了一个开头:那段时间,三个男人和一个女人在一起,会发生什么故事呢?

　　我想了想,还是删除了,这故事有点儿俗,不吸引人。又写:1998年夏天,我们三个男人与一个女人开始了一段极不寻常的生活。开始还比较满意,后来仔细想想,用第一人称,会不会被人误会呢?虽是小说,但后面的情节还涉及一些生活作风问题;开头要既不寻常也不能提前透露,否则结尾就没甩包袱的意味了。不行。我一口气写下十几个开头,都觉得不合适。

我本来兴致勃勃的,却被开头难住写不下去了。就突发奇想,不如从后往前写。我忍不住称赞自己,这个主意真不错,太聪明了。前几天,看到有人将《西游记》倒写,从取得真经、取经过程、大闹天宫,最后变成石头,太有才了。好,就这么办,我还是选择顺叙方式,不过是先写结尾,再写中间,留着那个头痛的开头。

我开始构思结尾,三个男人都先后离开了那个女人,最后,那个女人孤独终老。我觉得很解恨,故事情节里面,三个男人分别和女人有过一段感情,但那女人却不珍惜这三个男人,倒追一个富二代,最后被甩,回头再去找这三个男人,却发现三个男人都有了幸福的家庭,貌美如花的她只能看着幸福偷偷溜走。我自己忍不住为自己叫好,还想好了一首歌词,表现女人失落的情景,叫"花开花落"。故事情节都有了,就差一个开头呢,用怎样的开头? 我无招儿了。

我开始明白古人为何会一夜白发,想到自己白发苍苍的样子,忍不住打个冷战,不行,不能这么苦想,我不要满头白发,我还没女朋友还没结婚还没小孩儿,我还要养自己的父母。一想起父母,忍不住想起今年春节母亲的话,儿啊,你也不小了,该结婚了。母亲说完眼眶红红的。我经不住母亲的劝说,答应她三十岁前结婚。那天,我三十岁生日,一人喝了一打啤酒,大醉了一场。我一想起母亲的话,就忍不住难受,结婚? 说得轻巧,怎么结啊? 工地上整天面对的都是男人,晚上还要经常加班,原来工地倒是有一个女孩儿追我,但长得不好看,性格暴躁,那怎么能一起生活?

我极力不去想母亲逼婚的事,开了瓶啤酒,喝上大大一口,先写好这个开头,争取这个月能发表拿稿费。我忽然想起,一位著名的作家说过,可参考其他名家的开头。我找出几本小说集,有人写"1982 年我读大四""风云散是个小吃店,真是小……",这些明显都不合适。想到川端康成的雪国"穿过县界长长的隧道,便是雪国",这个好像有一点点感觉。又想起两位喜欢的作家:王小波的"我二十一岁时,正在云南插队……",有点儿不对路;余华的"1965 年的时候,一个小孩开始了对黑夜不可名状的恐惧"……感觉这些开头虽然不错,但似乎对我帮助不大。

我又开了第二瓶啤酒。难,太难了! 写一个小说开头都这么难啊! 我忽然想到,一个月前辞职的事,还没告诉家里,这一个月一直不敢给家里打电话,就怕聊工作时说漏嘴。现在回想,当时其实也不算什么大事,就是天天加班心里不爽,跟新来的队长吵了一架,一气之下就交了辞职报告。一位文友告诉我,写小说一样可以养活自己。我想自己也可以,上中学时还发表过不少东西呢。没想到,刚刚开始写作就遇到困难,写了几十篇,投出去都没有回音,更不要说稿费。家里刚盖了新房子,还欠了债,母亲每次电话除了催我结婚,就是说这房子的事。那天我生日,我母亲打电话过来,我还强作欢颜,说很开心,有很多朋友陪我过生日,其实就我一人在喝闷酒。

我忍不住感叹一声,凡事开头难呐!那几天,我慢慢冷静下来、细细思量,还是干自己的专业吧,毕竟有这一技之长。我喝了一大口啤酒,冷静了一会儿,忽然想到一个开头:"1998年的春天,我们三个男生开始疯狂地追求那个女孩儿。"再看看这个开头,感觉虽不是最好,但也不错。

立冬了,该三十而立了。我叹了一口气,望望窗外,似乎看到一丝丝光亮。

第二天,我决定给那队长道歉,取回辞职报告,重新开始搞工程。从那天开始,我就决定放弃作家梦,踏踏实实干点儿专业的活儿。

……

我忍不住对大伟说,或许你的选择是对的,你现在不是公司的首席技术专家了吗?

大伟摇摇头说,选择没有对错,生活本来就是如此!

我忍不住笑道,你始终还是石鼓岭文学功底最好的人,我才是那个打酱油的!

赵诗人

邵远庆

我认识赵诗人的时候,赵诗人在我们颍水镇已经小有名气。

赵诗人写的是现代诗,很短,一看就是顾城的风格。那段时间我刚读完顾城的诗歌《远和近》:你 / 一会儿看我 / 一会儿看云 / 我觉得 / 你看我时很远 / 你看云时很近。

就这。

我们县的内部刊物,包括广电系统的传媒平台,隔三岔五就会有赵诗人的诗歌发表。

赵诗人在五金厂上班。那时间五金厂的规模很大,效益也很好,工资福利待遇发放都很及时。五金厂在颍水镇的知名度,绝不亚于我们文学圈的赵诗人。

赵诗人的老婆也在五金厂做工。正因为企业效益好,赵诗人的老婆几乎每天加班。赵诗人也陪着他老婆加班。他老婆蹲在车间干活儿,赵诗人趴在办公室写诗,一举两得的事。每当夜深人静的时候,赵诗人骑上自己的永久牌"二八"自行车,带着老婆,哼着小曲行进在归家的路上。

虽然苦点儿累点儿,但是日子倒显得很温馨浪漫,还有惬意。

王晓妁的出现,突然将属于赵诗人的那钵清水搅得异常浑浊。王晓妁是写小说的,父亲是国家干部,家底殷实。大家闺秀的王晓妁走进我们的圈子之前,我和赵诗人几个文友一般都喝二锅头,吃地摊。王晓妁请我们吃饭时,进的是高档饭店,拿的是"茅五剑"之类的名酒,文友们都是平生第一次品尝。赵诗人好像也不例外。

赵诗人显然有些受宠若惊,每次倒酒时,他只给我们倒七分,却将自己的杯子加得满满的,用手去端,稍有不慎酒便会溢出来。比香油还金贵的东西,抛洒掉实在可惜,赵诗人通常先俯下身去,趴在杯沿上吸溜一口。

只用了不到半年时间,我发现赵诗人和王晓妁之间的黏合度,已经远远超过"茅五剑"的酒精浓度。随后,我得到赵诗人跟他老婆离婚的消息。

按照王晓妁的筹划和布局,赵诗人辞去五金厂办公室秘书的职务,将儿子交给自己的老娘抚养,他则顺理成章地搬到王晓妁的单身公寓去住。赵诗人更进一步的生活质量,足以让我们这些接近穷困潦倒的文友艳羡。我们经常为此展开丰富想象:白天,赵诗人和王晓妁一定并排趴在一起,一个写诗,一个写小说;晚上,赵诗人和王晓妁一定跷着二郎腿相对而坐,一边高谈阔论,一边喝茅台酒……

偶尔,赵诗人和王晓妁也会主动邀我们一起,喝酒、品茶、聊文学。

有一天,我正把一本书看得津津有味,突然接到赵诗人母亲的电话。老太太带着哭腔对我说,快点儿过来吧! 家里要出人命了。

我急忙叫上两个文友,风驰电掣般地跑过去。

赵诗人正坐在自家院中的小凳子上,手捂着头,鲜血顺着指缝汩汩往下流。我们打死都不敢相信,因为在管教儿子方面意见不合,写小说的王晓妁,竟然拎起凳子把写现代诗的赵诗人砸得头破血流!

作为关系亲密无间的文友,我自然气不忿,打电话质问王晓妁。王晓妁说,他儿子都学会抢劫了,他不管,还不让我管。你说他操蛋不操蛋!

赵诗人和王晓妁从此成为仇敌。

才华横溢的赵诗人却没闲着。接下来,赵诗人先后带着一个女医生、两个女教师、三个女商人……跟我们认识。每次一见面,赵诗人就直截了当地向我们介绍,这是你嫂子。

单身汉找老婆,本就是无可厚非、名正言顺的事,我们作为关系密切的文友,也不好说他什么。只是我们经过一番细心琢磨后,总结发现赵诗人找的女人越多,现代诗写得越少。

赵诗人以前只喜欢喝酒,酗酒的习惯是他儿子造成的。那年他儿子才十四岁,因为多次抢劫同学们的钱财,案发后入狱服刑。

或许因为心中过于烦闷,赵诗人在很短时间内白了头。我们都劝赵诗人想开些,人各有命,富贵在天。赵诗人摇头苦笑说,我现在只对两样东西感兴趣,一个是诗,一个是酒。

　　那晚,赵诗人一个人干了一瓶二锅头后,从楼梯上跌下,昏迷不醒。有人发现后打了120,赵诗人直接被送进重症监护室。翌日一早,我和文友得到消息:赵诗人走了。

　　所有人都觉得不可思议,都替赵诗人感到惋惜。

　　他的诗写得真好!

鳜鱼肥

杨静龙

妻子把我拎回家的鳜鱼清蒸了。青碧的葱花在汤面上游弋,鱼儿仿佛还活着,一双眼睛爆凸出来,热情洋溢地瞧着人。

女儿触景生情,背诵起张志和的《渔歌子》来:"西塞山前白鹭飞,桃花流水鳜鱼肥。青箬笠,绿蓑衣,斜风细雨不须归。"

有一个故事在我们西吴市广为流传。说的是张志和当年在西吴一带做烟波钓徒时浮家泛宅,看桃花,钓鳜鱼,喝一种叫箬下春的土烧酒,最后醉眼蒙眬,从舴艋小舟上失足落入凡洋湖,溺水而亡。

妻子给女儿夹了一筷子鱼鳃上的嫩肉,笑道:"当年张志和在凡洋湖里得道成仙,变成了一条大鳜鱼。后来大鳜鱼生小鳜鱼,小鳜鱼再生小鳜鱼,鱼生鱼,崽生崽,一群群,一队队,游过苕霅之溪,来到太湖。天下鳜鱼出太湖,太湖鳜鱼出凡洋。凡洋湖是天下鳜鱼的老家,张志和是鳜鱼的祖宗……"

女儿嚷嚷着说这故事外公外婆讲过一千遍了,都老掉牙了,缠着母亲讲新故事。

我喝了一口鳜鱼汤,一缕鲜香在口中徘徊,我说:"我讲一个新的吧,这是一个鳜鱼的故事,也是一个关于人的故事。"

"半年前,西吴市实施'共富班车'工程,把公交线路从城里扩展到乡村,凡洋湖也通了公交车,一直开到水波粼粼的湖边。这样,凡洋湖出产的鳜鱼运送进城更便捷了。

"开始时,是村里人往城里送。每天早晨头班公交车上,都是拎着大桶小桶

203

鳜鱼的村民。车子从西郊进城,穿过整个西吴市,到城东公交车站,村民们拎着鱼桶沿途依次下车,显然经过了事先的市场调研和人员组织。他们有的来到菜场,有的送往饭店,也有的放在小区门口叫卖,城里人吃到了更加新鲜的鳜鱼……"

女儿说:"妈妈就经常在小区门口买凡洋湖的鳜鱼。"

我继续说道:"村里领头的是一个漂亮寡妇,四十多岁,姓潘,村里老老少少都叫她潘姐。潘姐泼辣能干,每天清早组队从凡洋湖上车进城,晌午收队回村,一直到她在公交车上遇到了老张……

"老张退居二线后,闲得心慌,偏偏他又是个闲不住的人,那天在公交车上遇到潘姐,脑子里'嗡'的一声涌出许多灵感来。

"老张对潘姐说,以后你们不要每天进城了,这事交给我吧。我叫上一批退居二线和刚退休的小老头儿和小老太,每天到凡洋湖畔晨练,然后捎上鳜鱼,往城里或送或卖。我们在城里工作了大半辈子,人脉广,还能帮助你们拓展经销渠道呢。平时我们闲得慌,这样既有事可干,每天还能到凡洋湖畔呼吸新鲜空气,一举两得。潘姐说,你们把活儿都干了,那我们做什么?老张道,你们就在村里负责把鱼养好。潘姐说,这真是个好主意,你们要多少工钱?老张说,什么钱不钱的,我们有退休金呢,这是我们老同志想为西吴老百姓做好事实事,如果你们过意不去,时不时送我们一点儿新鲜鳜鱼吃就行了。潘姐听后,当场表态说好。"

妻子插话道:"有一次我在小区门口碰到熟人在卖鳜鱼,还以为他退休后没事做在赚外快呢,原来是这样。"

"不过后来发生了一件事,差点儿闹出绯闻来。"我继续说下去。

"一个多月之后,老张带着一群小老头儿小老太正干得热火朝天,他妻子不知听到了什么风声,怀疑起老张与潘姐之间的关系来。这也难怪,一个半老汉子呼朋唤友,分文不取,帮一个徐娘半老的寡妇卖鱼,怎么解释也不能让人信服。老张越解释,妻子越怀疑,终于有一天,伸手在老张的脸上抓了一把。老张脸上挂了彩,第二天依然去凡洋湖,潘姐问脸上的伤是怎么回事,他坦然说是被你嫂子抓的,问为什么,答是怀疑我俩有私情。潘姐是过来人,又泼辣豪爽,哈哈笑道,嫂子小气了,过几天我拎一桶鳜鱼去看嫂子……

"没料想就在次日清晨,当老张去凡洋湖时,前脚刚上公交车,妻子后脚就跟了上来,坐到了他身边。老张和她说话,她别过脸瞅着窗外,不吱声,弄得老张手足无措。车上那群小老头儿小老太一个个也紧张兮兮的,生怕老张妻子到凡洋湖闹事……"

妻子打断我的讲述,说:"看你讲得绘声绘色的,好像你亲眼看见了一样。"

"确实是我亲眼所见,'共富班车'和我上下班同一条线路,我们经常在车上碰到。"我说着,夹一块鳜鱼送进嘴里,一缕鲜嫩细滑的感觉滑过喉咙,"你知道那个老张是谁吗? 他就是我们单位的张局长。"

"后来呢?"妻子问道。

我指着桌上已经吃掉一半的鳜鱼,说:"后来,西吴城里一群小老头儿小老太和凡洋湖村民一起成立了一家公司,专门养殖和经销凡洋湖的鳜鱼,张局夫妇是其中出资最多的。今天,张局给我们单位送来一车活蹦乱跳的鳜鱼,每人分了一条……"

女儿嘟哝道:"爸爸的故事跟张志和变成凡洋湖鳜鱼一样,也不知道是真的还是假的。"

我和妻子相视一笑:"哈哈哈哈……"

绿皮火车往前跑

崔民

我是第二次登上绿皮火车采访，也是第二次采访九号车厢列车员老尚。

老尚是一名老列车员，他跟随绿皮火车一直往前跑呀，跑呀，跑了几十年，由小尚变成了老尚。在第一次采访前，我对能够遇到有几十年绿皮火车情怀的老列车员，心里好兴奋，可是在采访中，才知道欢喜得有点儿早了。我和老尚交谈中，他说起绿皮火车来，如数家珍，侃侃而谈，可是一说到自己的事儿就卡壳。我本来雄心勃勃想写一篇很感人的新闻通讯稿，可到头来只写了一个新闻消息稿。

实话说，这次来采访前，我反复琢磨，怎么让老尚打开话匣子说说自己的事儿，可是费了老半天脑筋，也没想出点子来，只好在采访中见机行事了。

上了火车，列车长就给我提供了一个线索，说老尚最近有些怪怪的，总是背来一个背包放在乘务室里，像是等着给谁送东西，可是也没见有人来取，问他背包里装的什么，他只是笑笑，不说话。列车长说："这样吧，我把尚师傅换下来，你专门采访他吧。"我说："不用了，我现场跟随着他采访，放心，不会影响他的工作。"

我走进九号车厢，见到老尚锁好车门，一如既往地站在车门的窗前，目不转睛地望着车外，直至列车安全驶离火车站，他才转身走进车厢。老尚走得有点儿急，在车厢里险些和我撞个脸贴脸，他很惊讶，往后退了一步："哎呀，崔记者来了。"我笑着说："怎么，不欢迎我来？"老尚马上说："当然欢迎了，采访我们绿皮火车，哪有不欢迎的理呀？"我问："尚师傅，大家都说你总是背到车上一个背包,那背包里装的是什么宝贝呀?"因为我和老尚也算是熟人了,便省去了那些采访前的客套话,开门见山就直奔主题了。老尚笑了笑,张了几下嘴,便卡壳了。

我跟随老尚走进狭小的乘务室,那个背包挂在车窗旁边,我触手可摸。老尚见我盯着背包,便挪动一下身子,将背包挡住。我把目光移开,没再问背包这个事儿。

绿皮火车欢快地向前奔跑,各种形状的翠绿山峰,在车窗里轮番展示着它们的壮美。我跟随老尚走进了博士车厢。博士车厢就是九号车厢。博士车厢是旅客们的叫法,当然了,旅客们也不是乱点鸳鸯谱,确确实实有一名学生坐九号车厢去参加高考,后来又坐九号车厢去大学报到,再后来这名学生成了博士。在上次采访时,我曾问过老尚是否对这个博士有什么印象,或者对他有过什么帮助?老尚摇头,说全都没有。

老尚在车厢巡视,好多旅客笑着跟他点头,他也对这些旅客笑着点头。走到车厢尽头,老尚瞧着我说:"要退休了,我还真有点儿舍不得离开这绿皮火车。你看看,这车里旅客,车外的青山绿水,都是我难以割舍的好风景啊。"老尚调整一下感慨的情绪,接着说:"明天是高考的日子,这也是我最后一次运送学生参加高考了。"说着,老尚看了一眼车窗外,说:"前面的松树站,上车的高考学生要多一些。"老尚精神抖擞起来,像是一名要上战场打仗的战士。

我被老尚感动了。我要抓住这个时机现场采访老尚。

这时,列车长跑过来,拉着我往前走几步,急匆匆地说:"崔记者,这可有新闻了。"

列车长告诉我:"列车上来一个人,要寻找人。"他有意停顿一下,激动地说:"崔记者,你猜猜这个人是谁?是当年坐九号车厢考上大学的那个博士。崔记者,你猜猜他要找的那个人是谁?是尚师傅!"

从列车长简要讲述中,我大体知道了,博士当年准备坐这趟绿皮车去大学报到,可是准备上车的时候,发现火车票不见了。他当时非常害怕,急得哭了起来。这时有名列车员走过来,把他拽到车上,火车就往前跑了,也就差几秒的工夫,他就坐不上车了。上了车后,他发现不但车票丢了,而且仅有的二十元钱也不见了。他恐慌起来,眼前模糊了。他说,为了他上学,比自己学习好的姐姐去干农活儿了,帮着家里维持生活,而他却把火车票丢了,连上学急用的钱也丢了。在他绝望的时候,那个列车员自己掏钱给他补了票,还掏出兜里仅有的十五元钱,塞给了他。

博士与老尚紧紧地拥抱在一起。老尚打开他那个神秘背包,拿出来两张博士的一英寸黑白照片,博士看到正是他当年去大学报到用的照片,丢在九号车厢,泪水就禁不住地流出来。老尚说,这照片我一直留着,没想到真的还能和你见面。博士从自己的背包里,拿出一张画像,画的是一位列车员在给一名学生手里塞钱。老尚一眼就看到了画里自己年轻时的模样,他的眼泪挂在眼角。博士含着泪水说:"这是我自己动手画的,我时常拿出这幅画看。"两人又紧紧地拥抱在了一起。

一个月后,已经退休的老尚给我发了一条微信:绿皮火车往前跑呀跑呀。我眼前浮现出跟着绿皮火车往前跑了几十年的老尚,我的眼睛湿润了。

邮递员留香

刘向阳

我步入直四牌楼街，不见了青砖旧墙，取而代之的是清一色的高楼，也不知墩坨古是否搬家了。上前跟人打听，皆摇头不知，无奈只好作罢。但我似乎又回到了高中时代，我和墩坨古穿过大街小巷，追闹着，嬉笑着……

墩坨古的父亲留香是一名乡村邮递员。村头枫树喜鹊叫喳喳，路上单车铃声响叮当，人们就晓得是"大侠"来了——那时热播电视连续剧《楚留香》，邮递员留香给人们带来希望，大伙儿便都喊他"大侠"。

我从小爱看书，喜欢舞文弄墨，却从未见诸报刊。初二上学期，学校放秋收假，我回家跟父母一起收稻子。稻田散落于半山腰，梯状般起伏，我弯腰割稻，汗水湿透衣裳。吃罢中饭，父亲挑谷回家，母亲叫我歇会儿，她继续劳作。我眯缝着眼躺在草地上，沐浴着暖暖的秋阳，倏地听到有人喊我的名字："陈宝生，哪个是陈宝生？"

我立马坐直身子，睡意全无。"你是陈宝生吧，终于找到你了！"一袭"邮电绿"沿山路走来，气喘吁吁地杵在我面前。

母亲手捧稻子，说："留香师傅，你这是？"

留香抹一把汗水，黝黑的脸上露出了笑容："这是我干邮递员以来，第一次给学生送稿费，光荣啊！"他从印有"人民邮电"字样的帆布包里，小心翼翼地掏出一张汇款单，双手郑重地递给我。

我完全蒙了，盯着他手中的条子，哆嗦着接过来。80元呀！这是我第一笔稿费，我激动得跳起来，举着汇款单在金色的田野狂奔……

返校后，我迫不及待地跑去邮局取钱。"为了把汇款单及时送到你手里，他儿子生病了都没回去……"听了工作人员一席话，联想到留香跋山涉水的辛苦，我油然而生一股敬意。

于是我每天都盼望那抹绿色，只要听到单车铃声，我就会跑向校门口。留香会潇洒地下车，支起脚撑子，然后从邮包里取出报纸书刊，放到传达室桌子上。我主动上前打招呼，把书信或稿件交给他。他笑眯眯地看着我，夸我文章写得好，字也秀气，夸得我心花怒放。而我父亲非但不表扬我，而且还说我不务正业。

"如果我儿子有你这么优秀就好咯，都怪我……"留香低首叹息。我不明白个中意思，也就没放心上。

画岭有一位老人住在山上，因腿疾行动不便，他的儿女在外打工，留香就经常捎带些米面油盐去看他。那年冬雪，留香送邮件进村，心里惦记着老人，就踏雪上山，发现老人病得厉害，立马连滚带滑下山去请医生救治，才保住老人的性命。回家路上，留香不慎坠落沟里，导致左腿骨折，不得不卧床休息、吃药打针，可没几天又奔波上路了。

不论是风霜雨雪，还是炎炎酷暑，留香义无反顾，足迹遍及辖区每村每户，多次获评全县先进个人、劳动模范，后来调进了城里。巧的是，我考上县城高中，与他儿子墩坨古同桌。据说他花了一笔不菲的代培费，墩坨古才进了县高中的。墩坨古好耍贪玩，写字"鬼画桃符"，我这才明白他父亲为何叹气了。

虽说墩坨古成绩糟糕，但他性格豪爽，只要手头有钱，就会拉着我去"打牙祭"。我们从直四牌楼往东跑，穿过大正街，一阵风似的跑到南正街，买一大盆卤虾，吃得满嘴流油。夜深了，进不了学校，我们就溜达到四牌楼，偷偷地翻越围墙，钻进墩坨古家。黑灯瞎火刚躺下，外屋灯光倏地亮了，估摸惊醒了留香。清早，我去赶晨读课，留香已蒸好糖包子，笑吟吟地看着我。

课余，我们上河堤散步，墩坨古讲得最多的是父亲。留香扎根基层多年，一心扑在邮路上，对墩坨古关爱不够，墩坨古有点儿瞧不起父亲。可是，当留香奋力蹬车的身影出现在龙城街头时，墩坨古会停下脚步观望，直到那个背影消失。

斗转星移，高中毕业一晃三十载，我和墩坨古没再见面。如今站在直四牌楼街头，我想起了墩坨古，也不知他过得怎样……

有一天上午，我要寄一个急件，找了几家快递公司，均未接单。又找邮政，没想到很快便来了人，四目相对，他竟是墩坨古呀，真的太巧了！

"落榜后无所事事，父亲让我跟他学收发，体验邮递生活。后来我读职专，在邮局谋了份差事，也算是子承父业吧。随着时代进步，单车、摩托车退出江湖，我考了驾照，开邮政车，送往各乡镇……有一次经过画岭，骤降暴雨，车子陷在烂泥里，旁边是陡坡……"

我一惊："你没事吧？"

"那里人烟稀少，手机又没电了，我惊慌失措，急得像热锅上的蚂蚁……多亏有一个中年男人发现了，他冒雨喊来几个村民，担沙石填满沟坑，再用撬杠发力，齐喊号子，一、二、三，我握稳方向盘，挂挡加油，车子才脱险……"

我松了口气："你真幸运啊！"

"他们浑身淋湿了，我想给钱表示感谢，可他们坚决不收。中年男人说，当年的邮递员救过他父亲，他看见'邮政'二字就格外亲切……那一刻，我才真正理解父亲，理解这份工作。"说到这里，墩坨古神色凝重，满脸虔诚。

"快递业迅猛发展，邮政也要与时俱进，取长补短……"他说得头头是道，与学生时代判若两人了。

"留香师傅呢？"

"退休后闲不住，在东山新城当保安。"

墩坨古把包裹放进车里，说一声"再见"，便很快消失在熙熙攘攘的街头。

闲人李小白

徐建英

安陆白兆山下的大胡子李小白,本名李波。据说是诗仙李白的第六十九代传人。真假？无从考证。

初见李小白,他身着黑色的唐装,环手端身立在李白纪念馆前。他个头不高,见人就咧嘴轻笑,眉宇上扬时,带着睿智,还藏了几分小精明。

果然。他在自我介绍时就说:"我是李白的第六十九代传人。"我盯着他胖乎乎的脸足足打量了两分钟,然后扑哧一声笑出声来。

李小白看到我笑,脸色略有尴尬。

可我实在忍不住。

这人,该是闲的吧,姓个李,就扯上李白后人了?李白是名人,相关他的事,在网上一搜便知。

唐开元十五年李白来安州(今安陆)白兆山,经友人牵线,与簪缨世家的许氏结为秦晋之好。许家小姐紫烟是家中唯一的女儿,史料明确有载,李白在安州居住的十年间,与许紫烟育有一儿一女,其女平阳出嫁不久猝逝,其儿伯禽也未曾提到有孙。

李白在安陆又何来的后人呢?

荒唐,真是荒唐。

但把李小白胖乎乎的脸轮廓在大脑里做了几回缩减之后,也是巧了,竟有几分肖似画像上的李白。加上他说话幽默,举止儒雅,那极具个性的大胡子张扬而独特,还带有几分洒脱,听说还会舞剑写诗……再想想,那许紫烟在开元二十四病逝,李白的一双儿女无人照管,在其后一年多的时间里,李白与许家的关系一度陷入僵局,依着李白狂放不羁放荡任性的个性,此时若寻了外室或纳了偏房, 在李白离开安州后诞下子女, 在古时信息和交通皆不发达的情况下,史料未记载也有可能。

再看李小白,居然顺眼了很多。

李小白做连锁超市起家,规模还不小,家电、家具、移动专营店、网吧等都有涉及。后来运营酒厂,自己成了带货大咖,经常向社会多方赞助,屡屡上当地电视台,听说还在不停地研究项目。我问他:"事业这么好了,怎么还努力呢?"

他一笑:"闲的呗,从小就坐不住。"

嗨,这就有趣了。

据说还真是这样。

读书时,李小白就在利用课后时间贩卖贺年卡和课外书。一个学期下来,李小白神气地拍拍口袋胀鼓鼓的钞票,在老师跟前扬眉嘚瑟,气得老师直跺脚:"你家的老祖宗李白要是知道你读书读成这样,非得写诗骂你。"

李小白嘿嘿一笑,对老师说:"课堂,我是认真听了的。下了课嘛,反正闲着也是闲着呗。"

老师一脸无奈。

闲着也是闲着,逐渐地,演变成李小白的口头禅。

人到中年的李小白,可是一点儿也不闲,甚至可以用大忙人来形容他。我问他:"你自己有这么好的事业,怎么还跑来李白纪念馆做解说员?"

他眉宇高扬,一脸小得意:"我还经营着李白系列的文化公司呢。"

我大感意外。

这人,从俗到雅,跳跃性也太大了吧!

也真是大。

他的生意顺风顺水,照着老本行去发展壮大,我相信比目前更好。加上他思维敏捷,口齿伶俐,稳打稳上地干几年,就是一个真正的富贵闲人了。

可这人呢,偏就怪。怪人还遇上了另一怪人,两人耗资几千万元,建起了五言陆色乡土文化生态园。

开始的时候,生态园不赚钱,两人还倒贴不少。于是,闲言碎语就来了。

"真是闲的,有钱放到这地头打水漂。"

这俩怪人倒好，任你看，让你笑。几年时间，不但建成了集产业、观光、旅游、休闲、度假为一体的生态园，还借助白兆山李白文化的区位特点，将李白文化与田园资源结合，把文化和旅游连在一起走出了一条"农文旅"的新模式。随之外出打工的乡亲回了家，他们从房主变成了房东，又从房东变成了股东。也让越来越多的人知道了李白的故里安陆。

这人，真有意思，太多面性了。

"李白杯"首届全国书法作品大赛结束，以李白诗词为主题的书法博物馆在白兆山下的五言陆色开业，李小白给我发来了请帖，封面上有他手书的十六字：

> 以舍为有，以忙为乐；
> 以勤为富，以忍为力。

这幅字我见过，是他办公桌前的台帖，也是他在归元寺的方丈昌明法师的赠书中所悟。他当时向我介绍时，眉宇庄重。

开业那天，我真带上文艺界的几位好友来了。一下车，我看见李小白站在展览馆门前，正在口若悬河、如数家珍般向来宾解说李白。

看到我，李小白快步迎上前。

我指着李小白向朋友介绍："这位就是李小白，唐代大诗人李白的第六十九代嫡系传人。"

我看到李小白微怔之后，接着咧嘴大笑，眉宇上扬时，他的眉头连连耸动了好几下。

富　养

卜伟

米糖糖走进厨房,徐兰香正把鸡蛋放进锅里。徐兰香说,我晚上有课,简单吃点儿。

米糖糖说,鸡蛋这样放进开水里,壳不烫碎了?

徐兰香皱眉头,你都三十二了,煮个鸡蛋都不会。我每天都要忙背气了,你过得倒是真惬意。不是在哪个公园看景,就是在哪个河边赏花喝下午茶,一张张照片发朋友圈。

米糖糖说,你要看着烦,下次我帮你屏蔽。我想学做饭的时候,也是你死活不让的。

徐兰香说,那是以前。

米糖糖说,历史永远不能忘却。

徐兰香不说话。

不知道学习算不算个人特长和爱好?如果算的话,米糖糖的特长和爱好就是——学习。学生时代的米糖糖可真为徐兰香长脸。从小学开始,米糖糖的成绩一直很优秀。偶尔考个第二名,就会难过几天睡不好觉。徐兰香和同事聊天的时候,她说的都是女儿的学习。这单调的话题总会让人生厌。如果哪个同事岔开她的话题,聊别的事情,用不了几分钟,话题又会被徐兰香成功地转回到米糖糖这回又考了第一这件事上。

徐兰香四十岁生日的时候,高一学生米糖糖想亲自为妈妈做顿晚餐。老米也支持女儿这个想法,他在厨房指导女儿。刚做了一半,徐兰香回来了。她看到在厨房的女儿,勃然大怒。咆哮道:"你只要把学习搞好,其余的都不用你操心。你做好了我也不吃! "

一个碟子被她摔在了地上,米糖糖哇哇大哭,旁边站着尴尬的老米……

徐兰香去楼下倒垃圾,看见邻居老杨带着孙女在路上散步,孩子粉嘟嘟的笑脸,叽叽喳喳地像个小八哥。徐兰香羡慕得不得了。她叹了口气,自言自语:都三十二了,连个男朋友都没有。就是米糖糖那些留在北上广工作的同学,孩子都会打酱油了。但米糖糖依然没有男朋友。

晚饭时,徐兰香问米糖糖:"咱家多少年没吃酱油啦? "

米糖糖知道她话里有话,没好气地回答:"我们家小小米训练一下也能打酱油。"小小米在徐兰香脚下不合时宜地"汪"了一声,气得徐兰香上去便给了它一脚。

米糖糖大一的时候,往家里带回个男生。那男生乍一看像林志颖,一笑还有个酒窝。

米糖糖说,小酒窝、长睫毛的男生,帅。

徐兰香说,他那是酒窝吗? 那是坑。

男孩是被徐兰香折腾走的。徐兰香对那男孩说,你是上我这儿捡漏来了,糖糖你可捡不到。还有,我们家也没有扶贫任务。

男生自此再也不来了。

徐兰香相中了一个条件不错的男孩,米糖糖说那男孩是煤气罐成精。两人僵持着,僵持的结果就是米糖糖终日一个人闲逛。

以前,徐兰香和米糖糖说得最多的话就是好好学习,考上名牌大学。后来米糖糖考上了名牌大学,两人的任务都完成了,都不知道接下来该怎么办? 老米曾经说过,要是徐兰香去参加高考,分数一定比米糖糖考得还高。

米糖糖毕业后,曾经在一家公司干了三个月。在自己的格子间,米糖糖津津有味地看英语书,被经理看到,训了她一顿。有一次,公司来了客人,经理让她去买几瓶松露矿泉水,并嘱咐她用袋子装。米糖糖把几瓶矿泉水直接倒进袋子里给经理送去。米糖糖进门的时候,经理还向客人介绍:这是新来的名牌大学研究生,小米,米糖糖。当经理接过一袋子不明液体时,溅了一身,他的脸都气成了猪肝色。客人一直都忍着,还是没憋住笑了出来。

米糖糖以后再也没出去工作。倒是内退在家的徐兰香没闲着,在家里办起了辅导班。把当年辅导米糖糖学习的劲头都用在了她新开创的教育事业上，还真的撑起了一片天。徐兰香徐老师的名气越来越大，很多家长都把孩子送给她辅导，徐兰香常常忙得连吃晚饭的工夫都没有。

米糖糖依然是每日都会在朋友圈发照片，不是在公园看景，就是在河边赏花喝下午茶，一幅幅岁月静好的画面……

尖　商

刘正权

　　端着碗,龙吴东却没往嘴边送,不知情的,以为他噎着了。

　　他确实被噎着了, 龙吴东之所以选择出来吃这小碗菜, 就是在家里吃腻了,想换个口味儿。用老婆刘米秀的话,想刮肠子?吃小碗菜去。刘米秀炒菜油水重,净喜欢整些大鱼大肉,好像生怕人家说龙吴东不当派出所所长后,日子就不小康了。

　　当人家闲的,眼里都盯着她家饭桌?再者说,当了一辈子警察,龙吴东在意过吃吃喝喝的事吗? 多少人请他吃饭,他都毫不犹豫地拒绝了。用疤棍儿的话说,请龙所长吃饭,是要给出场费的。

　　说这话时疤棍儿已经不混社会了,属于改造好的一类人,年轻时两个人是死敌,彼此身上都有对方留下的印记,疤棍儿是效法古人,想相逢一笑泯恩仇。

　　龙吴东却没给他相逢一笑的机会,给出场费,也未必请得到我去吃饭,当我没见过钱?

　　这话很尖锐,杀伤力十级,确实伤着人了,龙吴东还不自知。

　　打脸就是这么猝不及防,饭菜端到桌上,龙吴东才发现,自己花钱吃饭的馆子,竟是疤棍儿开的。难怪,饭菜都堆了尖。

　　促狭龙吴东呢,这是。你龙吴东见过钱不假,我疤棍儿不把钱当回事也是真。

　　把堆尖的饭菜削平,差不多又能装上一小碗,挣钱不挣钱,挣个肚儿圆,疤棍儿有没有挣得肚儿圆不知道,龙吴东这会儿肚子被气得圆鼓鼓的。

被施舍的感觉相当不好,当自己寻上门吃白食呢?

得吐出这口恶气。

正酝酿着情绪,疤棍儿不请自来,见饭菜没动,脸上打了个愣怔,咋了,饭菜不入龙所长的口味儿?

龙吴东摆出公事公办的架势,说疤棍儿你坐下。

疤棍儿搓下手,神色有点儿为难地说,我店里这会儿闲不住人。

还真是,整个店里人头拥挤,除了龙吴东这桌没人拼桌外其他都是插空坐的。

看不出你做生意挺邪性啊。龙吴东眉头习惯性地一皱,没强逼着人家来消费吧。

疤棍儿咧着嘴,我倒是想拿着枪逼着他们到别处去消费。

这绝不是说风凉话快活嘴巴,龙吴东太了解疤棍儿,他天生不是伺候人的主,瘸着腿挣钱,糊口打发日子应该是他的初衷,孰料,生意火爆得让他自己都奇怪。

看着碗里堆尖的饭菜,龙吴东问,你这小碗菜开业多久了?

已经大半个月了!疤棍儿答。

天天这么爆满?

没办法,都是不请自来!疤棍儿说得很无奈。

这就不在情理了,小地方规矩,开业头三天,半卖半送,爆满说得过去。大半个月,还饭菜堆尖,你安的什么心?龙吴东有点儿费解,可别跟我说你这是行善积德。

行善?哪轮得到我这小打小闹的店铺。疤棍儿脸红了,你晓得的,我浑球了大半辈子,只寻思着老了做点儿正经事。

经商当然划归在正经事之列,龙吴东还是觉得疤棍儿这话站不住脚,三岁小孩儿都听说过这么一句话,奸商奸商,无商不奸,你饭菜这么堆尖,有多大点儿油水赚。总归有个说法吧?

说法当然有,疤棍儿端正身子,反问,龙所长你当了一辈子警察,办案时最忌讳的是什么?

最忌讳偏听偏信啊,必须以法律为依据,以事实为准绳!

每次都是龙所长给我普法,今天疤棍儿斗个胆,也给龙所长讲讲生意经。

给我讲生意经？龙吴东有点儿不相信自己的耳朵，你疤棍儿开店才几天，居然好为人师。

疤棍儿把眼光落在龙吴东面前的饭菜上，这无商不奸，最先叫作无商不尖。

无商不尖？龙吴东半信半疑，难道老祖宗传错了，是这么个尖法？

对啊。疤棍儿眉飞色舞地用一双手比画着，古时候开粮行、卖谷米是用升或斗量，你晓得吧？

龙吴东当然晓得，电视剧里这类场景也比比皆是。

你不晓得的是，我们老祖宗经商时，卖谷米每次都把升和斗堆得尖尖的，尽量让利，以博得回头客，所以叫无商不尖。

敢情是这么个无商不尖啊。

不然呢？疤棍儿来了个以退为进，如果是"奸"，那世上做生意的，就没一个好人了。

还真是，历朝历代，逢天灾人祸，不少商人开仓放粮，赈灾济民。

都怪人的嘴，七传八不传的，把话传变了调不说还把意思讲变了味儿！龙吴东忍不住大发感慨。

疤棍儿不发感慨，他轻轻地叹口气，龙所长你再不把这堆尖的饭菜吃掉，会伤人心的，知道不？

一抿香

李景泽

找寻，是个艰难的过程。男人找寻，女人找寻，连咿咿呀呀的小孩都知道要找寻。被找寻的人叫一抿香，真名不得而知。

我也要去找寻。临行前，年迈的祖父将我喊到身边。

"不用我多说了吧？"祖父正襟危坐，严肃而庄重。

我使劲儿点着头，也严肃庄重。

"那就好，你拿着这个。"祖父交给我一个锦囊，"只有找到恩人的那一刻你才能打开，记住了吗？"

我连连点头，祖父老泪纵横。

祖父是我唯一的亲人。我的父母在我儿时就死于饥荒。彼时家园罹难，至亲殁去，整个世界都笼罩在一片阴暗之中。

一抿香就是在那个时候出现的。

一抿香五十岁上下，马褂长袍，头戴六瓣合缝瓜皮帽，足蹬锦缎双梁福字履。从哪儿来？要到哪儿去？祖父说，谁也不清楚，"一抿香"这个名字还是大家跪请他说出来的。

小时候，我喜欢蜷在祖父怀里，仰着头，听他讲一抿香的故事。

"真是个大善人啊！"祖父每每凝神慨叹，"怎么也得留个名呀，可他就不说，要不是害怕大家长跪不起，估计连这名号都不肯留下。"

祖父讲得绘声绘色，眼圈泛泪；我听得心潮澎湃，津津有味。

"那浑身散发的阵阵香味啊！"祖父一讲到这儿，就盯着我笑。

"你说,一个男人怎么会那么香呢? 难不成是天上派下来的神仙? "

我眨着眼,摇摇头又点点头,祖父哈哈大笑。

"小傻瓜,你以后就知道了,那是酒香。"

一抿香究竟何许人也?找寻,成了我的初衷之一。但不管他是何许人,他救了我们,在我心里,他就是神。

我到处打听,逢人便问。尽管战乱频仍,人人自危。但当得知我是在寻找救命恩人的时候,主人家总会拿出珍藏的食物,友好地招待我。

"怎么会有人叫一抿香呢? "主人家问我。

我说,那是恩人既不想我们报答他,又看我们跪着不起,故意讲给我们的。但既然讲了,就一定跟他有多多少少的联系。

"那他有什么相貌特征吗? "

"这祖父倒没提,不过祖父说他身上有股酒香,很可能是个酒鬼。"我开玩笑地说。

"要是这样,就不要去找他了。你们该庆幸他没耍酒疯,给你们雪上加霜……"主人家打趣着。

"那不行! "我斩钉截铁地说,"恩人就是恩人,他救了我们,这是改变不了的。"

主人家笑了,他告诉我往南走,或许在那里能找到我要找的人。

我一路向南,身上的盘缠已然用尽,仍一无所获。情急之下,我敲响了一大户人家的门。

"能不能讨点儿食物……"我恳求着为我开门的大叔。

当得知我是因为寻找救命恩人才落魄于此时,大叔取出好酒热情地招待我。

"这年头世道不济,像你这样的年轻人还能知恩图报,难得难得。可既然找了大半年都找不到,干脆回家吧,不是还有老祖父需要照料吗? "

我愣了下,眼前尽是祖父的苍老容颜。

"我又何尝不想留在祖父身边啊! "我说,"可我们一辈子的心愿都是寻找恩人……"我顿了顿,斟满酒一饮而尽。

"好酒! "我忍不住喊,"醇而不烈,回味悠长。"

"这酒我喝过! "我对大叔说。我确信这是我这半年来多次喝的那种酒。我正想再喝一杯,大叔赶紧将我拦住。

"此酒名扬四海,没喝过才奇怪,但不能贪杯。"

我忽地恍然大悟,请大叔指点迷津。大叔告诉我,如果两者真有关系,就继续往南走,到宛城。

我一路打听,逢人便问,终于到达目的地。

"您知道谁叫一抿香吗?"我激动地询问一位老人。

"一抿香?"老人捋了捋胡须说,"人名没听过,不过有个地方倒是写着'一抿香'。"

我兴奋不已,问老人能不能带我去,老人欣然同意。

老人将我带进了一座酒庄,只见这座酒庄古朴典雅,到处弥漫着美酒的香气,仿佛置身瑶池圣地,整个人都飘飘欲仙起来。

"这就是你要找的一抿香,我当初还是这里的伙计呢!"

老人指着一副对联,诵道:"宁品骆家一抿香,不喝勾兑一大缸。"

我大喜,反复念叨着这副对联,难道恩人一抿香就是这酒庄的主人?

我的心不禁怦怦直跳,我问老人:"戊子八年,北方闹了一场大饥荒,这酒庄的主人是否带着粮食去赈过灾?"

"对,有那么回事,当年还是我跟着老爷一起去的呢!"

我喜极而泣,扑通一声跪在了地上。

"祖父啊,我终于找到咱们的救命恩人了!"我歇斯底里地喊,默默地打开祖父交给我的锦囊。

锦囊里是一张字条,上面端端正正地写着几个大字:

"留下来,报恩!"

风　水

黄大刚

乾隆三十五年（公元 1770 年），吏部奏请朝廷，授任吴缵姬为江西广信府铅山县知县。

吴缵姬对当官兴趣不大，倒是喜欢读书。他天资聪颖，博览群书。论学识，熟知的人无不竖大拇指，但也有人不以为意："厉害在哪儿？中了什么功名，说来听听。"坚信吴缵姬厉害的人像受了侮辱般，怂恿吴缵姬参加科举考试。吴缵姬前后考了两次，一次中了举人，另一次是乾隆二十五年，登乾隆庚辰恩科毕沅榜，殿试二甲名列第二。那一拨儿进士都春风得意地走马当官去了，只有吴缵姬不想出仕。吴缵姬觉得这下可以安安静静地读书、教书了，便回到海南出任琼台书院掌教（即今学校校长）。

十年过去，朝廷的任命让吴缵姬意外、为难，但君命不二，他只得收拾书籍衣物，晓行夜宿赶往江西赴任。

一进铅山县境，一股荒凉的气息便勒裹得吴缵姬胸闷气短。所到之处，田地荒废，村庄破败，行人稀少。进了城，人气倒是有了，可满街的乞丐，扶老携幼，肌瘦骨立，蜷缩在店门前或墙根下。

"老爷，行行好，给点儿吃的吧，俺孙女快饿死了。"一个老妪佝偻着腰，抱着一个三四岁的小女孩儿，把一个破了边的脏碗伸到了吴缵姬面前。他细看小女孩儿，瘦得皮包骨头，全身软绵绵的，似乎连睁眼的气力也没有了。吴缵姬让书童把袋子里的包子拿出来，周边的乞丐见了，蜂拥上来，一抢而空。

吴缵姬又气又无奈，还好县衙在望。

晚饭出乎意料的丰盛,师爷特地邀请了当地几位有头脸的乡绅,为吴缵姬接风洗尘。

"大人,都是小人的不是,没有带人去接您。"师爷边给吴缵姬斟酒边自责道。

"大人辛苦了,请尝尝本县有名的灯盏馃。"乡绅频频举杯敬酒,举箸劝菜。

想到路上所遇,吴缵姬没有一点儿胃口。

"本县最近是否遭遇灾荒?"

"哪有什么灾荒,大人尽管放心喝酒。"一肥头大耳的乡绅举起了酒杯。

"为何路上有那么多饥民?"吴缵姬把脸转向师爷。

"回大人,今年天旱少雨,加上没水灌田,庄稼颗粒无收啊!"师爷摇头。

吴缵姬心里像灌了铅,沉甸甸的,接风宴便草草散了。

第二天,吴缵姬让师爷领着他去田野查看,站在田埂上,一眼望去,平展展的田地干裂得能伸进手指头,杂草枯萎发黄。

"多好的田地呀!"吴缵姬叹了口气。

"这田地肥沃,以前是远近闻名的鱼米之乡,乡民出产的粮稻吃不完,还卖给商贩,换得银两。但靠天吃饭,得看老天爷的脸色。"师爷附和道。

水,只要有水就可以解决一切问题。吴缵姬嘴里不停地念叨着,在屋里困兽似的转圈儿,脑袋想得快爆炸了,还是没有一点儿头绪。

"大人,抓到一个偷引南濠水的盗贼。"捕头禀报。

"南濠水?"吴缵姬头脑一时拐不过弯儿来。

"大人,小民无意冒犯,只因地里的庄稼实在旱得没了法子,小民才……请大人饶小民这一回,小民再也不敢了。"庄稼汉连连磕头。

"南濠水在哪儿?你速速带本官去。"吴缵姬欢喜得连轿子也不坐,跟着庄稼汉就出了门。

目光一与波光潋滟的南濠水相遇,吴缵姬便如见到聚宝盆般兴奋。南濠水顺着地势本可以奔流而下,却被人拦起堤坝。

"这是怎么回事?"吴缵姬脸露怒色。

"回大人,这是前任知县赵大人派人堵塞的,风水先生说,南濠水方位上冲县衙,不拦住会伤及县太爷……"师爷颤着声为自己辩解。

"什么风水?你们这不是拿百姓的生死胡闹吗?"

"大人，风水这东西，宁可信其有，不可信其无啊。"师爷劝道。

"那，我问你，赵知县这样搞，升官了吗？"

师爷哑了口，赵知县因治下民不聊生，被贬到了边远的地方。

"赵知县糊涂，你们也跟着糊涂。你们这样，对得起自己的良心吗？这样的官，我没脸皮当！"吴缵姬越说越气愤。

"马上开了南濠水。"吴缵姬稳了稳情绪，吩咐道。

"大人，要不要请个先生挑个日子再动土？"师爷迟疑道。

"本官就在这儿看着你们开。"吴缵姬板着脸说。

清清的南濠水欢快地奔向了干渴的百顷良田。很快，田地又恢复了生机，瓜果飘香，稻浪滚滚。城里乞丐渐稀，夕阳下，村庄炊烟袅袅。

解决了老百姓的吃饭问题，吴缵姬又捐俸重修鹅湖书院，并撰写《修铅山县文庙序》，以文兴邑。

一日，吴缵姬听到衙门外锣鼓喧天，鞭炮齐鸣。衙役进来报，说有一伙乡民抬着一块大石头，欲立于县衙大门东北角。吴缵姬诧异，步出门外，那块巨石闯进眼里来。他问："你们这是……"一位乡民顾不得擦去脸上的热汗，长揖道："大人为了我们开了南濠水，我们可不能让风水伤到大人。大伙儿合计，凑钱买来泰山石，我们请风水先生看过了，立于东北角，可保大人健康平安。"

老百姓一片善意，吴缵姬不忍拒绝，泰山石就这样立了起来。吴缵姬每次路过时，都要好好看上几眼，时刻提醒自己：民心，才是最好的风水。

梅花烙

蒋静波

邻居捎来口信,说让妈妈带上梅花烙,到三爷爷家去一趟。

"什么梅花烙?"妈妈一脸茫然。

"莫非,是梅花印模?"我提醒妈妈。

"他要这个干什么?"听我提起梅花印模,妈妈来了气。

这怪不得妈妈。

我家有一套祖传的铁制糕饼印模,梅兰竹菊,共四个。只要将印模往糕饼上一按,立马会出现一个凹凸状的图案。再普通的糕饼,只要有了图案的点缀,就会变得不一般起来,仿佛连味道也变得更好了。

我最喜欢的是梅花印。玲珑的花瓣,星点的花蕊,在糕饼上纤毫毕现,精美无比。和我同样喜欢梅花印的是四奶奶。每一次,四奶奶吃着妈妈做的有梅花印的糕饼,总会眯着眼,左看右看,赞不绝口:"这朵梅花,真美。"有一次,四奶奶还专门到我家来欣赏梅花印模。她将印模拿在手里,翻来覆去,爱不释手。

去年的一个冬日,四奶奶颤着步子,上我们家来借印模。她只要一个梅花印模。她是第一个来借我家印模的人。集市上,廉价的木制印模多的是。每一户人家,包括四奶奶家,都有一套。但铁制的印模就难觅了。

"四奶奶病得这么重,还想着做最漂亮的梅花糕,身体也许很快就会好起来的。"妈妈高兴不到两天,四奶奶就死了。人死了,怎么好意思去要回东西?妈妈只怪自己运气不好。

不料四奶奶死后第七天,三爷爷来我家归还印模。他说:"实在是对不起,

227

这印模,用火烙过,发黑了。"

妈妈没有作声。三爷爷走后,妈妈看那印模,除了被熏黑外,还带着一股焦煳味儿。妈妈又擦又洗,根本无济于事,心疼得直跺脚。此后,妈妈再也无心使用印模了。妈妈一直心存疑惑,又不好意思去问:三爷爷或四奶奶用这印模干了什么?

四奶奶是三爷爷的弟媳,刚结婚就死了丈夫。几年后,三爷爷想要娶四奶奶为妻,可他的父母坚决不同意,抛下一句话:"除非等到下辈子。"三爷爷一直没有结婚,四奶奶也没有改嫁。他们各过各的,但三爷爷会帮四奶奶干农活儿,四奶奶会帮三爷爷料理家务。他俩的个性、容貌都很像,安安静静,清清爽爽。在没听说他俩的故事前,我还以为他们是一对亲兄妹呢。

妈妈嘟哝着拉开最下层的抽屉,拿起印模,出了门。我好奇地跟着前去。

三爷爷一见到妈妈,挣扎着从床上坐起来。妈妈将枕头垫在他的背部。三爷爷轻声地跟妈妈讲起了关于梅花烙的事情。

早些年,有个算命先生告诉三爷爷,下辈子若要跟阿妹(四奶奶的小名)在一起,今生临走前,得在各自的身上烙下一个印痕。为了那个烙印,阿妹寻找了好多年,直到有一次,看到了我家的梅花印模。

阿妹临走前,请三爷爷将煨红的印模烙在她的左手腕上,并要求他在右手腕上烙印。等到那一天,她会用左手来牵他的右手,以梅花烙为凭。

三爷爷说,昨夜他梦见了阿妹,阿妹催他赶紧去办妥这件事。他再也等不及了,想快点儿见到阿妹。

"请你为我烙印吧。"

"我……下不了手。"

"帮帮我,"三爷爷恳求道,"这是我今生唯一的,也是最后的心愿了。"

三爷爷下了床,点亮八仙桌上的酒精灯。灯火如豆,一明一灭。他将印模架在灯边的一只瓷碗上。黄色的火焰像一条火舌,不断地舔着印模。

三爷爷坐下来,伸直右手,搁在桌上。在他的指导下,妈妈颤抖着拿起套着木柄的印模。

"快动手呀。"三爷爷用左手拍着他的右手。手腕处用红墨水画着一个圆形,跟印模一般大小,"喏,这里。"

妈妈一咬牙,将印模一按,"哧"的一声,那个地方霎时升起一缕白烟,发出一股焦煳味儿。妈妈的手立刻弹开，后退几步。

一朵梅花，盛开在三爷爷的右手腕上。玲珑的花瓣，点点的花蕊，美得惊艳。

"我和阿妹，谢谢你。"三爷爷凝望着梅花烙，开心地笑了。他从床头边拿出一只绣着梅花的荷包，叫妈妈打开。

里面是一只金灿灿的戒指，戒面上有一朵梅花，就像那个梅花烙。

"是阿妹托我交给你的。你的印模被我们糟蹋了，实在是过意不去。"

妈妈流着眼泪，使劲地摇头，只说："我没想到，它还能烙印。"

"她的心意，一定要收下。"三爷爷说。

最终，妈妈收下了荷包，将印模送给了三爷爷。三爷爷说："也好，我带上这个，去会她。"

从三爷爷家出来时，北风尖叫着从弄堂里穿过，道地上的水缸结了冰。路边的那棵梅树，不知什么时候绽出了一树红梅，在阴冷的天幕中红艳似火。

第二天早上，我们得知，昨天晚上，三爷爷在梦中走了，脸上带着微笑。

老人与树

张学鹏

河边有棵树,枝繁叶茂,风貌岸然。一年四季,树上花开不断,河水流淌不止。大树玉树临风的样子,引得四方游客前来欣赏大树的美丽与神奇。

大树旁住着一位老人,树归老人所有,是祖传之物。

老人说:"树是我爷爷跟着高祖一起栽下的,听我爷爷讲,他十岁那年春天,高祖淘来一棵小树苗,和他一样高,高祖刨下一个坑,爷爷扶着树苗,高祖填上土,爷爷用脚踩了踩,树苗就在这里安了家。"

老人还说:"爷爷是看着这棵树长大的,我也是看着这棵树长大的,现在,树成了村子的风水,是村子的根基,村子离不开树,树也离不开村子。"

老人花白胡须,满头银发,说起树来,滔滔不绝。老人喜欢坐在藤椅上,望着树出神。阳光透过树叶及花朵漏下来,漏在老人脸上、身上,老人一身色彩斑斓。

树上繁花似锦,花香四溢,许多鸟儿将巢安置在繁花绿叶中,生儿育女。丽日阳光下,鸟儿呼朋引伴,放声歌唱,歌声清脆悦耳,婉转悠扬,此起彼伏……

花朵芬芳,鸟鸣不止,河流潺潺,树下的老人闻着花香,看鸟儿欢腾,听河水潺潺,如痴如醉。

树的美丽与神奇吸引了记者,感动了摄影爱好者。记者将大树登上了报纸,摄影爱好者将大树拍进了镜头,大树成了网红,游人如织。

一个鸟语花香的早上,树叶上还挂着明亮的露珠,老人坐在树下听鸟叫,一辆宝马轿车停在大树旁,从车里钻出来几个城里人。

一个人说:"老人家,我们来看看你的树。"

老人坐在藤椅上,笑了笑。

城里人围着大树转了一圈又一圈,不停地拍照片,一个个流连忘返的样子。

一个人来到老人身边,说:"老人家,这棵树卖了吧,我给你出个高价,我运到城里有大用处。"

老人听了,喉咙咕噜一声,白了一眼城里人,说:"不卖!"说完闭目养神。

来人说:"我们不少给你钱,给你三十万,够你养老了。"

一群城里人不停地劝解,累得口干舌燥。

老人闭目静坐,一言不发。

来人说:"咱们今天遇见一个怪老头儿,树是买不成了,走吧。"

花开花谢,老人正在树下赏花,两辆"大奔"停在了树边。从车上跳下来一拨儿城里人。和城里人一起来的,还有老人的儿子。

城里人围着大树转了一圈又一圈,一个美女拿着相机,不停地拍照片,人人流连忘返的样子。城里人对着大树指指点点,与老人的儿子不停地交流。

一个人说:"老人家,这棵树卖了吧,我给你出个高价,我运到城里有大用处,比在这里强多了。"

老人耷拉着眼皮,黑着脸,说:"不卖!"

城里人说:"我们不少给你钱,给你四十万,以后你吃喝不愁,还能养老。"

老人又说出两个字:"不——卖!"

儿子说:"爹,咱把树卖了吧,四十万,不少了,你孙子还等着这四十万建房、定亲,给你娶孙媳妇呢。"

老人瞪了一眼儿子,骂道:"没出息的东西,败家玩意儿,只要我活着,别想卖树,快滚蛋,有多远滚多远。"

儿子无奈地对城里人说:"没办法,我只要一提卖树,老头就给我急眼,你们先走吧,这事我以后慢慢想办法。"

叶生叶落,生死轮回。老人身体一直不太好,一天早上醒来,病情加重,下不了床。老人的女儿把老人接进城里治病。

老人治病期间,儿子经不起诱惑,开始联系买家卖树。

挖机、油锯、吊车一起上,在机器轰鸣声中,大树倒了,地上的花草剧烈颤抖,树上的鸟儿四散奔逃,花上的蜜蜂蝴蝶跌落在风里,河里的鱼虾也随之沉进河底……

月圆月缺,斗转星移。老人病愈回家,当看到深深的树坑时,心如刀割。接下来,老人的使命只剩下寻找大树,老人多方询问、拼命查找,终于打探到了大树的去处。

费尽周折,老人在城里找到了大树。许久未见,大树已面目全非,奄奄一息了。树身上伤痕累累,挂满了吊瓶。

朝阳照在树上,几片枝叶上挂着晶莹的露水,像流泪的眼睛。有风吹来,大树好像认出了老人,向老人痛苦地招了招手。

老人颤抖着双手抚摸大树,像是在握别一位友人。老人坐在树下,背靠大树,老泪纵横。

儿子找到老人时,老人头枕大树,黄叶满身,坐成了一尊雕像。儿子用手一摸,老人浑身冰凉,身体僵硬,已经没有了气息。

身后的树干,像一把尖刀,刺向天空,刺痛了游人。

一杯茶的事

夜风

老聂爱喝茶,整天茶杯不离手。茶杯倒也普通,是市场上随处都能买来的双层玻璃杯。

老聂对茶叶并不讲究,却对喝茶的时间很讲究,特别是开会时。会议若需要他讲话,在他讲话前,是绝对不让先泡茶的。等到老聂讲话,他先捏上一撮茶叶放进杯子,提起事先准备好的茶壶,不慌不忙倒上水,看茶叶在茶杯里翻腾得差不多了,才清清嗓子进入主题。讲话中他连看都不看茶杯一眼,讲完话,茶水温度刚好,老聂脸一仰,几大口灌进喉咙,茶杯就见了底。有人算过,老聂倒上开水,若不盖茶杯盖,讲话肯定在半小时以内,若盖上茶杯盖,那就玄乎了。

老聂虽说是单位二把手,却没实权,要么组织开展学习,要么出面沟通协调。不论一把手给老聂安排什么事,他都是笑嘻嘻留下一句"好嘞,不就一杯茶的事",摇着身子飘远了。

清明节刚过,老聂远在乡下的亲娘舅打电话要来县城,说是让老聂想办法给他办个低保。老聂媳妇说:"老舅脑子糊涂了吧,有儿有女的办啥低保?"

老聂胳膊一挥:"你懂个啥。"

老聂媳妇抻着脖子怼他:"就你能,有本事你办个。"

"办,我这就去办,不就一杯茶的事嘛。"老聂揣着包直奔车站。接到老舅后,连哄带骗先去澡堂泡澡,后去足浴店捏脚。店里提供有茶杯,老聂不用,他觉得一次性用品是浪费资源。掏出玻璃杯,拿起桌子上免费提供的茶叶,捏上一撮搁到鼻子下闻了闻,老聂犹豫了一下,又放了回去。他从包里翻出个小盒子,那是儿子给他网购的铁观音。倒上水泡上茶,没盖杯盖,他要在半个小时内说服老舅。

老聂心里盘算半天,不知如何开口。再往老舅这边看,老舅在技师的按摩中早已酣然入睡。老聂摇头笑笑,问技师:"知道茶水放凉得多久吗?"技师摇摇头。老聂竖起食指一敲一点地说:"三十分钟,三十分钟能解决很多事。"技师瞥了他一眼,又瞅了眼挂钟,说:"捏脚也是 30 分钟。"

送老舅回家的时候,老聂买了一大堆营养品让老舅带回去。老舅压根儿没提办低保的事。

老聂五十三岁生日刚过,组织部门的文件就追着屁股跟来。身子骨清瘦、双臂细长的老聂,整个人更是闲散了许多。宽大的衬衣往细腰里一掖,袖口也不扣,呼啦啦甩着大步子,轻快得很。不久,就有议论,说老聂一天到晚抱着个茶杯,东转转,西晃晃地耍嘴皮子,还不如让他彻底回家休息。

五一节过后,趁上级安排县直单位包村防汛,局里召开党组会,老聂就从副局长变成了防汛工作队队长。按要求 7 月初进驻,老聂当天就急不可待地去村里报了到。

老聂嫌村子离县城远,索性收拾东西住到了村里。田间地头,左邻右舍,见老聂敞开了衣领,翻卷着衣袖,提着水壶,握着茶杯,常与群众侃侃而谈。半个月下来,倒也调解了几起矛盾纠纷,解决了几个毛头小伙子的就业问题。

眼看这五黄六月,汛期未到,大旱已久,夏玉米奄奄一息打着卷儿,毫无生机。"抗旱防汛两不误",老聂打定主意,再没工夫唠嗑品茶。他找到村支书,带领一帮人沿着河道走了两个来回,又去附近的沟沟汊汊摸寻了几天,一帮人脑袋碰着脑袋熬了三个通宵,几十页的调研报告和工作方案就摆在了县长面前。秘书给老聂倒了茶,他捧着茶杯没敢喝。直到县长的大笔一挥落了款,老聂才如释重负,拧开茶杯,轻轻呷了一口。

工程刚完工,汛期就来了。老聂在家里坐立不安,嚷嚷着要去村里防汛。老婆拗不过,就让儿子跟着。老聂带着村干部各处察看,劝导群众转移。傍晚时分,大家陆续到村委集合,老聂这才坐下来慢悠悠掏出茶杯,泡上茶叶,刚要喝上一口,忽然扭头问:"西山头的老唐两口子下来了吗?"

"他不是住在镇上儿子家吗?"有人答道。

老聂赶紧给老唐儿子打电话,没人接。

"不行，老唐的儿媳妇人刁嘴尖，怕是他住不久啊。"老聂拧紧杯盖，拍了儿子一把，"走，跟我去看看，那地方很容易山体滑坡。"

没等人们反应过来，老聂父子已经发动汽车跑远了。几分钟后，风卷云低，豆大的雨点砸下来，打在车玻璃上啪啪作响。老唐住的地方车子上不去，老聂披上雨衣，卷起裤脚，临走，拧开茶杯盖，把茶杯递给儿子，茶水热气腾腾。

"这里手机没信号，你揣好茶杯，若茶凉了我还没回来，你就喊人来救援。"老聂话音未落，就消失在了雨帘中。

后来，有人问老聂有没有把老唐两口子及时转移，老聂抿了口茶说："安全着呢，不就一杯茶的事嘛。"

亲　近

丁迎新

　　宁子穿上刚发到手的警服,兴奋不已,站在穿衣镜旁半天,然后昂首挺胸走出家门,在不大的街面上转了个遍。意想中的追捧没有见到,倒是有几个认识的孩子和大人远远躲到一边,偷偷地瞄着他,有些害怕的样子。

　　宁子虽有些纳闷,但喜悦很快占了上风,一会儿就忘了。

　　同批次十来名警校毕业生分配到岗了,不管什么专业,全部下到乡镇派出所。很多人不满,这其中最失望的是宁子。父亲是名老刑警,死在凶杀案现场。宁子早早就立下誓愿,要做一名专门与罪犯作斗争的刑警,可基层派出所能干啥? 宁子通过种种方式表达自己的诉求,还直接找到局长,局长一句话就打发了她:"和老百姓走近些,才会是一名好警察!"

　　和犯罪分子近些,才能打击犯罪呀。宁子憋着一股气到了岗,气归气,吩咐什么做什么,仍然一丝不苟。如果连服从命令都做不到,就不配穿这身警服。走村串户、法规宣传、邻里纠纷、治安巡逻……比社区大妈还琐碎,全是一双腿和一张嘴的事,没劲透了。先忍忍吧,机会是给有准备的人的。宁子每天早起跑步锻炼,打拳,警校的功课一样不落照样在做。

　　张屋村两家人为宅基地打起来了,宁子随所长迅速赶到现场。李老汉一手攥着菜刀,一手指着破口大骂;黄家小子手上握着扁担,冲着李老汉就砸。宁子和所长会了个眼神,同时闪电出击,一个锁住小子胳膊,扁担抢到半空里停住;一个精准扭住手腕,把菜刀抢到手中。

　　两人都不是省油的灯,把火气撒向所长和宁子身上,叫嚷道,要你们管什么闲事?除了当保护伞,吓唬吓唬老百姓外,你们还能干什么?宁子恨不得铐上他们,关上半个月再说。我们怎么就出力不讨好呢?所长有耐心,趁村主任和几位长者批评他俩的空当,拿出小册子,把有关伤害以及后果的法律条文读给他们听。然后总结说,你们自己选择吧,犯罪,坐牢,背一辈子洗不掉的黑锅,让儿女都抬不起头做人呢,还是心平气和地讲理,商量,做抬头不见低头见的邻居。

回到所里的宁子,趴在桌子上发呆。最近政法系统整顿,打掉不少保护伞,新闻上到处都是,宁子仿佛矮了一截,不敢直面别人的目光,好像自己也不再堂堂正正。就算是不穿警服出门,还是有这种感觉,警察这个身份已经深入骨髓了。

"同志,我销个户口。"

"同志!"

听到第二声叫时,宁子才醒转过来,一抬头,大家都出去了,就自己在。隔着办公柜台,一位头发花白的老妇正看着宁子,手里捏着皱巴巴的塑料袋包裹着的几本证件,已经打开了一半。

宁子连忙坐到柜台边的电脑前,问明白是注销户口,从老妇递出手的几本证件里挑出户口本。

"销哪个户?"

"我老头子,突然得了急病,死了。"老妇的表情有些悲戚。

"身份证呢?"

"没找到,平时也不用,不知道放哪了。"

"身份证号码知道吗?"老妇摇头。

"姓名呢?"

老妇重复说了几次,因为乡音的缘故,宁子还是不能确定具体的字。老妇突然想起村里开有证明,忙从包裹里翻出来交给宁子。宁子很快搜索到户口资料的页面,特意放大局部,把电脑转向老妇,让老妇对着屏幕上的身份证照片再确认一下。一看到照片,老妇瞬间崩溃,泪水汹涌,用衣袖接连擦着,边哭边说。老头子可怜啦,一辈子没照过相。

宁子被感染了,心里酸酸的,不敢看老妇,不假思索地从桌肚抽出几张 A4 纸放到打印机上,一点鼠标,照片打印在 A4 纸上,然后她轻轻交到老妇手上。老妇泪眼滂沱地瞪着照片看了半天, 猛然想起来似的, 两只手颤颤地抱在一起,一个劲儿向宁子拱手说谢谢。

　　周末回家,宁子把这事告诉了妈妈。妈妈说了一件发生在外婆身上的事。那是宁子上小学的时候,妈妈经常到校门口接她,一天正和熟人聊天,一个并不认识的学生妈妈主动搭话,说她的老母亲念叨了宁子外婆半辈子,到死都在说那真是个好人。宁子妈妈不解,一问才知道,当年宁子外婆在乡里工作,经常下乡,有次见到一个妇女挑着一担水过独木桥,带着的两个孩子又拉又扯,就是不放手。宁子外婆就上前帮忙,她不敢挑着水过桥,就一趟拎一桶过了两趟。宁子外婆虽叫不出妇女的名字,但妇女认得她是乡里的干部,从此见人就说她的好,说得儿女都记在了心上。

　　"妈,我想扎根在派出所。"宁子征求妈妈的意见。

　　"好哇,警察不只是破案子抓坏人,对吧?"

　　"对,我要做个让坏人怕,让老百姓喜欢的警察。"宁子开始构想自己未来的样子。

云　朵

戴玉祥

老师在评讲试卷。

云朵趴在课桌上。老师说云朵，坐好了听讲。云朵就坐好了。老师继续评讲。云朵又趴课桌上了。老师火了，凶云朵，还让云朵站起来。云朵就站起来了。

云朵一直站到下课铃响。

老师离开教室时，说云朵，跟我来。

云朵就跟着老师走进他的办公室。

老师坐到办公桌前的椅子上。云朵站在办公桌边。老师把试卷拍到云朵面前，说给我重做一遍。云朵就低了头，开始做。老师双手托腮看着云朵。云朵脸上被老师看出了汗。眼角，也开始发热。云朵从第一大题看到第五大题，又从第五大题看到第一大题，竟然一道题也没做。老师出离愤怒了，"啪"一拍桌子，凶云朵，说这试卷，课堂上刚讲过，竟然还是不会做，你这是怎么了？云朵不作声，但眼角却挂出了泪滴。老师仍然出离愤怒，仍然凶，考试不会也就罢了，这刚讲了的，竟然还是不会，你、你……老师话都说不连贯了。老师停了一会儿，又"啪"一拍桌子，说，放学拿回去做，下午交过来。云朵拿着试卷走了。

老师盯着云朵的背影，心里直纳闷：这云朵，成绩一向很好的，这次考试怎么会考得这么差？刚讲过的题居然都不会做？老师这样想着，就联想到云朵近期的表现，多么好的一棵苗子，怎么就不往好里学呢？

老师，云朵跟人打起来了！班长气喘吁吁地跑进来。

老师从椅子上弹起来，向班里跑去。

云朵骑在马小鹰身上,正挥舞着拳头打。马小鹰双手护着脸,妈呀妈呀地喊着。老师一把扯过云朵,反了你?云朵见是老师,眼神就有些躲闪了。云朵指着正从地上爬起来的马小鹰,说她把我的试卷撕了。马小鹰说,就你那点儿分数,还要试卷干吗?云朵又抬起手,被老师喝住。

老师把云朵还有马小鹰都叫到了办公室。

老师坐到办公桌前的椅子上,马小鹰站在办公桌边,云朵站在马小鹰身边。老师让马小鹰说了经过后就让她走了。云朵也准备走,但被老师叫住了。老师"啪"一声拍了下桌子。老师说,云朵你看看你,成何体统?你竟然骑在马小鹰身上打人家?云朵你反了你?老师训着训着从椅子上站起来,还抬了左手,但老师抬起的左手又慢慢耷拉下来了。老师说,云朵,真想揍你!但老师没有。老师坐回椅子上,看着云朵直出大气。云朵说老师,你怎么还气了?云朵说老师,马小鹰撕我试卷在先,你怎么不训她?老师你不问青红皂白,你偏心?云朵还说……老师"啪"地拍一下桌子,凶云朵,反了你?给我滚回家去!

盯着云朵离去的背影,老师纳闷:这云朵,一向很乖的,怎么出手打同学?还敢顶撞老师?老师这样想着,就觉得云朵有些反常了。

下午上课,云朵的座位空着。

老师慌了。老师让云朵滚,只是说气话,真没想到……

老师赶到云朵家时,太阳已经落山了。当老师看见云朵背着一篓猪草满头大汗地回来时,老师心里的怒气就没了。老师帮云朵卸掉猪草后,就坐在门前的大树根上。云朵忙倒了一碗开水,端给老师,转身进屋将妈妈扶出来了。妈妈坐到老师身边,一把抓住老师的手。妈妈说,老师,云朵这孩子很懂事的,她爸上山采药摔死后,见我带着病支撑着这个家,就吵着不上学了,要帮我干活儿。十来岁的孩子,怎么能忍心不让她上学?中午跑回来,说被学校开除了,问是啥原因,她也不说。我就寻思着等病好了去学校问问呢,老师你来了。孩子小,不懂事,老师你就多担待些,千万不能让孩子退学呀。妈妈说着说着哭起来。老师忙劝妈妈,说没有的事,云朵是好学生,学校怎么会开除她呢!妈妈这才止住哭。老师目光移向云朵。云朵低下了头。

云朵轻轻拉着老师衣角,悄声说,老师,就让学校开除我吧!还说,老师你也看到了,妈妈需要我!又说,我要退学帮妈妈,妈妈不让,要是被学校开除了,妈妈就没有办法了……

老师揽过云朵。

老师说,那试卷,你是故意的?

云朵点头。

老师说,那打马小鹰,是给老师演的戏?

云朵点头。

老师抬手点着云朵的额头说,云朵你……

老师站起身,拽着云朵就走。

天空,有一轮明月升起。

平行线

李春华

在乡下住的几年，我和同学张仁慧最要好。我俩和所谓的"志趣相投"或者"同病相怜"不搭边。我是家里的独根苗。比方说，冬天到了三九天，窗上结了一层冰凌花。半夜里我让尿憋醒了，迷迷瞪瞪从被窝里钻出来，屋里的寒气飕飕扑过来，冻得我直打哆嗦，磕打着牙找尿盆。我妈早把手搭在尿盆沿上。她家里孩子一大堆，她是老大，下边三个弟弟一个妹妹。她妈权当她是母鸡下了个蛋。她明明有好听的名字，可她爸见天喊她丫头片子、赔钱货。

我跟她要好，事出有因。我到新班级，女同学斜眉搭眼瞅着我的麻花辫，不搭理我。唯独小慧像跳跃的火苗，拉过我不知搁哪儿的手：我叫张仁慧，你呢？我乐不颠地抓过她的手，呀！硬邦邦的咋像个刺棒！不过只是一闪念，我并没松手，而是拉着她跑出了教室。

村外河边的小树林，是我跟她放羊的地儿。我们肩挨着肩，坐在草地上，扬着脖子数着一朵一朵飘来飘去的白云，嚼着一嘟噜一嘟噜的槐花。嘴里还跑着火车，话题是天南地北，没边没沿。她忽闪着泪光说，以前我就跟它说话。她下巴往上一翘，努努嘴瞅着吃草的羊。我冷不丁捅了她一下，你说咱俩咋就相好？她哧哧地笑，是呀！你是蜜罐里泡大的娇娇女，我是姥姥不疼舅舅不爱的乡下丫头。对了，咱像不像两条平行线？嗯，还别说真像！哈哈……

时间像个无情汉，一步三晃就是三年。我要跟爸妈落实政策返城。小慧拉着我，她的两根羊角辫在她瘦削的脊背上来回蹦。我们跑到小山包上，她猛地抬起头，指着青翠的远方说，说好了，咱俩城里见。我像鸡啄米一样点着头。

许多年后，我俩如约在城里见面。小慧经历了很多，去城里打工，工余时间参加高等学校自学考试，毕业后应聘当了小学教师。她跟一位老师结了婚，生了个儿子。说来也巧，我当了公务员，也生个儿子。两条平行线，总算有了交集。

　　我和小慧各自忙碌，虽久未见面，但常有电话联络。一晃孩子都长大成人。她儿子考上了刑警学院，我儿子公费去了英国留学。她儿子毕业后到秦市刑警支队，干得风生水起。小慧提前病休，随儿子去了秦市。我们虽处两地，但一直手机联络。我俩通话说到儿子时，我大多沉默。儿子漂在海外，看不见，更摸不着，心里没着没落。哪像小慧儿子在身边，有说不完的话题。

　　有段时间，我像丢了魂儿。想儿子想得百爪挠心，五花八门的念头闹腾着，手心和脑门出一层冷汗。咋非让儿子去英国留学，在眼前多踏实啊。悔不当初呀……

　　丁零丁零！手机响了，吓得我一激灵。是小慧，我立时捂住胸口，心脏跳得那个欢呀——哎哟喂，总算来了个可以诉苦的人。

　　我儿子提干了，当了副支队长。他整天不着家，工作是忒打紧。有一回仨月没着家，进门时吓我一跳。他两眼充血，胡子拉碴，瘦得都脱了相……要说他穿警装那可是真帅，那才叫英姿飒爽……

　　我嗯嗯地答应着。其实，这些车轱辘话，记不清打过多少来回。我心里嘀咕，就算再狼狈，倒是看着真人了。我可倒好，成天抱着照片，一看小半天。看着看着，还一会儿笑，一会儿吧嗒吧嗒掉眼泪。知道的是想儿子，不知道的以为是个疯子傻子！唉！小慧纯属是现代版的祥林嫂啊，我的苦闷噎在了嗓子眼。草草说几句，把手机扔到沙发上。

　　都说"花无百日红"，友情也败给了岁月呀！从前仿若昨日，再也找不回来。我顿生几分凄凉。可潜意识里，总像一场场电影——小树林的羊肠小道，两个扎着羊角辫的小女孩你追我赶，老是在眼前回放。

　　也就是两三个月后，小慧又打来电话。想当年，你的手细滑白嫩呀，我的手她们都嫌粗糙，就你不嫌……还记得咱俩吃槐花不？我想吃槐花包子！她的话击中泪点，我鼻子一酸，眼泪簌簌往下掉。小慧，你那儿没有槐花吧？我去农庄买，给你送过去。

　　一个小时的车程，我到了秦市。小慧早在小区门口等。我俩抱在一块儿，她的鬓角忽忽悠悠飘着几根白发，脸上的褶子见多。

我俩手拉手上楼，我拎着槐花包子，直接跟她去厨房。停当后，又拉着我回到客厅。我俩打开了话匣子，话题自然少不了河边小树林、放羊、数云彩、吃槐花……我边说着话，边溜达到卧室。

　　走进一间屋子时我愣住了，写字台上摆着年轻英俊警官的黑白照片，相框上挂着黑纱。瞬间，我的心猛一哆嗦，悄声回到客厅。

　　小慧像尊雕像面无表情，平静地坐在沙发上，木然地瞅着窗外。我挨着她坐下，拉住她冰凉的手。

　　唉！五个月前，他执行任务去抓捕，谁想他再没回来……那段口了难啊，暗无天日。你一直听我絮叨，我才撑了过来。

　　我一时语塞，眼泪在眼眶打转儿。

　　小慧去厨房端来槐花包子，有滋有味地嚼着，像是回到了小时候。我把包子搁嘴里，如同嚼蜡……

隔壁的秋生

胡金洲

秋生是我的邻居，我们两家住在同一栋房子里，隔一堵墙，他住东头，我住西头。这是一栋徽派风格的建筑，房东原是开中药铺的老板，新中国成立后，把房子捐给了国家作公房出租。

秋生六岁时，我领着他上板厂街小学报名入学。户口簿是他从家里偷出来的。一个长得像电影演员秦怡的女老师看了一眼户口簿，问他："你七岁了？"秋生愣了愣，点头说："是呀。"我忙说："老师，他能认好多字，还会背唐诗宋词。"老师有点儿吃惊："背一首听听。"秋生一张嘴，苏东坡的《念奴娇·赤壁怀古》就像水一样淌出来了。老师马上拿起户口簿转身上教学楼去了。

我俩上小学、中学都在同一所学校。大学不同校，他上医学院，我上师范学院。后来，我们同年结了婚。婚后，他有了一个儿子，我是丁克。后来，两人说老就老了，但依然是隔一堵墙壁的邻居。

住了七十年，眼见这堵墙明显地老了。隔开我和秋生卧室的那堵墙，不停地落灰掉皮，有一天竟然还掉下了一块砖头。这堵墙的隔音效果变得很差，我们在卧室总能听到对方的声音。我独自一人，几乎整天不制造什么声音，以至于秋生误以为我在外面还有一处房子。

秋生那边倒是白天夜里都会送很多声音过来。脚步声我可以忽略，但那边争执起来的高声大嗓和狗吠，我不想听都不行。

狗是秋生儿媳妇养的，我天天听它的声音，但很少见过它的尊容。关于它的故事倒知道得不少。

秋生过六十大寿的时候，儿媳妇从狗市抱回这条狗作为贺礼，还要秋生给它起个名字，说："您就当是给儿子起名字了，要起得既像人名又不像人名，叫起来甜，听起来亲。"秋生说："我这把年纪不是应该有孙子了吗？"秋生有一个孙女，刚满一岁，他一直想要个孙子。儿子说："行行，您权当给您孙子起名吧。"

这狗叫点点。

点点很亲秋生，老听见秋生闷着嗓子吼："滚一边去！"有时候吼："滚你妈那儿去！"估计这样吼的时候儿媳妇不在家，儿媳妇在家时没听到他这么吼过。

孙女长期在她外婆家，双休日接回来。她一回来，我听到更多的便是她和点点的声音。一个笑，一个汪汪叫，挺有意思的。

我和秋生偶尔见见面，我知道他怕我嫌他可怜我，有些躲我，但低头不见抬头见，想躲是躲不开的。

这天，我主动邀他上茶楼喝茶，顺便告诉他紫荆公园附近建了一个养老公寓小区，有医院有草地，问他想不想去。他吞吞吐吐，没明确回答。我知道他这个人城府深，说话转弯抹角。茶没啜淡，两人就分了手。

过了几天，有人敲我的门，一瞅，是秋生的儿子小宝。小宝很慌张的样子，一脸通红，半天说不出话来。我吼了一声："急什么！好生说话！"他说他爸不见了。

秋生能去哪儿呢？他爹不在了，继母还活着，年纪跟他一般大，一个人住在养老院里。他的兄弟姐妹，死的死，出国的出国，老大老幺都是他。那一晚，我搬了个马扎坐在门口等他。我知道他从小悭吝，他绝对不会在外头住旅栈，一定会回来睡的。

转眼，我在门口眯着了。有人在我肩膀上拍了一下，张眼，发现我等的秋生回来了。我问他："去哪儿了？"他说："你家里有没有快餐面？我快饿死了。"然后他又说："对不起，今晚我俩得挤一挤了。"一晚上，就这干瘪瘪两句话。那一晚，我被他那双臭脚熏得一夜无眠。

天刚亮，他起了床，掀开被子就说："我昨天回了一趟老家。"我说："没听你说过你有老家呀！在哪儿？"他说："九峰山！"说完他就打开门，回隔壁去了。不一会儿，那边狗就狂吠起来。

中午，我端着碗，坐在墙边，嘴里吃着饭，耳朵扔到隔壁。果然就听到了高声大嗓。

"您到底去哪儿了呀？您说话呀！"

"今天没做鸡蛋汤呢！是不是没鸡蛋了？我上超市买去！"

"我问您话呢！您到底上哪儿了？是不是找婆婆去了?！"

年轻人的情人叫"小三"，老头儿的情人叫"婆婆"。"婆婆"这二字的发声很大，直接从隔壁冲了过来。我吓了一跳，估计狗也吓了一跳，汪汪地叫了起来。儿媳妇"哎"了一声，说："你凑什么热闹！没谁欺侮你爷爷！"

这时，秋生说："去了九峰山。昨晚……"

小宝打断秋生的话："昨晚您住在隔壁，我们知道。您去九峰山干吗？"

"我和你妈不还有一个家在那儿吗？我去看看她。"

人狗无声，一片寂静。

我琢磨他是为啥事置气了，要不他一个人去墓地干什么？

等我知道秋生住进紫荆公园旁边的养老公寓的时候，秋生已经去了三天了。

我去看他，刚出他住的五楼的电梯口，就听见秋生嘶哑的声音："记住了没？要这么敲！不兴用手扒的！"秋生抓着点点的前脚爪子，在教它敲门。看见我来了，他笑说："这家伙没个调教，事先不打声招呼就来了，来了又不会敲门。"我说："你这个老家伙骂谁呢？"

房间不大，只有一间，带有阳台。阳台一半做厨房，一半可以用来晒太阳。房间收拾得挺干净的。我问："你不声不响就住进来了？那时候问你，你不吭声，心真深啊！"秋生笑，但笑得很假："我存了二十几万块钱，交给儿子保管，儿媳妇拿到这儿来投资，一分钱利息没拿到，他们就要这间房。"我说："坏事变好事！分开好，分开清净。"秋生瞪起眼睛："嫌我吵着你了？"

一晃到了年关，家家办年货。我这个孤老头子免不了俗，也腌制了几串香肠和几条腊鱼。想到秋生，提了一些给他送去。走到公寓小区大门口，见着点点，点点一下子扑到我身上，拽住我的裤腿往里拖。我来晚了一步，秋生已经熟了（死了）。奇怪的是，秋生前脚熟，没过多久，点点后脚就熟了。

这年秋天，我感到特别没精神，疲乏得很。我想了想，大概是因为没有了秋生。我原本想去跟他做伴的，结果他先走了。好在隔壁小宝两口子经常说到秋生，尽管不知道说好说坏，但证明秋生还活在他们心里，没有消失。那天，听见小宝媳妇先说了秋生又说到点点，声音哽咽："我的乖乖呀，你走得太早了呀！"

有好些日子隔壁没动静了,这会儿突然吵起来了,好像是说上坟的事。小宝说先看他父母,他媳妇说先看点点。小宝说:"是人大还是狗大?"他媳妇说:"凡生命同样值得尊重,我希望它来生投胎做个人。"

　　两人互不相让。估计小宝媳妇摔了一个什么东西,砰地响了一声。只听她说:"这点儿事我还不能当家吗?那就老规矩,各走各家,各看各妈!"

　　这时候,听见小宝的女儿说:"妈妈,点点是你的妈妈吗?"

　　一记清脆的耳光。

　　又过了很久,我再也没有听到隔壁的响动。我上门去瞅,已人去房空。

梳妆盒

阎秀丽

杨三喜想送给环儿一个梳妆盒,环儿很漂亮,应该拥有最漂亮的梳妆盒。

杨三喜把方木固定在长条凳上,双手用力地推着刨子。刨子刨出的木屑翻卷着飞落到地上,形成一朵朵姿态各异的木头花,在杨三喜的脚下绽放开来,也俏生生地绽放在他的心里。

环儿站在三喜的身后,看着三喜小心地把一块镜子镶嵌到梳妆盒上,满意地上下打量着。环儿从身后用双手蒙上三喜的眼睛,三喜没动,他知道是谁。

"这是准备送你的梳妆盒。"三喜转身,抓住那双手说,"我要每天看着你在我面前梳妆打扮。"

环儿抽出双手,脸上飞起两朵红云,嗔道:"谁要你看……"

杨三喜是木匠,祖传的手艺,提到杨三喜,十里八乡没有不伸大拇指的。谁家娶媳妇嫁姑娘,都以有一套杨三喜做的家具为荣。

杨三喜不仅继承了祖辈的技艺,而且还专门跑去县城,找师傅学了绘画、雕刻,再把这些东西融入到家具上,这样他做出的家具便活了起来:金鱼是欢快的,在水里悠闲地游来游去;花儿是开放的,引得蝴蝶扇动着翅膀翩翩起舞;就连抱着聚宝盆的大胖小子,似乎也在眨着眼睛笑嘻嘻地走来……

环儿闭上眼睛,她嗅出一股独有的气息,从梳妆盒上漫溢出来,淡淡的,带着自然的清香,缭绕在她的心头。

环儿喜欢这种气息,让她有种心跳加快的感觉。

环儿心里的那朵花儿便羞答答地绽放开来,杨三喜心里的蝴蝶也破茧而出,在花香里翩翩起舞。

漫天的阳光里,似乎成了花儿和蝴蝶的世界。

环儿的爹老倔头儿却气得跳了脚,想嫁给老杨家? 没门儿!

"就算杨三喜有一门好手艺,可是他那瘫痪在炕上的妈,走路都摔跟头的爹,还有那一顺水的哥儿仨,就是一双筷子夹骨头——三条光棍儿。即使挣再多的钱,还不是都掉进无底洞里,连个响都听不到?"老倔头的怒吼声响彻大半个村子,"只要我还有一口气在,这门亲事想都别想!"

娘带着环儿去了县城的姨妈家,说是去散散心,实际上,是带着环儿去相亲。男人家里开着家具店,看到鲜嫩得像花一样的环儿,眼睛里便有烁烁的光,将环儿牢牢地罩住。

环儿在娘和姨妈的软磨硬泡下,只好在姨妈家住了下来。

那个开家具店的男人自然成了姨妈家的常客。

"你的家具店里有梳妆盒吗?"环儿问。

"梳妆盒? 都什么年代了,谁还用那老土的玩意儿。你要是喜欢,我给你买十个八个的。"男人大笑着说。

"不用,我已经有梳妆盒了。"环儿阴郁的眸子像两汪深潭。

环儿被娘带去了男人开的家具店。家具店开在县城最热闹的地方,琳琅满目的家具,上面没有花儿,也没有鱼儿,却尽显奢华大气,在明亮的灯光掩映下,散发着高贵而又神秘的光芒,耀花了环儿的眼睛。

慢慢地,环儿的眼睛里似有流光在闪动,明亮的镜子里,她巧笑嫣然,明眸皓齿。环儿看到了一个不一样的自己。

环儿脑海里忽然想到,如果在这些家具上面雕刻那些花儿鱼儿,会不会土得冒烟?

想到这,环儿竟然"扑哧"笑出了声。

环儿结婚的时候,声势很大,震动了小小的村庄,那些全新的家具让人艳羡,爹娘的脸上也笑开了花。

新郎不是杨三喜。

此时的杨三喜蹲在自家院子里,似乎没有听到外面噼里啪啦的鞭炮声。他在新打的家具上面雕刻着,只是他的手好像失了准头,雕刻的花儿没有了生机,鱼儿也没有了灵动。他丢下刻刀,一拳打在家具上,破碎声被鞭炮的脆响裹挟着，消散在村庄的上空。

村里人却因此开了眼，见了世面。谁家娶媳妇嫁闺女，便纷纷涌到城里，买回来和环儿家一样的时尚家具。

渐渐地，人们也就淡忘了杨三喜的好手艺。只有遇到谁家老人去世，才会找他给打上一副寿材。

当再有人来找杨三喜时，三喜爹告诉来人，三喜打工去了。

有的人就发出一声叹息：可惜了三喜那好手艺！

倒是环儿，村里人都说这才是掉进了福窝里，当初幸亏没嫁给三喜。

几年后，在县城最热闹的街面上，忽然开起了一家新的家具店，上面写着几个大字：手工制作，返璞归真。

人们似乎已经厌倦了流水线的家具制作，崇尚回归自然，对于手工制作的东西格外感兴趣。很快，新家具店生意兴隆得让人眼红。

环儿坐在自家的店门口，店里有些冷清。她挪动一下变得有些肥胖的身子，想了想，随着人流走进那家新店。

映入环儿眼帘的是一套套崭新的家具，那含苞欲放的花儿，游来游去的鱼儿，展翅欲飞的蝴蝶……运用各种雕刻与镂空技术，把古典与现代元素完美地结合在一起，给这些家具注入了鲜活的生命。

环儿的脚步忽地定住，眼睛紧紧地盯着店中央一个玻璃橱窗，瞬间让她有种心跳加快的感觉。她呆呆地站着，似乎嗅到一股独有的气息，从橱窗里漫溢出来，淡淡的，带着自然的清香，缭绕在她的心头。

橱窗里红色的绸布上面，摆放着一个雕刻得很精美的梳妆盒。

细　小

叶子

男孩憋足了劲儿，手中的柳枝"啪"地被折断，说："我们离开这里。"

女孩先是一惊，米粒般的牙齿将嘴唇咬成一片白纸，问："怎么离开？"

一列火车喘着粗气，轰隆隆驶进夜里。两人的头发在风中飞成各种形状。

男孩伸手去拂女孩脸侧的一缕长发，他有些气恼，觉得女孩的问题有点儿幼稚。

"我爸说了，再和你来往会打断我的腿。"女孩说。

"你是呆子，不会跑？"

"我妈说了，再看见我们在一起会断绝母女关系。"女孩又说。

"我养你。"

"我们怎么离开？"

男孩环视了一周，铁路旁边是广场。夜深了，只有三三两两下晚自习的学生走过，暗黄的灯光懒懒地亮着。男孩突然兴奋起来，他拉着女孩的手，指着广场一角堆积如山的单车，说："我们骑单车离开！你没看见网上说徒步走西藏、单车穿越无人区吗？"

男孩突然拔高声调："骑着单车带你走天涯！"喊完，男孩兴奋得满脸潮红，继续喊："骑着单车走天涯！"

女孩也受到感染，大声喊："骑着单车走天涯！"

女孩沉浸在浪漫之中，眼里水波氤氲，漾起圈圈波纹。她仰着脸问："天涯在哪里？"

男孩皱了皱眉,说:"远方。"女孩鼻尖上密集着晶莹的汗珠,她暗暗记住了男孩凝望着远方的眼神,还有飞成各种形状的头发。

男孩说:"粮草先行,藏两辆单车,到时骑着去天涯。"

女孩问为什么要藏?

你没看见很多单车都坏了啊。男孩挑了一辆黄色的单车,藏到广场的灌木丛里。女孩也挑了一辆黄色的单车,紧紧靠着男孩的单车。

他们约定了去天涯的时间,会面的地点就在藏单车的地方。

男孩每天都会给女孩发倒计时,女孩则殷勤回应。

到了约定的时间,男孩和女孩准时来到约定地点。男孩挎着旅行包,女孩什么也没带。男孩说:"你空手走天涯啊,点赞。"

女孩说:"可以推迟几天吗?"

男孩的目光"嗖嗖嗖"地扫过女孩的脸。

"福豆病了,你知道我是要带福豆走的。不然,你去工作后我在家很孤独。"女孩说的家,是天涯的家。

男孩的目光软下来,用手摸摸女孩的头。福豆是女孩养的狗。

"什么病啊?"

"细小。"

"什么?"

"细小。"

"什么小?"

女孩没作声,半晌,说:"你连细小都不知道啊?"女孩边说边转身,她要把狗送去宠物医院。男孩冲着女孩的背影喊:"福豆比我重要?"

女孩回头望了男孩一眼,满脸忧郁。

男孩找了广场边的一家网吧,查询细小的资料,才知道细小是一种烈性病毒,会对幼犬造成致命伤害。一旦感染,幼犬生存概率约百分之五十。

福豆刚好半岁。

女孩和父母替换着守在宠物医院,福豆上吐下泻,带血丝的粪便让全家人心悸。看着心爱的狗狗闭上眼睛,女孩几乎崩溃,母亲搂着女孩的肩膀,说咱再养一条。

女孩给男孩发了条短信,说福豆死了,下午见。

下午，女孩来到广场边，男孩还没到。女孩想男孩可能没有收到短信吧？又发了一条微信，但微信没有发出去，女孩发现男孩把她拉黑了。

女孩恍惚了一下，来到灌木丛。她被眼前的情景惊呆了，两辆单车几乎变了形。单车不远处，是两截断砖头。

没了单车，怎么走天涯呢？

女孩回忆到这里，笑了笑，眼角却有些潮润。女孩说，我本来也不想走了，想劝男孩浪子回头，一起读书考学。

女孩后来再也没有见过男孩。"老师，为什么？"她问道。

我递给女孩一张纸巾，女孩捂着眼睛。

女孩现在在读大学，是我的学生。我对细小产生了兴趣，是不是全世界的病毒都有一个让人费解的名字？细小，一个弱弱的形容词，竟然藏着一窝烈性病毒。而小到一只虫子，都有可能是这种烈性病毒的携带体。

如果允许换算，男孩女孩那时几乎就是一只幼犬的岁数。

我没说，我只是在心里想。

收藏家

周东明

  翟四爷在松州城的古玩行里很出名,被誉为收藏家。

  有一年,古玩城搞活动,翟四爷看见有几个人围在一个摊肆前议论不停,就凑了上去,只见摊主捧着一件十七八厘米高、粉青釉的贯耳瓶,说着什么。

  "老板,您这件宝贝是什么年代的?"翟四爷问摊主。

  "南宋龙泉窑的。"摊主说。

  翟四爷捧起那个瓷器,端详一番,问:"什么价?"

  "六万。"

  "四万怎么样? 您这儿足端磕了一小块。"翟四爷砍价说。

  摊主瞅瞅翟四爷,说:"看您也是个实诚人,好吧,成交。"

  围着的几个人相视而笑,纷纷摇头。

  翟四爷和摊主到银行交割完,从银行出来,有个人凑了上来,问:"这位老板,您买了这件瓷器?"

  "对呀。"

  "是南宋龙泉窑的吗?"

  "您看呢?"

  "我看不是。"

  "为啥?"

  "这件瓷器胎质薄,釉面斜开片,玻璃光弱,还有点儿哑光,不像是龙泉窑的东西。"

翟四爷听后一笑,说:"真让您说对了,它不是南宋龙泉窑的东西。"

"哦,那您为啥还要买?"

"您再看看,它像不像是南宋官窑的呢?"

"那个人这时恍然大悟,惊喜地说,您捡个大漏儿哇。"

事后,翟四爷抱着这件瓷器跑了一趟潘家园,在潘家园,有人认准了,这是南宋官窑的玩意儿,还有人要出价一百五十万收买。

翟四爷没卖,又抱回了松州城。

这天是星期六,翟四爷照例要到城东旱河边的古玩城"寻宝"。

翟四爷来古玩城,必先到松山斋看一眼,松山斋的老板绰号"八大山人",说起这个绰号,还有一个笑话呢。那时"八大山人"刚刚入行不久,翟四爷到松山斋来"寻宝",在店里看见一幅条幅,签押处有个鹤形图符,翟四爷当即问道,这幅条幅多少钱?

老板说,两万块钱。

"哟,朱耷的画才两万块钱? 是真的吗?"翟四爷问。

"哎哎,你这人怎么这么说话呢,啥是假的? 我家祖上传下来的。"

翟四爷说:"您这画是朱耷的画……"翟四爷刚想说"八大山人"是朱耷的名号,遭到对方抢白。

"什么猪大马大的? 这是八大山人的画,是八个大师画的,你懂不?"

翟四爷讨个没趣,摇摇头,走了。

这个笑话在松州城传开了,人们就把松山斋的老板称作"八大山人"。

废话少提,说说这天的事儿,翟四爷刚走进松山斋,看见"八大山人"捧着一把紫砂壶,一位客人正在和"八大山人"讨价还价。

"三千元太贵了。"

"这还贵? 这是时大彬大师亲手做的。"

翟四爷一听到时大彬三个字,立马把这把壶看了个遍,看出这把壶是仿品,不过仿得很精美。

翟四爷说:"一件仿品还这么贵?"

"八大山人"一看,又是翟四爷,回怼道:"这是时大彬昨天才卖给我的,你怎么就说是仿品呢?"

翟四爷笑了,说:"时大彬是明朝人,他穿越时空了?"

那个客人听了翟四爷的话，转身离开了。

客人一走，"八大山人"火了，吼道："姓翟的，我没把你家的孩子扔井里吧？你为啥这么搅和我的生意？"

翟四爷此时也觉得有点儿不合适，问"八大山人"："你说咋办吧？"

"咋办？你把这把壶买了呗。"

"不就是三千元吗？行。"

"八大山人"眼珠一转，说"三千不行，三千五。"

"三千五就三千五。"

翟四爷给了"八大山人"三千五百元钱，拿走了那把紫砂壶。翟四爷走后，"八大山人"总觉得这事儿不对劲儿，翟四爷搅和走了那个客人，却花三千五百元钱买了那把壶，他想那把壶自己肯定卖亏了。

事儿也凑巧，半年后，翟四爷又到了松山斋，正碰上一个藏友在"放漏"说，这是宋代哥窑的玩意儿，没错，哥窑有金丝铁线，这紫口铁足。我要不是家里急着用钱，不会这个价钱出手的。

翟四爷走到近前一看，就看出破绽来了。他说，这位朋友，您的这件瓷器器身好像有酸腐蚀的痕迹呢。

"八大山人"一看搭茬的人是翟四爷，突然想起那把紫砂壶的事儿了，心想，得了吧，姓翟的，你还想要那种小把戏，没门儿。他忙说："民间有宝，你不懂。"说着他又转身对那个藏友说："两万元，是吧？"

"是的。"藏友说。

"好，成交。""八大山人"爽快地说道。

翟四爷一看都成交了，摇摇头走了。

一年后，"八大山人"收购的那件宋代哥窑瓷器，根本没人买，有人看后说，不值这个钱。"八大山人"没办法也跑了一次北京潘家园，在潘家园，有个好心人对他说，你看看器身上的"金丝"开片纹里还有高锰酸钾颗粒呢。

这时，"八大山人"才知道自己误会翟四爷了，他回到松州城，先去了翟四爷家，把去北京的事儿说得明明白白。

翟四爷听后，说，那天我点透你，你为啥就鬼迷心窍，不听我的话呢？

"八大山人"面带羞涩地说，还不是因为我那把紫砂壶嘛，那把壶你赚大钱了吧？

"哪把壶?"翟四爷问,突然一抚额头笑了,他把"八大山人"领进了书房,指着壶说:"是这把壶吧?"

　　"是。"

　　"这把壶不值钱,你没看我用它泡茶喝水呢。"

　　"那你为啥要买它呢?"

　　因为那天我搅了你的生意,心里过意不去,另外这把壶虽然是仿品,但是仿得很精美,我心里也很喜欢,就买下了。

　　"八大山人"一听,"扑通"一声跪在地上。

　　翟四爷一看,愣了,问:"你这是什么意思?"

　　"我要拜你为师。"

　　"拜我为师? 不行不行!"

　　"为啥呢?"

　　"因为咱们不是一个道上的人,别看都在文物圈里转,你眼里看到的是钱,我眼里看到的是藏品。"